The Wind Blowing Through Our Sorrow

Sayoko Yayoi

KAZEYO BOKURANO MAEGAMIWO
Copyright © 2021 by SAYOKO YAYOI
All rights reserved.
Original Japanese edition published in 2021 by TOKYO SOGEN SHA CO., LTD.
Korean translation rights arranged with TOKYO SOGEN SHA CO., LTD., Tokyo
through Eric Yang Agency Co., Seoul.
Korean translation rights © 2022 by YANGPA
Illustration copyright © yoco

이 책의 한국어판 저작권은 Eric Yang Agency를 통해
저작권자와 독점계약한 도서출판 양파에 있습니다.
저작권법에 의해 한국 내에서 보호를 받는 저작물이므로
무단전재와 복제를 금합니다.

바람아 우리의 앞머리를
The Wind Blowing Through Our Sorrow

야요이 사요코

김소영 옮김

도서출판양파

제1장 잔상
13

제2장 서양관
48

제3장 성역
69

제4장 소녀
100

제5장 선율
122

제6장 상흔
149

제7장 우화
172

제8장 유리창
207

제9장 기념수
246

제10장 천칭
266

평론가 서평
292

등장인물

다치하라 교고 – 살인사건의 피해자. 다치하라 법률 사무소의 전 경영자, 변호사.
다치하라 다카코 – 교고의 아내.
다치하라 시후미 – 다치하라 부부의 양자. 에이료 대학교 4학년.
미타 미나코 – 다치하라 부부의 딸. 시후미의 친어머니.
미타 다다히코 – 미나코의 남편.
사이키 아키라 – 시후미의 친아버지.
시마다 유카 – 카페 아오무기의 종업원.

고구레 리쓰 – 시후미의 중학교 동급생.
고구레 시즈토 – 리쓰의 양아버지.
고구레 마리코 – 시즈토의 아내. 리쓰의 어머니.
고구레 요이치 – 시즈토의 아버지. 전직 음악교사.
고구레 나오토 – 시즈토의 쌍둥이 동생. 유아기에 사망.
하나무라 마스미 – 고구레 집안의 전 가정부.
도다 미요코 – 고구레 집안의 전 유모. 고인.

사이토 리코 - 이누이 종합병원의 간호사.
고즈카 가이토 - 시후미의 중학교 동급생.
다무라 나오 - 시후미의 중학교 동급생.
다다 아이리 - 시후미의 중학교 동급생.
스기오 렌 - 시후미의 중학교 동급생.
데라이 레이나 - 시각장애인 소녀.
요시무라 게이코 - 시후미의 전 피아노 선생님.

와카바야시 유키 - 마쓰에다 탐정 사무소의 전 직원. 다치하라 다카코의 조카.
마쓰에다 도코 - 마쓰에다 탐정 사무소 소장. 유키의 대학 선배.
다케우치 - 형사.

바람아 우리의 앞머리를

제1장 잔상

1

작년에는 팽이와 하고이타(주: 깃털 달린 공을 던지며 노는 전통놀이에 쓰는 나무 채) 무늬가 조화로운 겨자 색 기모노에 솟을무늬 나고야오비(주: 기모노의 허리띠인 후쿠로오비를 간소화한 허리띠) 차림이었다. 재작년 의상은 눈꽃 무늬 오비에다 은회색과 연보라색이 어우러진 옷자락에 큼지막한 크로커스 꽃이 피어 있었다고 기억한다.

메지로의 호텔에서 해마다 열리는 신년 우타카이(주: 일본 정형시인 와카를 발표하고 비평하는 행사) 때면 늘 그렇게 큰 이모인 다치하라 다카코는 우아함을 잃지 않으면서도 살짝 대담하게, 새해다운 화사한 몸치장에 공을 들였다.

하지만 올해는 수수한 검정색 원피스 차림이다. 결혼반지를 제외한 액세서리는 착용하지 않았고, 옷깃 사이로 보이는 가느다란 목에는 짙은 보라색 스카프를 두르고 있다.

"유키, 시간 있을까?"

우타카이가 끝난 뒤 조심스럽게 묻기에 와카바야시 유키는 친목회를 뒤로 하고 다카코와 메지로 역 근처의 일식 요릿집으로 갔다.

오후 다섯 시를 막 넘긴 때라 아직 배는 고프지 않았지만, 단둘이 이야기하고 싶은데 방이 따로 마련된 곳이 달리 떠오르지 않았다고 다카코는 변명했다.

도코노마(주: 일본식 집의 장식 공간)가 있는 전통식 방으로 안내받자 다카코는 유키에게 상좌를 권했다. 유키는 송구스러워 하면서 칠복신이 그려진 족자와 남천나무로 장식된 도코노마를 배경으로 정좌했다.

"경사스러운 우타카이에 얼쩡대다니 다들 속으로 혀를 내둘렀겠지만 널 꼭 만나고 싶었어. 부탁이 있어서, 남편 일로."

식전주로 나온 금잔의 술을 단숨에 털어 넣고 다카코는 그렇게 말을 꺼냈다.

유키는 다카코의 영향으로 중학생 때 단가를 시작했다. 고등학생으로 올라가자 권하기에 별생각 없이 다카코가 소속된 협회에 들어갔다. 그 이후 열심히 했다고까지는 할 수 없지만 그냥저냥 꾸준히 해왔다.

기가 센 어머니에 눌려 살아온 유키의 눈에 일본 인형처럼 나긋나긋한 다카코는 이상적인 여성으로 보였다. 옅은 화장에 벚꽃 빛깔의 볼터치를 살짝 발라주면 결 고운 하얀 피부가 한층 돋보이고 밤색으로 물들인 머리카락은 자연스럽게 빛났다.

나중에 어머니보다 열두 살도 더 위라는 사실을 알고 놀랐는데, 67세라는 나이가 무색하게 다카코한테는 아직도 어딘가 소녀 같은 분위기가 있다.

다카코는 에도 중기에 창업한 화과자 가게의 세 자매 중 장녀로 태어났다. 데릴사위를 들여 가게를 이어받은 사람은 둘째인 아쓰코다. 애교 넘치는 웃는 얼굴과 견실한 경영으로 노포를 지켜낸 아쓰코는 지금도 매일 니혼바시 무로마치에 있는 본점에서 열심히 손님을 맞이하고 있다.

통통한 아쓰코와 달리 다카코는 가냘프고 날씬하다. 목소리도 가녀린 데다 성격까지 조신한 게 딱 고풍스런 양갓집 규수다. 장녀인 다카코가 다른 집안으로 시집가게 된 데는 남편이 된 다치하라 교고가 다카코에게 첫눈에 반해 열렬히 구혼한 이유도 있지만 장사에는 아쓰코가 훨씬 적임자라는 사실을 선대가 제대로 알아봤기 때문이기도 하리라.

자매 중 셋째인 요코가 유키의 어머니다. 남한테 굽실거리기는 질색이고, 실수로라도 아양 부리는 웃음 따위 절대 못 짓는 성격이니 대를 이어 노포를 꾸려갈 사람이 아니기는 다카코보다 더할 것이다.

하기는 워낙 그런 기질이다 보니 상장기업인 와카바야시 집안 삼대째 사장의 후처로 들어와 하루아침에 세 딸의 어머니가 되고서도 버텨냈으리라.

시부모님께도 하고 싶은 말은 다 하고, 말 많은 친척들과도 지지 않고 싸워온 어머니의 지위는 장남인 유키를 낳고부터는 철옹성이 되었다. 아버지와 배다른 누나들도 유일한 아들인 유키를 금지옥엽으로 대했다.

유키는 숨이 조금 막히기는 했지만 온실 같은 환경 속에서 큰 좌절도, 소년다운 흔한 고민 이상의 고민도 모른 채 자랐다.

대학교 입학을 계기로 유키는 요코하마에 있는 집에서 나와 도쿄 고마고메 역 근처 빌라에서 자취를 시작했다. 학교에서는 수화 동아리에 들어갔다. 마침 그 무렵 둘째 누나가 중증의 난청이라는 사실이 밝혀졌기 때문이다.

리쿠기엔 공원이 한눈에 내려다보이는 1LDK의 빌라는 벚꽃놀이 철이 되면 본인을 재워준다는 조건으로 어머니가 구입해줬다. 어머니와 이모들은 자매 셋이 나란히 만개한 벚꽃 구경하기를 연례행사로 삼고 있다.

올해는 상중인 다카코를 배려해서 중지될까. 어머니가 혼자서라도 올지 모르겠다는 생각을 하며 유키는 금잔에 뻗었던 손을 무릎 위로 되돌리고 물었다.

"이모부 사건 관련 일 말인가요?"

다카코의 남편인 다치하라 교고는 두 달 전인 작년 11월 10일, 애견과 산책하던 중 괴한에 목을 졸려 살해당했다.

개는 암컷 웰시코기로 이름이 조르주라고 한다. 작가 조르주 상드에서 따왔다나. 교고가 다치하라 법률사무소를 사위에게 물려주고 현역에서 은퇴한 3년 전부터 키우기 시작했는데 그때부터 매일 아침저녁으로 하는 산책은 교고에게 빼먹을 수 없는 운동이 되어 있었다.

아침 산책은 아침 식사 전, 평소 같으면 6시 정각에 집을 나선다. 하지만 그날은 한 시간 이른 5시에 현관을 나섰다. 십수 년 만에 동창회가 열리게 됐는데 아리마 온천에 가서 일박하는 일정에 참석하기 위해 8시에는 출발할 예정이었기 때문이다. 평소와 같은 시간에 산책을 나가도 무리는 없었지만 교고는 분주하게 움직이는 것을 좋아하지 않았다.

교고의 시체가 발견된 시각은 오전 6시 20분. 장소는 산책 코스인 공원 벤치였다.

　발견자는 동네에 사는 사십 대 남성으로 매일 아침 그 공원에서 걷기 운동을 하다 보니 개와 함께 산책하는 교고와 자주 마주쳐서 서로 가볍게 인사 정도는 나누는 사이였다고 한다.

　벤치에 앉은 채 고개를 푹 숙이고 있는 모습이 이상하다 싶어서 말을 걸며 어깨에 손을 뻗자 손끝이 닿는 순간 상반신이 옆으로 휙 기울어졌고, 목에는 머플러 같은 물건에 졸린 흔적이 있었다고 증언했다. 개와 산책하면서 큰돈을 들고 다니는 사람은 없을 데다 윗옷 주머니 안에 있던 동전지갑이나 집 열쇠도 그대로 있었다. 노상강도의 가능성은 낮다고 한다.

　두 달이 지난 지금까지 범인은 잡히지 않았다. 참고로 조르주는 같은 공원 안을 돌아다니다 무사히 구조됐다.

　"조르주가 짖지는 않았나요?"

　"그런 증언은 없었어. 워낙 순한 애라서. 우리 집에 오는 손님들한테나 택배기사님들한테나, 사람한테 짖은 적이 없어."

　"발견한 남성은 정말 아무 관련이 없고요?"

　"남편 시체가 발견됐을 때 사후 한 시간은 지난 때였어. 그분한테는 동기도 없고 경찰도 알리바이를 확인했어."

　"공원 방범카메라에 뭐 찍힌 영상은 없나요?"

　"벤치가 사각지대에 있는 바람에. 카메라가 공원내부를 모조리 다 촬영하지도 않고, 도움 될 만한 영상은 없었나 봐."

"조심스러운 질문이긴 한데, 범인으로 짐작되는 사람이라도?"

다카코는 눈을 내리깔고 고개를 저었다. 벚꽃 빛깔 볼터치가 들어간 뺨에 그늘이 지고 이마라인을 따라 희끗희끗한 흰머리가 보인다. 지금껏 이런 모습은 처음 본다.

"그 사람은 언제나 온전히 의뢰인 편이었어."

교고는 건실한 경영자이며 유능한 변호사였다. 민사사건을 주로 다루는 다치하라 법률사무소는 그리 크지는 않았지만 늘 몇 명의 변호사가 소속되어 있었고 번창했다.

"그야 잘 알지만 은혜를 원수로 갚는 경우도 있고."

"원수로 갚은 거라면 계획적이라는 이야기가 되잖아? 남편은 원래 평소에는 한 시간 늦게 산책을 나가. 그 시간에 나가기는 그날이 처음."

"그렇다는 말은 범인이 동창회 사실을 알고 있었다는 이야기일까요?"

"그렇다고 한 시간이나 일찍 산책할 줄 어떻게 알고."

"집안 사정을 잘 아는 사람이라든가 아, 이모부 성격을 잘 아는 사람이라든가."

"…… 그렇다는 말이겠지."

"집안 동정을 지켜보다가 기회를 노렸을 수도 있고요……."

"그렇지. 경찰도 물어보더라고. 집 근처에서 수상한 사람을 보진 않았느냐고."

그때 직원이 다음 요리를 들고 왔다. 동그랗고 작은 홍백 떡을 넣고 끓인 떡국이었다. 달큼하고 걸쭉한 미소(주: 일본식 된장)로 맛을 냈는데, 뚜

껍을 여니 따끈한 김과 함께 유자향이 올라왔다.

"미안. 이런 이야기는 나중에 하자."

그리고 한동안은 친척들 근황이며 좀 전에 끝난 우타카이 이야기, 심사위원들의 취향 같은 무난한 이야기들만 나눴다.

싱그러운 초록색 깍지 콩이 든 게살 밥과 싸락눈처럼 잘게 썬 두부를 띄운 된장국이 나오고 직원이 장지문을 닫고 나가자 젓가락도 들지 않고 유키는 물었다.

"그래서 저한테 부탁하고 싶다는 게?"

"아이 참, 유키야. 이제 곧 식사가 끝날 텐데."

다카코는 살짝 눈썹을 찌푸리며 씁쓸하게 웃었다. 국 한 모금, 밥 한 술, 어머니와 같은 가정에서 자랐다는 사실이 믿어지지 않는 차분한 동작으로 수저를 놀리며 다카코는 말했다.

"있지, 이런 때 가장 의심받을 사람이 누구라고 생각해?"

"최초 발견자일까요?"

"아니. 우리…… 집안사람들이야. 그중에서도 함께 사는 사람. 다시 말해서 나랑 시후미……."

시후미는 교고와 다카코의 양자인데 실은 손자로 부부의 외동딸인 미나코가 낳은 아들이다.

교고는 사무소의 유망주 청년을 미나코의 남편감으로 점찍어 뒀지만 당시 대학생이던 미나코는 펄쩍 뛰며 반발했다. 열한 살이나 연상이었던 데다 미나코에게는 미래를 약속한 애인이 있었다.
　미나코 친구의 오빠 친구였던 사이키 아키라는 소극장에서 활동하는 극단원이었다. 잘생긴 외모에 팬도 제법 있었고 주인공 역을 맡을 때도 있었다. 하지만 먹고 살기는 빠듯해 호스트바에서 일했는데 그 일로 번 돈은 대부분 외모 치장과 극단 활동비로 사라졌다.
　교고가 그런 남자를 사위로 인정할 리 없어서 미나코는 가출, 야반도주를 하다시피 해서 결혼했다.
　그렇게 태어난 아이가 시후미였다.
　그리고 얼마 뒤 사이키가 소속된 극단은 해체됐다. 호스트로 잘나가기에도 살짝 한물가버린 사이키는 육아와 계약직 일을 병행하는 미나코의 기둥서방이나 다름없었다고 한다.
　사이키는 술독에 빠져 살았고 취하면 폭력을 휘둘렀다. 그것도 미나코가 아닌 어린 시후미에게. 시후미의 엉덩이에는 담배로 지진 흉터가 수두룩하다고 들었다.
　결혼생활은 6년을 채우지 못했다. 미나코는 다섯 살이 된 시후미를 데리고 도망치듯 친정으로 돌아왔다. 교고에게 자존심을 세울 기운도 없을 정도로 미나코는 피폐해 있었다.
　반년 뒤, 미나코는 교고 사무소의 유망주 미타 다다히코와 재혼했다. 다다히코는 온화하고 성실한 인품으로 교고의 신뢰를 얻어 오랜 세월 다치하라 집안에 드나들었고, 미나코를 어릴 때부터 봐온 사람이었다.
　다다히코의 성품이라면 시후미가 비록 핏줄은 아니지만 양아버지로서 지켜야할 의무 이상으로 섬세한 애정을 쏟아줬을 터다.

시후미를 사랑하지 못했던 이는 바로 미나코였을지도 모르겠다고 유키는 생각한다. 시후미가 중학교에 입학하자마자 미나코는 임신했다. 미나코와 다다히코, 교고와 다카코 사이에 어떤 이야기가 오갔는지 유키는 알지 못한다. 아는 것이라고는 그해 여름부터 시후미가 조부모의 양자가 되어 다치하라 집안에서 살기 시작했다는 사실이다.

미나코는 미타 집안의 '장남'인 고타로를 낳았고 2년 뒤에 딸 미즈키를 낳았다.

시후미의 심정이 어땠을지, 유키는 헤아릴 수 없다.

유키가 시후미와 가깝게 지낸 기간은 대학교 1학년 여름부터 3학년 말까지 약 3년간이다. 당시 시후미는 레이가쿠칸 중학교에 다니고 있었다. 레이가쿠칸은 전통 있는 학교로 유키의 어머니인 요코의 모교이기도 한데, 교고의 눈에는 차지 않았다.

한편 센다기에 있는 다치하라 집에서 도보로 20분 거리에 있는 세이세이 학원은 명문대 합격률로 매년 전국 톱 자리를 다투는 중학교 고등학교 통합학교이다. 편입생을 받아주지 않기 때문에 중학교 입학 때 미역국을 마시면 고등학교 때 '약간 명'을 모집하는 데 합격하는 수밖에 없다.

교고는 시후미를 세이세이 학원 고등학교에 입학시키겠다고 일찌감치 마음먹고 과외선생으로 현역 국립대학교 대학생이며 같은 분쿄 구 안에 사는 유키에게 눈독을 들였다. 유키로서도 보수가 짭짤한 아르바이트였기에 거절할 이유가 없어서 영어와 수학을 가르치러 일주일에 나흘간 다치하라 집에 다녔다.

그때 유키는 시후미가 굉장히 머리가 좋으며 지나치게 조숙한 소년이라는 인상을 받았다. 말수가 적고 결코 감정을 드러내지 않았다.

매사에 너무도 초연해서 실체가 아닌 허상을 대하고 있다는 느낌까지 받을 때도 있었다. 눈매가 또렷한 시후미의 눈동자는 너무도 맑아서 생물이 살 수 없는 물처럼 투명했다.

원래 이런 애였나?

유키는 뭔가 낯설게 느껴졌다.

미나코가 사이키와 이혼한 뒤 일 년에 몇 번인가 시후미를 볼 기회가 있었다. 게다가 어머니 요코가 다카코와 사이가 좋아서 어머니를 통해서도 시후미 이야기는 듣고 있었다. 요코는 불행한 어린 시절을 보낸 시후미를 늘 마음에 담고 있었다.

미나코에게 아직 임신 징후가 없어 미타 집안에서 함께 살 무렵인, 구립 초등학교에 다닐 때만 해도 사이키한테서 받은 학대 때문에 조금 어두운 구석이 있긴 했지만 활발하고 무엇이든 잘하면서 어른들한테는 약간 반항적인, 개구쟁이와 우등생 그 어느 사이쯤인 아이라고 들었다.

그리고 무엇보다 피아노를 좋아하는 아이라고.

유키는 딱 한 번 어머니를 따라 시후미의 피아노 발표회에 간 적이 있다. 시후미가 초등학교 4학년일 때였는데, 마지막을 장식하는 연주자 바로 앞 순서였다. 곡목은 베토벤의 〈비창〉 제3악장.

시후미의 손가락이 건반 위로 내려오고 첫 한 음이 울려 퍼진 바로 그

순간, 글자 그대로 소름이 돋았다. 나른하면서도 영롱히 아름다운 그 소리는 다른 아이들과 같은 피아노 소리라는 사실이 믿기지 않을 정도였다.

그 무렵의 시후미는 숨 쉬듯 피아노를 쳤고 피아니스트를 꿈꾸고 있었다고 안다.

그런데 그 피아노도 쉬고 있다고 했다.

시후미가 무사히 세이세이 학원에 합격한 뒤로는 명절날 어머니 친정에 친척들이 모일 때나 제삿날 같은 자리에서 일 년에 한 번이나 만날까 말까 했다. 시후미는 여전히 무척이나 예의가 발랐지만 그 깍듯한 예의는 주위 사람들을 거부하는 벽으로만 느껴졌다.

현재 시후미는 에이료 대학교 법학부 4학년이다. 제1지망이었던 국립대학교에는 떨어졌는데 사실 수능시험 성적은 발군이었다고 들었다. 시후미가 지원한 그 대학은 후기 일정을 폐지했기 때문에 한 번 떨어지면 끝이었는데 바로 그 본고사에서 미끄러졌다. 아마도 컨디션이 많이 안 좋았던가, 분명히 뭔가 사정이 있었으리라.

그만큼 시후미는 우수하다. 실제로 3학년 때 예비시험을 통과하고 작년에는 사법시험에도 합격했다.

"난 아니야."

뜬금없이 다카코가 말했다.

"난 남편을 죽이지 않았어."

다카코의 얼굴은 진지했다.

"난 현관 앞에서 남편을 배웅한 다음 한 숨 더 잤어. 증언해줄 사람은 없지만."

"시후미는요?"

"하필 시후미는 집에 없었어. 그 전날, 늦어질 테니까 저녁은 챙길 필요 없다, 어쩌면 못 들어올지도 모르겠다면서 오후에 외출했거든. 물론 집에 있었다고 해도 잘 시간이기도 하고 가족들 증언은 유효성이 없잖아. 하필이라고 말한 이유는 내 알리바이를 증명해줬으면 해서가 아니라 시후미가 범행시간, 범행현장에 없었다는 사실을 내가 확신하지 못하기 때문이야."

다카코는 어느새 밥풀 한 톨, 채소 절임 한 조각 남기지 않고 깨끗이 먹은 다음 젓가락을 놓고 두 손을 무릎 위에 모은 채 눈도 깜박하지 않고 유키를 빤히 쳐다봤다.

"시후미를 의심하고 있어, 난."

유키는 오이절임을 오도독, 소리 내어 깨물었다.

11월 10일 아침, 다카코가 6시 넘어 다시 잠에서 깼을 때 교고와 조르주는 아직 집에 돌아오지 않은 상태였다.

집안을 다 둘러보고 마당에도 나가봤지만 역시 보이지 않았다.

불안한 마음에 옷을 챙겨 입고 근처를 돌아보러 나갔다.

다카코가 조르주를 산책시킨 적이 한 번도 없어서 산책 코스는 몰랐지만 동네에 큰 공원이 있으니 분명 그곳을 지나리라고 생각했다.

공원 주변에 수많은 경찰차와 암행 순찰차가 서 있었다. 가슴이 두근거리기 시작했다. 칠십 대로 짐작되는 남성이 불상사를 당했다는 소리를 듣고 남편일지도 모르겠다며 자청해서 시체와 대면했다. 그게 7시쯤이었나.

다카코는 충격을 받고 쓰러져 그길로 교고가 옮겨진 병원에 한동안 누워 있었다. 그러다 겨우 생각이 미쳐서 시후미와 미나코에게 연락한 때가 9시 전후다.

지금 어디에 있느냐는 물음에 시후미는 시나가와 역에서 그리 멀지 않은 시티 호텔 이름을 댔다.

"무슨 용건 있으세요?"

차가운 목소리에 기가 죽긴 했지만 열심히 상황을 설명했다. 말없이 듣고 있던 시후미는 마지막으로 어느 병원이냐는 질문만 하고 전화를 끊었다. 먼저 네리마 구의 샤쿠지이에 사는 미나코와 다다히코가 하얗게 질린 얼굴로 달려왔고, 시후미는 11시가 다 되어서야 도착했다.

녹차와 정월 떡인 하나비라모치가 나와 다카코는 잠시 말을 끊었다.

"시후미는 여자애랑 같이 있었어. 내 전화를 받고 깼다고 했지. 경찰 조사에 따르면 시후미가 9일 밤 10시에 체크인하고 다음 날 아침 10시에 체크아웃한 건 확실해. 여자애도 시후미는 계속 호텔 방에 있었다고 증언했고."

"그 여자애라는 사람은?"

"시마다 유카라고, 에이료 대학교 근처 아오무기라고 하는 카페에서 종업원으로 일하는 아가씨야."

에이료 대학교에서 가장 가까운 역은 야마노테 선을 타고 시나가와에서 하나인가 두 정거장 떨어진 역이다.

"증인이 있는데……."

"시후미를 보호하려고 거짓말했을지도 모르잖아? 시후미가 수면제를 먹였을 수도 있고. 시후미는 고등학교 졸업 무렵 불면증 때문에 정신과에서 수면유도제를 처방받은 적이 있어."

"경찰은 뭐라고 해요?"

"장례식 때도 왔었는데, 다케우치라는 형사 말에 따르면 혹시라도 시후미가 범행시간 전후에 룸서비스를 시켰거나 프런트에 얼굴을 내비쳤다면 오히려 시후미를 의심했을 거라고. 하지만 그러지 않고 그냥 잠만 잤다는 말은 무방비 상태였다는 소리니 오히려 신빙성이 있다고 했어."

"제 생각도 그래요."

"경찰이 택시회사에 문의도 해봤는데 그런 젊은 남성을 태웠다는 말은 못 들었다고 했어. 호텔 엘리베이터, 로비, 비상구, 지하 주차장에 있는 방범 카메라에도 호텔에 머물렀던 12시간 동안 시후미가 찍힌 장면은 없대."

"그럼 알리바이는 완벽하잖아요."

"정말 그렇게 생각해? 난 잘 모르지만, 호텔 카메라는 절대 사각지대가 없어? 사각지대를 요리조리 이용해서 전철을 탔다면? 조사해봤어. 4시 33분 JR 시나가와 역에서 출발하는 전철이 야마노테 선 내선순환선의 첫차야. 이걸 타면 니시닛포리에 59분에 도착해. 1분 차이로 게이힌 도호쿠 선도 있고. 거기서부터 남편이 살해된 센다기 공원까지는 그 애 걸음이면 20분, 달리면 15분. 사망추정시각인 5시 반에 맞아 떨어져. 떠날 때는 사람들 속에 적당히 섞여서 가거나, 운이 따라준다면 불가능한 일은 아니지 않을까."

다카코의 논리는 유키가 볼 때 억지였다. 마치 시후미를 범인으로 만들고 싶은 사람 같았다.

"왜 그렇게까지 시후미를 의심하세요?"

다카코는 소녀처럼 울먹울먹한 눈으로 유키를 바라보며 가느다란 숨을 토해냈다.

"시후미 성장과정은 알지? 그런 남자의 핏줄이니까 잘못 삐끗하면 큰일 난다면서 남편은 그 애를 거뒀을 때부터 엄하게 대했어."

"아무리 그래도······."

"정말 불쌍할 정도로 엄하게 대했어. 학교만 해도 그래. 시후미는 계속 레이가쿠칸에 다니고 싶었을지도 모르는데 시후미의 의사 따위는 들을 생각도 안 했어. 시후미를 미워해서가 아니야. 남편은 그저 다 시후미를 위해서라고 생각했어."

그랬나. 시후미는 세이세이 학원에는 가고 싶지 않았던 걸까. 3년 가까이 과외선생 노릇을 했으면서 유키는 시후미에게 한 번도 물어본 적이 없었다.

"공부에 방해된다면서 피아노도 강제로 그만두게 하고. 제발 계속 치게 해달라면서 시후미가 남편 앞에서 무릎까지 꿇었는데, 시후미가 그런 모습까지 보인 건 그때가 처음이자 마지막이었어. 남편은 세이세이 학원 고등학교에 합격하면 피아노를 치게 해주겠다고."

"시후미가 이모부를 원망했었나요?"

"원망도 하고 미워도 했겠지. 남편뿐 아니라 나까지."

유키는 다카코가 그렇게까지 시후미에게 죄책감을 느끼고 있다는 사실에 놀랐다.

그런 생각까지 할 정도면서 왜 조금이라도 더 시후미에게 살갑게 다가가지 않았을까. 불쌍했다고 말만 하지, 다카코는 교고에게서 시후미를 감싸준 적이 없었던 눈치다.

아니나, 탓할 수만도 없다. 남편 뜻에 거스르는 짓 따위, 다카코에게는 상상도 할 수 없는 일이었으리라. 옛날사람이라든가 시대착오적이라는 표현을 떠나 원래 기질이 그렇게 타고난 사람이다. 유키도 예전에는 그런 다카코를 조신하고 다소곳한 여성이라고 생각했고 한편으로 사실이기도 하지만, 아무튼 엷은 동경 같은 마음을 품기도 했었다.

"아무리 그랬다고 죽이기까지."

"응, 나도 거기까지는 생각 안 했어. 그런데 남편이 죽고 나서…… 나, 맨 처음 의심한 사람이 시후미였어."

다카코는 하는 말과는 전혀 어울리지 않는 우아한 동작으로 도자기 녹차 잔에 손을 뻗었다. 세 번에 걸쳐 다 마신 다음 냅킨으로 입술을 살짝 누르고는 말했다.

"유키, 사건조사 좀 해주면 안 될까?"

"예?"

느닷없는 의뢰에 유키는 들고 있던 찻잔의 차를 쏟을 뻔했다.

"남편을 살해한 범인이 시후미일 수가 없다는 증거를 찾아줬으면 해."

"왜 저한테?"

"너, 탐정이잖아?"

유키는 쓴웃음을 지었다.

"어머니죠? 이모한테 그런 말도 안 되는 소릴 한 사람이."

"말도 안 되는 소리야?"

"말도 안 된다기보다는, 선배가 하는 탐정사무소에서 잠깐 아르바이트나 한 수준이라."

졸업을 앞두고 크게 다친 유키는 어쩔 수 없이 몇 달 간 입원을 해야 했고, 결국 입사하기로 되어 있던 기업의 취직기회를 날려버렸다. 정확히 말하자면 유키가 제 발로 물러났다.

그때 여차저차하다 보니 수화 동아리 선배인 마쓰에다 도코가 권하는 대로 그녀가 소장인 탐정사무소 조사원으로 일하게 됐다.

말이 탐정사무소이지 직원이 달랑 유키 한 명뿐이라 의뢰 건수가 두어 개만 쌓여도 정신 못 차릴 정도로 바빴다. 그런가 하면 며칠씩 의뢰 한 건 없는 날도 수두룩해서 돈 벌 기미가 안 보이는 달에는 학원이나 스낵바에서 단기 아르바이트를 하면서 겨우 버텨냈다.
"선배랑 저 둘뿐인 작은 사무소고, 기껏해야 불륜조사 아니면 신원조사 수준, 고양이나 잉꼬 찾는 일 나부랭이나 하는 곳인데요."
더 정확하게는 '하는'이 아닌 '했던'이다. 사무소는 연말에 그만뒀다. 4월부터 아버지 회사에 들어가기로 되어 있다.
아버지 회사가 요코하마에 있어서 지금 지내는 빌라에서도 나와야 한다. 지금은 이사 준비를 하면서 요코하마에 있는 적당한 임대 빌라를 찾고 있다.
"그럼 이 일도 아르바이트라 생각하고 해주면 안 될까?"
"어디까지나 아마추어라는 점을 인정하시고도 의뢰하신다면 저도 나름대로 이모부 사건을 조사해볼게요."
유키는 천천히 녹차를 마셨다. 다행히 입사 전까지는 아직 시간이 있다.
"고마워. 우선 이거."
다카코가 내민 봉투를 유키는 되밀었다.
"이모한테 돈을 받을 수는 없어요."
"그럼 내가 미안하잖아."
잠시 입씨름을 한 끝에 결국 다카코가 포기하고 봉투를 집어넣었다.
마지막으로 다카코는 이렇게 말했다.
"시후미, 장례식 때 눈물 한 방울 안 흘렸어, 봤지? 고타로랑 미즈키는 눈이 새빨갛게 부어 있었는데."

그랬었나.

"아니, 거기까지는 괜찮아. 일부러 슬픈 척 할 필요는 없어. 그런데 나, 봤어. 그 아이…… 웃고 있었어. 분향할 때, 고개를 살짝 숙인 채 입술 끝을 씨익 올리면서 조용히 웃고 있었어."

2

다카코의 의뢰를 받은 지 일주일이 지난 1월 20일, 유키는 아오무기 카페를 찾아갔다.

아오무기는 복고가 콘셉트인지, 아니면 옛날 스타일을 고집하는 사이 시대가 바뀌어 복고가 되어버렸는지는 몰라도 벽돌을 쌓아 만든 벽은 담쟁이덩굴로 뒤덮여 있고 넓지 않은 내부는 불투명유리를 씌운 램프 불빛을 받아 옅은 호박색으로 어룽져 있다.

무늬가 조각된 칸막이. 커피색 가죽 의자. 바 안에서는 오십 대쯤으로 보이는 무뚝뚝한 마스터가 동제 주전자에 물을 끓이고 있다.

구석진 자리에 앉은 유키는 종업원에게 카페오레와 토스트를 주문했다. 종업원은 한 명밖에 보이지 않았다. 이 사람이 시마다 유카인가.

카페오레를 가져온 그녀에게 말을 걸었다.

"실례지만 시마다 씨인가요?"

"네, 그런데요."

놀란 듯 쳐다보는 얼굴을 다시 한 번 자세히 본다.

스무 살쯤 되어 보인다. 가무잡잡한 피부에 결이 무척 곱고 여드름 하나 없다. 다만 옅은 눈썹과 두툼한 눈꺼풀 탓에 눈매가 흐릿했다. 이따금 앞니 두 개가 보이는 입술에 조금 짙은 색 립스틱이 발라져 있는데 그것이 유일한 화장다운 화장이었다. 풀면 길 것으로 짐작되는 머리카락은 쫑쫑 땋아서 하나로 묶어 올린 모습이다.

유키는 솔직하게 이름을 밝히고 다치하라 교고 살인사건과 관련해 질문이 있다고 말했다. 일이 끝난 뒤, 아니면 다음에 시간을 내줄 수 없겠느냐고 부탁하자 오늘은 6시까지 일하니 그 이후 역 반대편의 패밀리레스토랑에서 보자는 대답이 돌아왔다.

시간이 남아서 JR선을 타고 시후미가 머물렀다는 시나가와의 호텔에 가봤다. 도어맨도 몇 명 있고 지하주차장으로 유도하는 직원도 상주하고 있었다. 프런트에 사람이 없는 경우는 없다는 사실도 확인했다. 결론을 말하자면 한밤중이든 꼭두새벽이든 호텔 스태프 단 한 사람에게도 목격되지 않고 출입하기란 불가능했다.

일찌감치 약속한 패밀리레스토랑으로 가서 입구가 보이는 자리에 앉아 커피를 마시며 기다렸다. 아오무기의 커피와 달리 향도 없는 데다 바싹 졸인 커피에 맹물을 탄 느낌이라 맛이 없었다.

유카는 6시 15분에 왔다. 유키와 눈이 마주치자 종종걸음으로 다가와 꾸벅 인사하고 맞은편 자리에 앉았다. 선물로 초콜릿케이크를 준 다음 겨우 패밀리레스토랑에서 뭐 대단한 대접이라도 하는 꼴 같아 민망하지만 뭐든 주문해주세요, 하며 메뉴판을 건네주자 유카는 진지하게 고민하다 딸기 아이스크림을 주문했다.

"시마다 씨는 에이료 대학교 학생이신가요?"

아이스크림을 다 먹을 때까지 기다렸다가 유키가 물었다.

"네? 설마요!"

유카가 깜짝 놀란 듯 손을 내저었다.

"아니에요. 에이료 대학교라니 말도 안 돼요."

유키는 상의 주머니에 슬쩍 손을 넣어 녹음기의 녹음 스위치를 눌렀다.

"크게 불편하지 않은 범위 안에서 대답해주시면 됩니다. 시후미와는 언제부터, 어떻게 알게 됐는지요?"

"개인적으로 대화하게 된 건 작년 7월부터예요. 가게에 자주 왔기 때문에 얼굴은 알고 있었는데 우연히 저쪽 서점에서 마주쳐서……."

"역 앞에 있는 그?"

"네. 그 통유리로 된 서점. 거기 문고본 코너에 서서 책을 읽다가 문득 보니 옆에 시후미가 서 있었어요. 아오무기에서 일하시죠, 하면서 말을 걸더라고요. 깜짝 놀랐죠. 그러다 제가 읽고 있던 책 이야기를 한참 했어요. 북유럽 호러 작가의 단편집이었는데 시후미도 그 사람 소설을 좋아한다고……. 시후미, 가게에서 볼 때는 어딘가 좀 다가가기 힘든 느낌이었는데 전혀 딴판으로 대화하기 편하더라고요. 그 뒤로 가게에서도 조금씩 대화를 하게 됐고 책도 서로 빌려주고 그러다 음, 어느새……."

유카는 발갛게 물든 뺨을 계속 문질렀다.

"저야말로 믿기지 않는 일이었어요. 에이료 대학교의 예쁜 여학생들이 분노한 그 심정을 충분히 이해한다고나 할까. 나 따위랑 시후미가……."

"나 따위라니, 그런 말 하지 마세요."

"위로 안 하셔도 돼요. 차이가 나도 너무 나는 커플이었다는 사실은 잘 알고 있으니까요."

유카는 내가 부정해주길 바라는 마음에서 자신을 비하하는 건 아니어 보였다. 아니, 비하가 아니라 그저 자신의 생각을 솔직하게 토로했다는 표현이 맞겠다.

"에이료 대학교 여학생이라니요?"

"처음에는 가게까지 찾아와서 심술을 부렸지만 마스터가 쫓아내고 출입금지 시켜줬어요. 마스터가 우리 삼촌이거든요. 독신으로 애도 없고 해서 어릴 때부터 절 예뻐해 주셨어요. 가게에 출입을 못하게 했더니 길에 잠복해 있기도 하고……. 그 애들 중 한 명이 시후미를 좋아했던 모양이에요. 진짜 예쁜 애였는데, 처음에는 전 여친인가 했는데 그건 아닌 모양이더라고요. 아, 딱히 무슨 해코지를 당하진 않았어요. 절 에워쌌을 때는 조금 무섭긴 했지만 거울도 안 보고 다니느냐, 분수를 알아야지, 이런 말만 했어요. 뭐, 그 정도에는 이골이 난 편이니까……. 그리고 우엉이라고도 했어요."

우엉? 되물으려다 입에서 나오기 직전에 말을 삼켰다. 까무잡잡하고 깨깨 마른 유카를 놀린 말이 분명하다.

"저기, 시후미가 우엉전이란 거 아세요?"

"시후미가 뭐라고요?"

"우엉 전. 그 애들이 만들어낸 말 같아요. 우엉 전문이라는 소리겠죠. 나처럼 피부가 새까맣고 비쩍 말라빠진 여자애가 시후미의 취향이라 그 부분만 통과되면 나머지는 뭐가 어떻든 상관없다고. 시후미한테 차인 여자애들 중에 나중에 준 미스 캠퍼스가 된 애도 있는데, 정말 배우 뺨치게 미인인 데다 피부가 뽀얗고."

"질투라고 하세요. 그쪽이 훨씬 매력적이라는 소리니까."

"아, 그건 아니에요. 하지만 전 우엉이라서 다행이라고 생각해요. 덕분에 시후미랑 사귈 수 있었으니까. 정말로 행복했으니까."

"현재 시후미와는……."

"안 만나요. 피해를 끼치게 될 테니까 이제 만날 수 없다고 전화로 이야기한 게 사건이 있은 지 일주일 뒤였고, 그날로 연락도 끊겼어요. 물론 가게에도 안 오고요."

"유카 씨가 먼저 연락해 본 적은 없나요?"

"네? 아니요, 어떻게 그래요!"

유카는 또 손사래를 쳤다.

"해도 괜찮다고 생각합니다."

유키는 진심으로 말했다. 유카에게 호감을 느꼈기 때문이다. 그리고 핵심으로 들어갔다.

"사건 전날 이야기부터 들을 수 있을까요?"

"작년 11월 9일이죠. 똑똑히 기억하고 있어요. 시후미랑 마지막으로 만난 날이니까. 시후미는 리포트 쓸 때 필요한 자료를 보러 학교에 간다고 했고 그 이후에 만나자고 해서 6시 반에 여기서 만났어요. 선로 하나 너머에 있어서 그런지 의외로 여기엔 에이료 대학교 학생들이 잘 안 오거든요."

유키는 가게 안을 슬쩍 둘러봤다. 유키로서는 패밀리레스토랑이라는 장소와 시후미가 도무지 연결되지 않았다.

"밥 먹고 영화 보고, 그리고 호텔로 갔어요. 시후미는 늘 제대로 된 호텔 방을 잡아줬어요. 저기, 뻔뻔하게 대놓고 다 말한다고 생각하지 말아주세요. 시후미의 알리바이 문제니까 경찰한테도 다 이야기했어요. 확실하게 말 안 했다가 시후미가 의심받는 건 싫으니까요."

유카는 결심이라도 한 듯 그때 처음으로 유키의 눈을 쳐다봤다.

"시후미, 아직도 의심받고 있죠?"

그런 오해를 했기 때문에 이렇게까지 다 털어놓는 모양이다. 유키는 시선을 피한 채 컵 바닥에 남은 커피를 마시며 약간의 미안한 심정을 얼버무렸다.

"체크인한 때가 몇 시쯤이죠?"

"아마 10시쯤이었을 거예요. 영화가 9시 반 정도에 끝났으니까."

"곧바로 방으로?"

"네. 프런트에서 바로 방으로 갔고 아침까지 내내 같이 있었어요. 둘 다 방 밖으로는 한 발짝도 나가지 않았어요."

"맹세코 말입니까?"

"맹세코요. 샤워 할 때는 따로 있었지만 기껏해야 10분 정도고, 그 다음엔 함께……. 저, 원래 잠을 깊이 못 자는 데다 특히 시후미랑 있을 때는 자는 얼굴 따위 보여주기도 싫고. 시후미가 계속 팔베개를 해줬기 때문에……. 그러니까 자리를 비웠다면 분명히 알았을 거예요."

유카는 얼굴을 새빨갛게 물들이며 장담했다.

"체크아웃은?"

"아침 10시요. 방에 있던 커피 마시고 어쩌고 하다 보니 체크아웃 시간이 다 돼서. 9시쯤에 시후미 어머니가 시후미에게 전화를 했었는데 시후미는 별일 아니라고 했어요. 서두를 필요 없다고."

"시후미가 서두를 필요 없다고 했다고요?"

유키는 저도 모르게 되물었다. 아무리 그래도 아버지라고 부르는 사람이 살해를 당했다는데 서두를 필요가 없다고?

"네. 그래서 설마 그런 일이…… 시후미의 아버지가 살해당한 줄은 꿈에도 모르고 있다가 뉴스로 알고 정말 깜짝 놀랐어요. 경찰도 와서 꼬치꼬치 캐묻기에 시후미가 의심받는구나 싶어 무서워서."

"걱정 마세요. 유카 씨의 증언이 사실이라면 시후미는 범인이 아니니까."

유카는 유키를 올려다보며 까딱하고 고개를 끄덕였다.

"호텔을 나가서는?"

"역에서 헤어졌어요. 저는 반대쪽인 요코하마 방면으로……. 시후미랑 만난 건 그때가 마지막이에요."

유키가 봤을 때 유카가 거짓말하는 것 같지는 않았다. 애초에 경찰이 진위를 확인한 시점에 시후미의 알리바이는 성립된 상태다.

시후미는 쿄고를 죽일 수가 없었다.

다카코에게는 그렇게만 보고해도 충분했지만 그것으로 끝낼 수 없었던 이유는, 유카에게 말은 그렇게 했어도 유키에게 시후미를 의심하는 마음이 남아 있었기 때문이다.

다만 시후미가 쿄고 살해를 실행할 수 없었던 것만은 확실해 보인다. 만약 시후미가 사건에 연루돼 있다고 하더라도 실행범은 따로 있다.

금전으로 계약을 맺었거나 아니면 협박해서 죽이게 했거나, 쿄고를 미워하는 사람과 결탁했거나 단순히 부추겼거나.

첫 번째 가능성인 금전으로 사람을 고용했을 경우의 문제점은 비싼 비용, 그리고 정말로 실행될지 그 확실성이 반드시 높다고는 할 수 없다는 점이다. 예를 들어 불법 사이트를 통해 살인을 의뢰했을 때, 확실하게 이행되리라고 어떻게 보장할까. 듣도 보도 못한 생면부지의 누군가가 정말로, 그리고 확실하게 쿄고를 살해해준다고 어떻게 믿을 수 있는가.

설령 실행한다고 해도 범행이 성공하리라는 보장도 없고, 성공한다 해도 경찰에 잡힐 가능성이 언제나 있다. 체포된다면 실행한 사람은 의뢰받았을 뿐이라고 주장하겠지. 사이트를 뒤지다 보면 의뢰인은 금방 찾아낼 수 있다. 혹시 찾아내지 못하게 하는 기술이 있다 하더라도 시후미가 그런 위험한 방법에 도박을 했을 성싶지는 않았다.

게다가 현실적인 문제로, 살인의 대가를 지불할 비용이 시후미에게 있는가.

다치하라 집에 들어갔을 때부터 시후미는 교고의 방침으로 용돈을 받지 못했다. 세뱃돈마저 다카코가 맡아서 시후미 명의로 된 계좌에 저금했다고 들었다. 이 일 때문에 어머니인 요코가 교고에게 따끔한 소리도 한 적이 있다고 알고 있는데, 필요한 게 있으면 그때마다 말해서 딱 그 금액만큼 받아서 썼다고 한다.

대학생이 되고서는 아르바이트 정도는 허락해줬겠지만 사법시험 공부를 우선순위로 두게 했을 터다. 실제로 시후미가 에이료 대학교와 그 부속학교, 아니면 세이세이 학원이나 에이가쿠칸을 지망하는 아이들의 과외선생을 하게 된 때는 사법시험이 끝난 5월 말부터였다.

교고의 유산을 받으면 후불제로 준다? 그런 짓을 하게 되면 제발 의심해달라는 소리나 마찬가지다.

두 번째 가능성인 '협박'도 너무나 현실적이지 못하다. 어마어마한 약점을 잡고 있어야 하기도 하고, 경우에 따라서는 시후미 본인이 위험에 노출될 수 있다.

세 번째 가능성인 교고에게 원한을 품은 사람과의 결탁, 혹은 그에게 살인교사 했다는 가정이 가능성은 가장 높은데 이 쪽으로 안테나를 뻗으려면 지금까지 다치하라 법률사무소가 취급한 안건을 죄다 조사하고 교고 개인 혹은 사무소에 원한을 품었을 법한 인물의 리스트를 추려낸 다음 그 중에서 시후미와 접점이 있는 자를 찾는 일에서부터 시작해야 한다.

곰곰이 그런 생각들을 하며 아무런 진전도 없이 시간을 보내고 있는데 다카코한테서 전화가 왔다. 유카를 만난 지 사흘이 지난 밤이었다.

"사이키가 죽었어."

다카코는 다짜고짜 그렇게 입을 열었다.

"사이키 아키라…… 시후미 친아버지 말이야. 유키, 지금 시간 괜찮아? 실은 좀 전까지 경찰서에 있었어. 시후미랑 같이. 사이키 시체를 확인했어. 그 사람, 전과가 있잖아? 지문 조회로 신원을 알아냈대. 얼굴도 확인했어. 노숙생활을 했는지 많이 변하긴 했던데 틀림없는 사이키였어."

유키는 직접 사이키를 본 적은 없지만 나쁜 소문은 귀에 딱지가 앉도록 들어왔다. 미나코와 이혼한 뒤 점점 더 타락한 삶을 살았으리라는 상상쯤이야 하기 어렵지 않다.

그 사이키가 딱 한 번, 다치하라 집에 찾아온 적이 있었다. 12년 전으로 기억한다.

꼭 갚을 테니까 돈을 빌려 달라, 안 그러면 나는 죽게 된다.

처음에는 울면서 애원하기도 하고 그 다음은 무릎까지 꿇으며 돈을 빌려달라고 졸라대다가 교고가 매몰차게 뿌리치자 돌변해서는 돈을 내어놓지 않으면 미나코를 강간하겠다며 협박했다. 결국 교고는 사이키를 고소했고 체포, 기소까지 갔다. 집행유예를 받긴 했지만 공갈미수로 유죄 판결을 받았다.

사이키로서는 차라리 실형을 받는 편이 나았을 거라고 어머니는 말했었다. 노름을 하다 빚더미에 앉았고 상식 밖의 빚 독촉에 허덕이고 있었다고 했다.

석방된 후에는 월세로 살던 집에도 더는 살 수 없게 되면서 행방이 묘연해졌다. 얼굴을 감추고 이름도 버린 채 노숙자가 되는 수밖에 없었나. 동정은 전혀 되지 않지만.

"사이키는 어떻게 죽었죠?"

"공사 중인 건물 비계 위에서 뛰어내렸다는 모양이야. 어젯밤 11시쯤에. 노숙자로 보이는 남자가 안으로 들어가는 모습을 본 사람이 있대."

"장소는요?"

"고히나타. 큰길에서 레이가쿠칸과 반대 방향으로 조금 들어간 곳."

"왜 그런 곳에서."

"목격한 회사원 말로는, 노숙자가 날이 추우니 바람이나마 피할 만한 곳에서 자다가 아침에 공사 시작되기 전에 나가려고 그러나 보다, 하면서 지나가는데 직후에 엄청난 소리가 들렸다고 해. 그런데 그분이 그때는 그냥 집으로 갔대. 피곤해서 졸리기도 했고 솔직히 말하면 엮이고 싶지 않았다고. 그럴 만하지. 그랬다가 뉴스에서 신원불명 무직의 남자가 추락사했다는 기사를 보고 부랴부랴 경찰서에 가서 증언을 해주셨어. 가만히 생각하니까 비명소리도 들은 기분이라고."

"그 말은, 누가 사이키를 밀어서 떨어뜨렸다는 소린가요?"

"형사 말로는 현장에 실랑이가 벌어진 흔적은 없대. 사고 아니면 자살인데…… 굳이 위험한 장소까지 올라간 점을 생각하면 자살로 추측

된다고."

"하지만 자살이라면 비명을 지를 리가 없잖아요?"

"그렇지. 그런데 목격자도 기분 탓인지도 모른다고 했기 때문에."

"유족은 시후미 혼자인가요?"

"응. 미나코랑 사귈 때부터 양친도 형제도 없다고 들었어."

타살 가능성도 없고 슬퍼해 줄 유족도 없다면 결국 사고인지 자살인지는 중요한 문제가 아니라는 소리다.

"……사이키라는 모양이야."

다카코는 살짝 빠른 어조로 속삭였다.

"사이키가 남편을 죽인 범인인 모양이야."

"정말요? 사이키가?"

아닌 게 아니라 사이키라면 '세 번째 가능성'에 완전히 맞아떨어진다. 물론 전형적인 적반하장이지만 교고에게 원한을 품고 있으며 시후미와 접점이 있는 사람. 친아버지와 아들 사이니 다카코나 교고, 미나코 모르게 교류를 이어오고 있었다 해도 이상하지 않다.

"남편의 손톱 아래 남아 있던 조직과 사이키가 입고 있던 스웨터의 섬유조직이 일치한대."

1월 25일, 다카코한테서 전화를 받은 다음다음 날 오후에 유키는 다치하라 집을 찾아갔다.

좁다란 비탈길 중턱에 위치한 다치하라 집은 품위 있는 옛 민가 풍의 일본가옥으로 그리 넓지 않은 앞마당 가득 당당한 벚나무 거목 한 그루가 뿌리를 내리고 있다. 벚나무는 2층에 있는 시후미의 방 창까지 가지를 뻗고 있고 꽃 피는 계절이 되면 집안까지 옅은 분홍빛의 꽃 그림자가 흘러든다.

대문을 통과해 지금은 잎사귀도 꽃봉오리도 없는 벚나무 옆을 지나 현관 벨을 울리자 회색 롱스커트에 검정색 스웨터를 입은 다카코가 맞이해줬다. 은으로 꽃잎 무늬를 본뜬 흑진주 브로치를 달고 있다.

전에 찾아왔을 때는 들어갈 수 있는 방이 한정되어 있기는 해도 실내에서 키우던 조르주가 튀어나와서 달라붙어 애교를 부렸는데 지금은 어디에서도 그 다리 짧고 애교 넘치던 강아지의 흔적을 찾을 수 없다. 사건 이후 미타 부부가 데려갔다고 들었다. 현관 매트에 축축한 짐승의 냄새만 희미하게 남아 있다.

교고의 위패를 모신 불단에 향을 올리고 합장한다. 그런 다음 응접실로 안내받았다. 이 집은 응접실과 옛날 미나코의 방, 그리고 방음시설이 설치된 피아노 방만 서양식 방이다. 시후미의 방은 장지문으로 칸을 구분한 일본식 방으로 거기에 침대와 책상, 책장이 놓여 있다.

다카코가 홍차와 카스텔라를 내왔다.

"사이키가 범인인 게 확실한가요?"

뜨거운 홍차를 한 모금 마신 뒤 유키는 입을 열었다. 상표는 모르겠지만 본가에서 마시는 어머니 취향의 홍차와 향이 같았다.

"남편 손톱에 사이키의 스웨터 섬유가 남아 있었다는 말은 했지? 그

것 말고도 스웨터에 조르주의 털과 타액이 묻어 있었다는 사실이 밝혀졌어. 그런 생활을 하는 사람들은 두 달 정도 옷도 안 갈아입고 그러잖아?"

다카코는 본인 앞에도 홍차와 카스텔라를 놓은 뒤 유키 맞은편의 팔걸이의자에 몸을 깊이 묻었다.

"누가 버린 걸 주워서 입었을지도 모르죠."

가능성은 낮다고 생각하면서 유키는 말했다.

"회색빛이 도는 남색 스웨터였는데, 손뜨개였어. 미나코한테 이야기했더니 사이키가 스웨터를 뜰 줄 안다고 하더라. 옛날에 떠준 스웨터가 집에 어디 있을 거라면서."

다카코는 일어나서 미리 준비해둔 모양인 옅은 오렌지색 스웨터를 내밀었다.

"이거, 오늘 아침에 경찰이 돌려줬는데 원래 미나코 방 옷장 구석에 있던 거야. 둘이 처음 사귀기 시작한 무렵에 사이키가 떠준 거라네. 미나코로서는 보기도 싫었겠지만 그렇다고 버릴 수도 없었겠지."

얕게 파인 브이넥에 약간 두꺼운 실로 떴는데 심플한 메리야스무늬가 가지런했다. 싼 가격이라면 팔아도 될 정도로 훌륭한 솜씨였다.

"평범한 메리야스뜨기이긴 한데 옷단이랑 소매 끝은 고무뜨기로 떴고, 정성껏 잘 떴어. 미나코가 그러는데 극단 사람들은 직접 의상을 만들기도 하기 때문에 바느질도 잘하고 손재주 좋은 사람이 많대. 사이키가 입고 있던 스웨터도 이거랑 같은 뜨개방식…… 아니, 뭐 이게 가장 일반적인 뜨개방식이긴 하지만 코 크기가 같았어. 뜨개질 코는 뜨는 사람에 따라 다르거든. 게다가 사이즈가."

"사이키한테 딱 맞았나요?"

"그런 생활을 하다 보니 살이 빠져서 배 둘레는 헐렁했던 모양이지만……. 사이키가 키는 크고 어깨도 있는 편인데 그렇다고 다리가 긴 편은 아니라 키가 큰 만큼 상체 길이가 있어서 일반적인 사이즈는 잘 안 맞을 거야."

"키가 얼마나 됐는데요?"

"미나코 말로는 자칭 188이라고."

"시후미보다 훨씬 컸네요."

"미나코 키가 안 크니까……."

시후미는 175, 6쯤 된다. 정신적으로나 육체적으로나 조숙했던 시후미는 중학교 1학년 여름에 벌써 170센티미터까지 컸는데 그 후로는 그리 키가 자라지 않았다고 한다.

"그리고 공원 현장에 남겨져 있던 발자국이랑 사이키가 신고 있던 운동화 바닥이 일치했다고 해. 바닥 무늬랑 사이즈가. 국내 브랜드에서 7년 전 발매한 운동환데 가장 잘 팔리는 신발이었다네. 2년 뒤 모델이 바뀌었고 지금은 안 팔지만."

피해자의 손톱 밑에 남아 있던 섬유와 같은 실. 조르주의 털. 타액 검출. 현장의 발자국도 일치하고 동기도 있으니 사이키 아키라 범인설은 당연한지도 모른다.

애초에 가장 유력한 용의자였으리라. 바로 그쪽 방향으로 조사를 했고 수사관들이 원하는 결과가 나왔다 이 말인가.

"실은 작년 여름부터 노숙자로 보이는 남자가 근처에서 가끔 목격됐대. 난 본 적 없지만."

"그게 사이키인가요?"

"확실하진 않지만 키가 크고 눈이 부리부리한 남자였다고."

"사이키가 죽은 장소가 신기하네요. 그 근처에 살진 않았을 텐데."

"상관없는 장소면 안 돼?"

"안 되진 않지만 부자연스럽기는 하죠."

"길 건너편에 레이가쿠칸이 있는데."

"시후미가 3년간 다닌 중학교 근처……."

그래서 뭐 어쩌라고, 하는 생각이 든다.

"맞다. 옛날에 미나코가 사이키랑 둘이 거기 있는 회관에 벚꽃 구경하러 간 적 있대."

다카코는 부근에 있는 한 유명한 정치가 가문의 저택 이름을 말했다. 도내에서 벚꽃과 장미꽃의 명소 중 하나로 손꼽히는 곳이다.

"사이키만 아는 추억의 장소 같은 걸지도 모르잖아?"

"그……렇죠."

"그래서 말인데 유키, 어렵게 수락해줬는데 미안하지만 저번에 내가 부탁한 일은 잊어주지 않을래?"

"이모가 그렇게 말씀하신다면."

다카코는 한시름 놓은 듯 두 접시 위의 카스텔라를 이쑤시개로 작게 잘랐다.

 그때만 해도 정말 그럴 생각이었다. 돌아가는 길에 시후미를 보기 전까지는.

 다치하라 집에서 나가려는데 계단에 시후미가 서 있었다. 말을 걸려던 차에 이미 사라지고 없었지만 그 짧은 찰나에 본 시후미의 잔상이 유키의 뇌리에 강렬하게 새겨졌다.
 잔상 속 시후미가 웃고 있었던 듯한 기분이 들었다.
 입술을 초승달 모양으로 만들며 소리도 없이…… 웃고 있었던 듯한 기분이, 들었다.

제2장 서양관

1

1월 26일. 유키는 사이키 아키라가 사망했다는 공사 건물로 찾아갔다. 현장은 레이가쿠칸에서 그리 멀지 않았다.

유키가 사는 빌라 근처를 지나 다치하라 집이 있는 센다기와 레이가쿠칸 근방을 이어주는 노선버스가 있다. 시후미에게 과외수업을 할 때 평소엔 자전거를 타고 다녔지만 비 오는 날에는 이 버스를 이용했다. 과외를 마치고 돌아올 때는 교고가 차로 데려다주거나 교고가 집에 없으면 다카코가 택시를 불러줬기 때문에 레이가쿠칸 방향으로 가는 버스를 타기는 처음이었다.

유키는 생각보다 혼잡한 차 안에서 흔들렸고, 그러고 보니 과외수업 시절 시후미가 이 버스를 타고 통학했겠구나, 하고 생각했다.

고코쿠지 교차로에서 좌회전해서 신호 몇 개를 지난 다음 버스에서 내렸다. 저 앞에 굽이치며 흘러가는 간다 강이 보인다.

이 길에서 서쪽으로 들어서면 레이가쿠칸 중학교와 레이가쿠칸 고등학교가 나오고 동쪽으로 가면 사건현장인 공사 건물이 나온다. 유키는 동쪽으로 꺾어들었다. 찾아 헤맬 것도 없이 바로 눈에 띄었다.

경찰의 출입금지구역 설정이 풀려서 지금은 단순한 공사현장 가림막이 쳐져 있다. 공사계획이 기록된 패널을 보니 5층짜리 철근 콘크리트 빌라가 들어설 예정인 모양이다. 공사현장에서 사람이 자살을 했으니 하자 있는 물건이 될까. 아니면 노숙자 한 명 죽은 사건쯤이야 완공될 무렵에는 깨끗이 잊히게 될까.

패널에 적힌 시공사 자리에는 대규모 건축회사 이름이, 건축주 자리에는 '고구레 理都'라는 이름이 적혀 있었다.

고구레…… 리토? 마사토? 이름은 어떻게 읽는 거지?

그러다 문득 전에도 같은 생각을 한 적이 있다는 사실을 깨달았다. '理都'라고 하는 이름, 이 글자를 분명 전에 어디서 본 적이 있다.

어디서 봤더라. 언제였지. 아무튼 최근은 아닌데…….

잠시 생각해봤지만 생각나지 않았다. 건물 골조 전체와 패널을 스마트폰으로 촬영한 뒤 자리를 떠났다. 얼어붙을 듯한 강바람이 불어와 다운재킷 옷깃 안으로 목을 움츠린다.

길을 건너니 마침 돌아가는 버스가 와 있었지만 그냥 보냈다. 여기까지 온 김에 레이가쿠칸도 보고 가자.

지도를 보니 레이가쿠칸 중학교와 고등학교는 따로 독립된 부지를 갖고 있는데 간다 강에서 고코쿠지 방향으로 고등학교, 중학교 순서로 조금 떨어져서 건물이 서 있다. 다치하라 집이 있는 센다기 부근도 그렇지만 이 근처도 좁은 사설도로와 언덕이 많다. 우타카이가 열렸던 호텔로 이어지는 언덕을 올라가다가 중간에 오른쪽으로 꺾어든다.

레이가쿠칸 중학교 교사에 도착할 줄 알았는데 돌로 된 옹벽이 가로

막고 있는 막다른 길이 나왔다. 꺾어드는 길을 하나 착각했던 모양이다.

옹벽 한가운데 돌계단, 그 계단 위로 양쪽으로 열리는 철문이 있고, 그 안쪽에 흰색 외벽으로 된 서양관이 서 있다. 창 같이 생긴 철책이 둘러져 있고 서양관 뒤쪽으로는 우거진 숲이 보인다.

동판으로 된 문패에 '고구레'라는 글자가 새겨져 있다.

"고구레 저택……."

뭐지? 이것도 기억에 있다. 빌라 건축주의 이름과는 별개로. 그래, 귀로 들었다.

'고등학교 때, 근처에 고구레 저택이라고 근사한 서양관이 있었는데…….'

어머니 요코의 목소리다. 작년 본가에 들렀을 때 거실에서 쿠키를 먹으며 텔레비전 뉴스를 보던 어머니가 갑자기 목청을 높였다.

"어, 저 건물! 고구레 저택이다. 옛날 생각나네. 하나도 안 변했어."

유키가 텔레비전을 보았을 때는 화면이 여자 아나운서를 클로즈업하고 있었고 도내에 사는 자산가 남성이 자택 욕실에서 익사했다는 뉴스를 전하고 있었다.

"사망한 고구레 씨, 52세……. 역시 개 맞네."

"아는 사이예요?"

"그건 아닌데 저 집, 레이가쿠칸 바로 근처에 있거든. 고등학교 때 반 친구 하나가 우리랑 비슷한 또래 남자애가 저 집에 산다는 정보를 어디서 듣고 와서, 학교 마치고 여자애들끼리 훔쳐보러 갔지. 아니 저렇게 새하얀 서양관에 사는 사람이면 얼마나 미소년일까, 이런 생각이 들잖아."

"그런가요?"

어머니가 하는 생각이란 건 암만 들어도 통 이해가 안 된다.

"생각 들거든? 그런데 옹벽이 너무 높아서 안이 하나도 안 보이는 거야. 그래도 날이면 날마다 찾아가다 보니까."

날이면 날마다……. 이 말은 속으로 중얼거렸다.

"어느 날 마침내 그 애가 교복차림으로 돌아오는 장면을 딱 마주쳤는데 웬 걸, 그럴 줄 알았으면 안 보는 편이 나을 뻔했지. 한 순간에 꿈이 와장창 깨졌어. 뭐, 다 그런 거겠지, 현실이란 게."

어머니는 그렇게 혼자 북 치고 장구 치는 소리를 했었다.

익사한 고구레 理都? 아니다, 理都는 그 유족? 그때 뉴스에서 그 이름을 본 건가?

아니야, 분명 그 전이야. '理都'라는 글자가 낯익을 뿐 고구레 理都와는 아무 상관도 없을지 모르지만…….

문득 보니 어느새 레이가쿠칸 중학교 앞에 도착해 있다.

하교시간이 되려면 아직 멀었는지 조용하다. 아치형 창문이 빼곡한 연갈색 교사를, 오려낸 종이 같이 앙상한 겨울나무들이 에워싸고 있다.

저 창문들 중 하나 안에 시후미가 있었다.

이 학교는 남녀공학으로 초등학교, 중학교까지는 규모가 작아 학비가 비싸다. 특정 학부 고집 없이 전공 미정으로 가면 대학교까지 자동으로 술술 진학할 수 있다. 그렇다 보니 평균치 높은 학교라고는 해도 사실 교풍은 느슨했으리라.

이 학교를 다니기에는 시후미가 지나치게 우수했는지도 모른다. 더구나 사연 없는 집은 없다지만 아무래도 이 학교에는 분명 경제적으로 풍족한 집안에서 구김살 없이 자란 아이들이 많았을 테고 그런 친구들 속에서 짙어진 그늘이 너무 짙었는지도 모른다. 아니, 어느 학교를 가나 마찬가지였으려나.

그 무렵 시후미는 먼저 잡담을 하는 경우는 절대 없었고 가끔 유키가 이야깃거리를 던져 봐도 무뚝뚝한 대꾸만 했다. 당연히 학교나 친구들 이야기도 한 적 없다. 시후미의 중학교 시절에 대해 유키가 아는 것이라고는 책을 많이 읽는다는 점과 그때 벌써 책장에 육법전서가 있었다는 사실 정도다.

도서관이나 학교 도서실에서 빌린 것으로 보이는, 책등에 청구기호 라벨이 붙어 있는 책들이 쌓여 있기에 시후미가 화장실 간 사이 별생각 없이 손에 들었던 적이 있다. 해외 SF 고전 명작, 일본문호의 작품, 유행하던 청소년 판타지물 등등, 너무나도 전형적인 독서광 중학생다운 선택이라 왠지 시후미답지 않다고 느꼈었다.

그 책들 밑으로 노트 한 권이 삐죽 튀어나와 있었다. 연초록색 표지에, 금박의 섬세한 담쟁이덩굴 잎 무늬가 사방에 테두리로 둘러져 있던…….

그 노트다.

별안간 기억이 연결됐다. 그 아름다운 노트 표지에 적혀 있었다. 가로로 〈理都・시후미〉라고.

"마음대로 만지지 마세요."

시후미의 차가운 목소리가 아직도 떠오른다. 당황해서 내려놓자 시후미는 다시 노트 위에 책을 깔끔하게 정돈해 올렸다. 그렇게 표지에 적힌 이름이 가려졌다.

"눈속임이에요, 이거 다. 이런 책들을 읽는 척 해두면 어머니도 안심하고, 아버지도 잔소리 안 하시니까."

다치하라 집에 들어간 뒤 시후미는 교고를 '아버지', 다카코를 '어머니'라고 불렀다. 눈곱만큼의 애정도 담지 않은 채.

낳아준 어머니인 미나코를 '미나코 씨'라고 부르고, 6년간 키워준 양아버지 다다히코를 '미타 씨'라고 불렀다. 어디까지나 얼음처럼 차갑게.

그 무렵부터 시후미는 잿빛 성벽에 에워싸인 듯한, 그 누구도 발을 들이지 못하게 하는 분위기를 풍겼는데 고작 중학생일 뿐이었는데도 그 분위기는 카리스마라 부를 만했다.

〈13일 아침, 분쿄 구 ××의 고구레 시즈토 씨(52세)가 자택 욕실의 욕조 안에서 사망해 있는 현장을 귀가한 고구레 씨의 장남이 발견해 경찰에 신고했다. 고구레 씨는 장남과 단둘이 살고 있었다. 오쓰카 경찰서에서는 현장 상황으로 보아 술에 취한 고구레 씨가 입욕 중에 익사한 것으로 파악하고 수사 중이다.〉

집에 돌아온 유키는 PC를 켜서 날짜와 고구레, 분쿄 구, 익사 같은 키워드를 입력해 기사를 검색해봤다. 작년 8월 13일에 일어났던 익사사건의 개요는 금방 알 수 있었지만 장남 이름은 어디에도 나오지 않았다.

어딘가 나오지 않을까 싶어 계속 검색하던 중 우연히 고구레 집안에서 벌어진 현재와 과거 사건을 갖다 붙여서 마치 운명인 양 엮어낸 오컬트 계열 잡지에 실린 연재기사 하나를 발견했다. 작년 9월 기사다.

〈이번에는 도내에 많은 땅과 주택을 소유한 자산가 니시오카 유즈루 씨(가명)가 자택 욕실에서 익사한 사건을 거론하려고 한다.

최초 발견자는 같이 사는 장남 마사토 씨(가명)로, 니시오카 씨는 넓은 저택에서 마사토 씨와 단둘이 살고 있었다. 저택 내부의 모든 문과 창문은 안쪽에서 잠겨 있었고 침입자의 흔적이 없다는 사실들을 봤을 때 사건이 아닌, 단순히 술에 취한 니시오카 씨가 입욕 중에 익사한 사고임은 틀림없어 보인다.

니시오카 씨가 익사한 때는 13일 새벽이다. 그 시각, 마사토 씨는 어머니인 기요미 씨(가명) 병문안으로 병원에 있었다. 8월 13일은 기요미 씨의 생일로 병원관계자의 말에 따르면 마사토 씨는 매년 12일 밤마다 꽃다발을 들고 찾아와 병원에서 자고 간다고 한다.

자, 이쯤에서 마사토 씨의 효도 이야기는 차치해 두고, 문제는 기요미 씨가 왜 입원해 있었나, 하는 부분이다.

니시오카 씨가 사는 곳은 언덕 위에 있는 흰색의 근사한 서양관. 니시오카 씨는 직업이 화가는 아니지만 정원 한쪽에 별채로 된 화실을 마련해두고 취미로 유화를 그렸다.

3년 전인 20××년 2월 새벽, 그 화실에서 화재사건이 일어났다. 다행히 화실만 전소했을 뿐 안채건물에는 피해가 없었지만 이 화재사건으로 기요미 씨는 큰 화상을 입고 혼수상태에 빠진 뒤 현재까지 의식을 되찾지 못하고 있다.

소방당국과 경찰당국의 조사에 따르면 현장 상황으로 판단했을 때 기요미 씨가 불을 냈을 가능성이 높다. 마사토 씨나 당시의 가정부는 기요미 씨가 니시오카 씨의 불륜을 의심해 신경이 몹시 예민했다고 증언하고 있다.

화재와 익사. 불과 물은 한데 공존하기 힘들지만 사실 이 두 가지 키워드에서 반세기 전에 일어났던 이 저택의 처참한 사건을 떠올릴 수밖에 없다.

이 사건 관련 정보는 과거의 신문기사를 통해서도 얻을 수 있지만 필자는 한때 니시오카 저택에서 일했다는 야마나카 씨(가명)를 통해 직접 이야기를 들을 수 있었다.

니시오카 씨에게는 쌍둥이 남동생이 있었다. 니시오카 씨나 남동생 모두 아직 어렸을 때의 일이다. 어느 날 니시오카 씨의 남동생이 정원 연못에 빠져 숨진 채 발견됐다. 유모였던 여성이 조사를 받았지만 그녀에게 과실을 묻기는 곤란하다는 판단 하에 입건은 보류되었다.

그런데 석방 후 유모가 니시오카 저택의 정원에서 등유를 온몸에 뒤집어쓴 뒤 스스로 불을 붙여 분신자살했다. 후일, 그녀의 방에서 유서가 발견됐다. 유서에는 큰 주인어른(니시오카 씨의 조부)에게 강제로 순결을 빼앗겼다는 사실, 그 일로 큰 안주인어른(니시오카 씨의 조모)한테 괴롭힘을 당했다는 사실, 월급을 가불해주지 않은 탓에 수술비를 내지 못해 어머니가 돌아가셨다는 사실, 그 복수로 도련님을 죽였다는 사실, 그때부터 아기 울음소리가 계속 귀에 들린다는 사실, 어깨가 너무 무거워서 돌아보면 고통으로 가득한 아기의 얼굴이 보인다는 사실 등이 적혀 있었다.

참고로 야마나카 씨는 유모 자살 사건이 일어나고 얼마 뒤 니시오카 저택 일을 그만두었다고 한다. 그만둔 이유를 물어봤지만 묵묵부답이었다. 사건 후 연못은 매립되었다.〉

몇 가지 키워드를 입력하니 그 화재 기사는 바로 검색됐다. 4년 전 2월 기사였다.

〈14일 새벽, 분쿄 구 ××에 있는 고구레 시즈토 씨 집에서 화재가 발생. 약 한 시간 만에 불길은 잡혔지만 부지 내의 건물 한 동 약 40평방미터가 전소됐다. 이 화재로 이 집에 사는 시즈토 씨의 아내 마리코 씨(42)와 장남 理都 씨(18)가 중상을 입었다. 화재가 발생했을 때 건물 안에는 마리코 씨가 있었고 구하러 들어간 理都 씨가 변을 당한 것으로 보고 있다. 경찰과 소방당국이 정확한 발화원인을 조사 중이다.〉

알고 있었다면 익사 뉴스를 봤을 때 언급했을 테니 어머니는 화재 건은 몰랐던 모양이다.

여기서 확실히 '理都'라는 이름이 등장한다. 4년 전에 18세라면 시후미와 동갑이다. 동갑이라면 레이가쿠칸을 다닌 시후미의 동급생이었을 가능성이 있다.

혹시 몰라 '고구레 理都'로 검색하니 방금 본 화재 기사만 중복해서 나왔다. 실명으로 SNS 종류를 하지는 않는 모양이다.

고구레 저택 화실 화재, 사이키 아키라의 추락사, 고구레 시즈토의 익사. 단시간에 고구레 理都 주변에서 사건이 너무 많이 일어났다는 생각이 든다.

理都는 아직 스물두 살밖에 안 됐지만 사이키가 추락한 공사 중 빌라의 건축주다. 그리고 사이키는 교고 살인범의 유력한 용의자이고, 理都와 시후미는 중학교 친구……?

뭐지. 선이 매끄럽게 이어지진 않지만 단편적인 점선들이 미묘하게 얼기설기 얽힌다.

잠시 컴퓨터를 노려보며 골똘히 생각하던 유키는 책상에 집어던져뒀던 스마트폰을 들어 지난달까지 고용주였던 사람에게 LINE으로 메시지를 보냈다.

'지금 전화해도 될까요?'

도코는 탐정 일을 하는 한편, 뭐 어느 쪽이 '한편'인지는 잘 모르겠지만, 일러스트레이터도 겸하고 있다.

도코가 그리는 그림은 주로 유령이나 요괴, 환상 속 괴물, 귀신 같은 이 세상 존재가 아닌 것들이다. 도내에 있는 밀교(密教)계 사원의 딸인 도코는 그 때문인지는 몰라도 어릴 때부터 온갖 존재들이 눈에 보이는 모양이다. 그러한 경험을 살려서…… 인지 아닌지는 몰라도 그쪽 장르 일러스트레이터로 제법 잘 나간다.

기다릴 새도 없이 스마트폰이 울린다.

"무슨 일이야? 뭐 깜박하고 두고 간 물건이라도 있어?"

"깜박한 물건은 없는 것 같고요. 그게 아니라 물어보고 싶은 게 있는데."

유키는 좀 전에 읽은 기사가 게재되어 있던 오컬트 잡지에 대해 물어봤다.

"아 거기? 응, 몇 번 그려준 적 있어."

"아는 편집자가 있으면 좀 소개해주시겠어요?"

"있긴 한데 왜?"

"작년에 실린 기사 중에 궁금한 게 있어서."

도코는 2초 정도 침묵했다. 그러더니 나풀나풀 날리던 리본을 힘껏 조여 맨 듯한 말투로 말했다.

"하나만 확인하자. '그 애'랑 관계있는 거야?"

"그런 무서운 목소리로 말하지 마세요. 그 애랑은 아무 상관도 없어요."

"정말? 그럼 다행이고. 이제 그만 그 애는…… 잊으라고는 못하겠지만…… 네 책임이 아니니까."

네, 라고 대답하려고 했지만 말이 나오지 않았다.

아니, 평소 잊고 살아왔다. 도코가 걱정하는 만큼 얽매여 있지는 않다.

하지만 책임이 없다고는 생각하지 않는다. 구하지 못한 소녀. 어차피 겨우 내 힘 따위로 구할 수 없었을지도 모른다. 그래도 어쩌면 구할 수 있었을지도 모르는 소녀.

유키는 무의식적으로 왼쪽 옆구리에 손을 댔다.

아주 조금만이라도 마음을 줬더라면.

단 한 번만이라도 손을 내밀어줬더라면…….

2

1월 27일. 신주쿠로 갈 예정이었던 유키는 고마고메 역으로 가려다 문득 마음이 바뀌어 걸음을 멈추고 다카코에게 전화를 걸었다. 다치하라 집에 들렀다 가도 약속 시간에 늦지는 않을 것이다. 다카코에게 한 가지 부탁을 한 뒤에 지금 바로 찾아뵙겠다고 하고 버스 정류장으로 향했다.

"갑자기 무슨 일이야? 시후미 중학교 졸업 앨범이 보고 싶다니."

"죄송해요, 뭘 좀 확인하고 싶어서."

"그 일 때문이라면…… 남편 일 때문이라면 이제 그만해도 돼."

"예. 알고 있어요."

"내가 얄궂은 부탁을 했어."

눈썹을 찌푸리며 난감한 표정을 지으면서도 다카코는 유키를 응접실로 안내했다. 테이블 위에는 모스그린 색 표지의 졸업 앨범이 놓여 있다.

"자. 시후미가 없길 다행이야. 시후미, 중학교 앨범은 자기 방에 보관하고 있거든."

"얼른 볼 테니 저는 신경 쓰지 마세요."

레이가쿠칸 중학교는 한 학년 당 4학급이 있고, 한 학급에 스무 명 남짓이 있다. 남녀비율은 거의 비슷하다.

시후미는 3반이었다. 웃거나 살짝 익살스러운 표정을 짓거나 옆으로 삐딱한 자세를 취하고 있거나 눈을 동그랗게 뜬 표정을 짓거나 하면서 다들 카메라를, 졸업앨범 사진을 찍는다는 사실을 어딘가 의식하고 있는데 시후미는 혼자 한 점 잔물결도 일지 않는 호수처럼 잠잠한 표정을 지은 채 눈썹과 간격이 좁은 기다란 눈으로 그저 정면만 보고 있다. 그런 점이 시후미를 훨씬 더 어른스럽게 보이게 했고 또 한편으로는 한순간의 환상처럼 보이게도 했다.

이렇게 가만히 보니 입술 자체는 선이 부드러운데 유키는 그 입술이 즐겁게 함박웃음을 짓거나 조용히 미소 짓거나 하는 모습을 본 적이 없다는 생각이 들었다.

미타 집안에서 살 때는 더러 웃기도 했겠지. 유키도 분명 본 적이 있을 텐데 기억이 나지 않았다. 시후미의 입술은 늘 굳게 닫혀 있었다는 생각만 든다. 누구도 당길 수 없는 활의 팽팽한, 끊어질 듯 팽팽한 시위처럼.

얼마 전 계단참에서 잔상처럼 본 기묘한 미소가 처음 보는 시후미의 웃음이었다. 그래서 그토록 마음에 각인됐으리라.

시후미와 같은 반인 3반에 고구레 理都는 없었다.

4반, 없다.

2반, 없다.

1반은…… 유키의 손가락이 굳는다. 있다.

정말로 있었다. 놀라움보다는 설마, 하는 마음으로 유키는 사각형으로 편집된 사진과 그 아래의 고구레 理都라는 글자를 응시했다.

이걸 찾으러 왔으면서 '설마'라니 우습지만.

고구레 理都는 어둠 속에서 불현듯 향기를 터뜨리는 농밀한 꽃 같은, 뭔가 숨이 턱 막히는 듯한 매력을 가진 소년이었다. 잘생겼다는 말과는 좀 다르다. 아니, 혹시 장래에는 어마어마한 미남이 될지도 모르겠지만 현재는 아름다움의 농축액만이 가무잡잡한 피부 위에서 미완성의 음화 사진이 되어 있다.

윤곽이 뚜렷한 생김새에, 그중에서도 인상적인 부분은 짙은 눈썹 아래 자리잡은 두 눈이다. 보는 순간 놀라서 철렁할 만큼 커다란 데다 사진으로도 알 수 있을 만큼 기다란 속눈썹에 싸여 있어 마치 그 부분에만 진짜 오닉스 두 알이 나란히 놓여 있다고 착각할 정도로 유달리 눈에 띄었다.

새까만 머리카락이 너울너울 이마 위로 흘러내려 있다.

목덜미가 소녀처럼 가늘다.

시후미랑 닮았…… 네.

생김새를 말하는 게 아니다. 투명한 눈빛, 깊은 물밑으로 떨어지는 달빛 같은 우울, 나무숲을 뒤덮어버리는 푸른 안개 같은 그늘, 어딘가 덧없는 분위기와 날처럼 예민한 표정 같은 부분들이 닮았다.

유키는 고구레 理都의 얼굴을 스마트폰 카메라로 촬영했다. 요즘엔 보기 힘든데 앨범 뒤쪽에 명부가 있기에 주소를 찾아보니 번지까지는 모르겠지만 적어도 동네 이름만 봐서는 그 서양관이 있는 곳이었다.

3반 명부가 올라 있는 페이지를 촬영했을 때 다카코가 돌아왔다. 어머니가 좋아하는 제품과 똑같은 홍차와 동백꽃 모양의 과자, 그리고 따뜻한 물수건도 함께 내준다.

"조사는 끝났어?"

"네."

"시후미가 알기 전에 제자리에 돌려놔야 해."

다카코는 혹시나 홍차라도 흘리면 안 된다는 듯 졸업앨범을 옆자리 팔걸이의자 위로 치웠다.

"시후미가 중학교 졸업앨범만 자기 방에 두고 있나요?"

"응. 책꽂이에. 지금 생각하니 좀 이상하네. 초등학교 앨범은 버렸다고 했고 고등학교 졸업앨범은 졸업증서랑 같이 남편한테 주고 끝이었는데."

"유난히 사이좋은 친구라든가 여자 친구가 있었나요?"

"그건 나보다는 네가 더 잘 알지 않아? 시후미의 중학생 시절은."

"시후미랑 그런 이야기는 한 적 없어요."

"시후미는 방과 후에도 친구랑 놀지 못했어. 남편이 허락을 안 해줬거든……. 남편도 일할 때가 많았고 시후미, 숨 돌릴 틈이 없었지."

"오늘 시후미는?"

"글쎄…… 차 몰고 어디 나가던데."

"시후미, 면허 땄어요?"

"응. 가을에 운전학원을 다닌 모양이야. 남편 차는 안 타고 이름이 뭐라더라, 중고차를 사서 근처 주차장에 요금 내고 주차하고 있어. 유산을 일찌감치 나눠버렸어. 미나코는 서두를 필요 없다고 했지만 시후미가 졸업하면 독립하고 싶으니까 서둘렀으면 좋겠다고 해서……."

다카코는 회반죽 마감을 한 벽과 나무 패널이 거무스름해진 천장을 막막한 눈으로 둘러봤다. 시후미가 나가버리면 다카코는 이 집에 혼자 남게 된다.

"요즘 시후미는 날마다 외출을 하는데 어딜 가는지 말도 없고 나도 안 물어봐. 뭘 하고 다니는지 전혀 몰라…… 어쩔 수 없지 뭐. 이제 와 새삼, 그 애도 간섭받고 싶진 않겠지."

다치하라 집을 나와 서둘러 지하철을 타고 니시신주쿠에 있는 이누이 종합병원으로 갔다. 기사를 쓴 노자키라는 기고가가 도코와 친한 사이라 마리코가 입원해 있는 병원과 병실을 알려줬다. 게다가 고맙게도 작년 그의 취재에 응해준 간호사와도 연결해줬다.

理都 주변을 좀 깊이 파헤쳐보고 싶었다. 교고 사건에서 옆길로 새는 모양새 같기도 하지만 어쩌면 뜻밖에 그렇지 않을지도 모른다.

"근무 시간에 죄송합니다."

8층 특별병동까지 엘리베이터를 타고 올라간 유키는 혼자 접수대 컴퓨터 앞에 앉아 있는 간호사에게 말을 걸었다.

유키보다 두어 살쯤 위일까. 흰 옷 가슴께에 달린 이름표에 '사이토 (리)'

라고 적혀 있다. 노자키가 말한 사이토 리코라는 이름의 간호사가 분명하다.

"와카바야시라고 합니다. 어제 노자키 씨를 통해 연락했었습니다만."

도쿄의 사무소에서 일할 때 만들어뒀던 기고가 직함의 명함을, 노자키의 조언대로 1만 엔권 기프트카드와 함께 접수창구 안으로 밀어 넣자 사이토는 애교 살이 도톰한 눈으로 힐끗 보더니 재빨리 간호사복 주머니에 챙겨 넣었다.

"딱 맞춰 오셨네요."

벽시계를 보더니 말한다.

다음 날 오전 11시 45분부터 12시 사이에 8층 접수대로 오라는 시시콜콜한 지시를 받았었다. 그 시간이면 본인 혼자 있다고. 단, 긴급사태나 콜이 있으면 상대 못해준다고 했다고 노자키가 단호하게 말했었다.

"마리코 씨, 아직 이곳에 계신가요?"

"네. 맨 안쪽에 있는 801호에."

8층이면 창을 통해 출입하기란 턱도 없는 소리다.

"사이토 씨는 마리코 씨가 처음 입원했을 때도 병원에 계셨었죠?"

"예. 당시 환자는 의식불명이었고 도저히 살릴 수 있을 만한 상태가 아니었어요."

"의식이 없었나요?"

"네. 화상도 심했지만 머리를 부딪쳐서."

"그럼 본인이 불을 냈다고 자백한 게 아니네요?"

"도저히 그럴 수 있는 상태가 아니었어요."

"그런데 마리코 씨가 스스로 불을 낸 것처럼 되어 있잖아요. 그건 왜."

"그건 그."

사이토는 목소리를 낮췄다.

"불탄 캔버스에 남편의 불륜상대가 그려져 있었대요. 게다가 마리코 씨가 도수 높은 술을 미리 12병이나 사서 준비해뒀다고 하던데요."

그 이야기는 노자키한테도 들었다. 그는 화실 화재사건과 고구레 시즈토 익사사건에 대해 상세하게 이야기해줬다.

마리코가 사용한 술은 스피리터스라고 하는 보드카 일종으로 알코올 도수가 96도이다. 마시면서 절대 담배피우면 안 된다는 술이다.

"현재 마리코 씨 상태는?"

사이토는 찌푸린 얼굴로 고개를 저었다.

"계속 그 상태예요. 의식이 돌아올 가능성은, 알잖아요?"

"아드님은 자주 들르나요?"

"본인이 회복된 뒤로 일주일에 한 번은 와요."

"아드님도 입원했었다죠."

"네, 3주간 입원했었어요."

"문안 올 때 혼자서 오나요, 아니면 누구랑 함께?"

"혼자 와요."

"남편 분은?"

"고구레 씨는 거의 안 왔어요."

"문안 올 때는 보통 몇 시쯤에 많이 오나요?"

"오전에 올 때도 있고 저녁에 올 때도 있고 대중없어요. 마리코 씨가 특실환자라 면회가 자유롭거든요."

"아드님이 병실에는 얼마나 있다가 가나요?"

"두 시간 정도요."

"작년 8월 12일 밤에는 어땠나요? 12일 밤부터 13일 아침 사이."

"그거 고구레 씨가 돌아가신 날 밤이죠? 그때도 경찰이 와서 꼬치꼬치 물어보고 갔는데 대체 왜 그러시죠?"

"형사가 와서 물어봤다면 기억하고 계시지 않으세요? 고구레 씨 아드님이 몇 시쯤에 병문안을 와서 몇 시쯤 돌아갔는지?"

"그날 밤 마침 제가 야간 근무였어요. 우리 병원에서는 23시부터 다음 날 아침 8시까지가 야간조 시간이거든요. 제가 출근했을 때 아드님은 이미 와 있는 상태였고 아침 일찍 돌아갔어요."

"아침 일찍 구체적으로 몇 시쯤에?"

"창밖을 보니 마침 동이 트기 시작했으니까 일출 시간을 알아보시죠?"

8월의 일출 시간이라면 오전 5시 전후쯤 될까.

"우리 간호사들 사이에서는 유명한 이야기인데, 8월 13일이 마리코 씨 생일이에요. 아드님은 매년 생일 아침을 함께 맞이해줘요. 예쁜 꽃을 장식해두고."

"아드님은 내내 병실에?"

"제가 담당이었는데 1시 반, 그리고 4시 정각에 한 바퀴 돌았을 때도 창가에 작은 불을 켜두고 머플러인지 뭔지를 뜨고 있었어요. 뜨개질을 좋아하는 모양이더라고요. 별일이죠."

理都가 시즈토를 죽일 수 있었을지 그 가능성을 유키는 생각하고 있다. 의심하고 안 하고의 문제가 아니라 단순히 가능한가, 아닌가 하는 이야기다.

노자키의 말로는 시즈토의 사망추정시각이 오전 1시부터 2시 사이. 리쓰가 1시 반에 이곳에 있었다면 시즈토를 죽이기 위해 30분 안에 고구레 저택까지 가서, 죽인 다음, 돌아와야 한다.

지도로 확인했지만 이누이 종합병원과 고구레 저택의 직선거리는 약 4킬로미터. 심야라 도로가 한산했을 테니 차를 이용했다면, 理都가 운전할 수 있는지 어떤지는 몰라도 불가능한 이야기는 아니다. 수습이 필요하면 다음 날 아침에 돌아가서 해도 되었을 테다.

"중간에 어디 나가고 그러진 않았나요?"

"밖에 있는 편의점 같은 데 다녀온 적이 있을지도 모르지만 10분, 20분이면 몰라도 아무튼 한 시간 같이 긴 시간 안 돌아오면 이제 집에 갔구나, 생각하거든요. 그날 밤 일은 경찰이 벌써 방범카메라를 압수해서 다 조사했어요."

사이토가 몸을 앞으로 조금 내밀었다.

"저기, 그거 사고 아닌가요? 고구레 씨가 돌아가신 거."

"사고, 같더군요."

그렇게밖에는 말할 도리가 없다.

"해마다 생일에 아드님만 찾아왔나요?"

"제가 아는 한은 그래요. 아드님이 입원해 있는 동안에는 내내 찰싹 달라붙어 있었는데 말이에요. 고구레 씨, 아들 사랑은 지극했나 봐요. 그래서 더 마리코 씨를 용서할 수 없었는지도 모르죠. 애초에 바람을 피운 자기 탓이지만요. 아드님이 마리코 씨를 구하려다 그 지경이······."

그때 젊은 간호사가 계단을 올라오자 조잘대던 사이토는 입을 꾹 다물었다.

제3장 성역

1

"다치하라 시후미? 아, 그 녀석. 기억해요."

3반 명부의 위에서부터 차례대로 전화를 걸다가 고즈카 가이토라는 친구와 맨 처음 전화통화가 되고 이야기를 듣게 됐다. 그는 직접 만나기는 사양하지만 전화통화만이라면 가능하다며 '취재'에 응해줬다.

"레이가쿠칸은 초등학교 과정부터 있어요. 초등학교는 지요다 구에, 대학은 신주쿠 구에 있어요. 다치하라는 중등 과정부터 들어왔는데…… 친척이라고 하셨으니까 말할 필요도 없다. 고등 과정도 평균치가 높긴 하지만 보통 중등 과정부터 들어온 놈들이 머리가 가장 좋아요. 그중에서도 다치하라는 세 배는, 아니 더했다고 해야 하나, 출중했다고나 할까."

"고즈카 씨는 초등 과정부터였죠?"

얄따란 스마트폰을 통해 넘쳐흐르는 자의식 과잉을 견제하듯 유키는 말했다.

"같은 반이었던 건 3학년 때뿐인가요?"

"1학년 때도 같은 반이었어요. 처음 봤을 때는 성이 미타였잖아요. 1학년 여름방학이 끝났을 때 보니까 다치하라로 바뀌었더라고요."

"시후미는 어떤 애였죠?"

"제 주관이 들어갈지도 모르는데 괜찮나요?"

고즈카는 당연한 소리를 다짐받더니 말했다.

"증등 과정부터 들어온 놈들은 보통 두 타입이에요. 내부생…… 그러니까 초등 과정부터 올라온 애들을 말하는 건데 이 내부생들한테 괜히 알랑거리거나 따라하거나 아니면 반대로 네 놈들과는 타고난 머리가 다르다면서 처음부터 깔보거나. 다치하라는 두 쪽 다 아니었는데…… 아니다, 굳이 따지자면 후자……도 아니다, 역시."

고즈카는 처음으로 조심스럽게 말했다.

"의식한다는 뜻이잖아요, 결국. 알랑거리는 애들이나 깔보는 애들이나 다 내부생을 강하게 의식한다는 점에서는 마찬가지죠. 다치하라는 그런 게 없었어요. 다치하라를 의식하는 쪽은 늘 주위 다른 애들이었죠. 외부생도, 내부생도 다요. 내부생들은 보통 외부생들에 대해 아무 생각이 없어요. 무관심하다고 해야 하나, 무관심까지도 안 가요. 그런데 다치하라만큼은 정도의 차는 있어도 다들 의식했어요."

"시후미 머리가 세 배는 더 출중해서 공부를 잘했기 때문에?"

"그렇기도 하지만 그뿐이면 외부생들은 몰라도 내부생들은 의식 안 해요. 아마도 다치하라의 분위기…… 그중에서도 그 눈 때문이 아닐까."

"눈……."

"다치하라가 되게 눈에 띄잖아요. 딱히 크게 미남이라고는 생각하지 않지만 독특한 분위기가 있다고 해야 하나. 왜 그런가 싶어 가만히 봤더니 눈이 투명해요. 정말로 투명해서 안이 다 비친다는 소리가 아니라 그렇게 느껴질 정도로 차갑고 맑았다는 뜻인데. 그 눈이 다치하라를 특별한 존재로 만들지 않았나."

시후미의 눈.

아닌 게 아니라 '투명'한 눈동자다.

과외수업을 하던 때 시후미가 쳐다보면 그 인정사정없는 맑음에 눌려 유키는 종종 흠칫 했다. 육체를 통과해 영혼까지 꿰뚫어 보는 듯해서.

"다치하라는 외톨이였어요. 따돌림이나 무시 따위가 아니에요. 다들 멀찌감치 떨어져서 의식한다는 느낌이라고 할까요. 가까이 다가가면 그 눈에 즉사 당할까 봐."

"고즈카 씨는 시후미와 대화를 나눈 적이 있나요?"

"화학 시간에 같은 조였던 적이 있어서 실험에 필요한 대화 정도요."

"시후미와 친한 친구가 있었나요?"

"아니요, 다치하라한테는 친구가, 아, 굳이 꼽자면 다무라? 다무라 나오. 다치하라랑은 3년 내내 같은 반이었을 텐데."

"여성이군요?"

"예. 비즈랑 스와로브스키라나, 수예 액세서리 재료를 취급하는 회사 사장 손녀예요. 도서위원장이었는데 글을 잘 써서 도쿄 도나 전국 대회에 나가서 곧잘 상도 받았어요. 머리는 좋은데 오지랖이 어마어마하고 분위기 파악을 못해서 끝까지 다치하라를 반에 융화시키려고 했었죠. 다치하라는 전혀 원하지 않는데, 남들 다 아는 그걸 걔는 몰라요. 그것도 일종의 재능이라고 해야 하나."

"다무라 씨는 지금……."

"다무라는 국립 여자대학교에 들어갔어요. 국문과인데 대학원에 진학하는 모양이더라고요. 아, 다무라랑도 이야기 해보시겠어요? 그럼 제가 살짝 연락해둘까요? 걔도 초등 과정부터 다닌 애라 이래저래 아직 연결 고리는 있거든요."

"부탁드려도 될까요?"

탐정사무소 경험이 있다 보니 이런 이야기가 나오면 거절하지 않고 넙죽 받는다.

"그런데 딱 다무라 씨한테만 연락해주셨으면 좋겠습니다."

"아, 그렇구나, 다치하라를 조사하는 사람이 있다고 동창생들 사이에 소문나면 곤란하다 이거죠. 예, 다무라한테만 그렇게 전달하고 조용히 일러둘게요. 괜찮아요. 저 입 무겁고 다무라도 믿을 만한 애예요."

2월 2일. 지정해준 터미널 역 구내 카페에서 유키는 다무라 나오와 만났다.

먼저 들어가 입구 근처에 자리를 잡고 커피를 마시며 기다리자니 '빨간 스웨터에 검정 코트, 머리는 보브 컷에 일자 앞머리'라고 사전에 알려준 인상착의와 똑같은 여성이 시간에 맞춰 나타났다.

볼이 포동포동한 동그란 얼굴에 왕방울 같은 큰 눈을 또르륵또르륵 굴린다. 초콜릿케이크를 건네자 정중히 인사하며 받더니 등을 쫙 펴고 유키를 똑바로 응시했다.

"그냥 기고가라고 했으면 거절했을 텐데 다치하라 사촌형이라고 해서."

또랑또랑 시원하게 말하더니 다무라 나오는 유키의 명함을 지갑에 챙겨 넣었다.

"정확하게 말하자면 제 사촌누나 아들이 다치하라 시후미입니다."

"네, 듣기로 집안이 좀 복잡하다죠. 그래서 다치하라, 키워주신 아버지 사건으로 뭔가 의심받고 있나요?"

"아니요, 시후미에게는 알리바이가 있습니다."

"다행이다. 실은 뉴스 들었을 때부터 아주 조금 걱정이 되더라고요. 키워주신 아버지가 굉장히 엄한 분이었다고 들어서."

"시후미한테서요?"

시후미가 그런 이야기를 이 친구에게 털어놨을까.

"다치하라는 수업이 끝나면 매일 도서실로 왔어요. 책을 고르는 30분간만 귀가시간이 늦어져도 좋다는 허락을 받았다면서, 그 딱 30분이 자신의 자유시간이라고."

"시후미가 다무라 씨한테 그렇게 말하던가요?"

"도서실에서 대화하는 내용을 들었어요. 전 도서위원이기도 하고, 당번인 날이나 그게 아닐 때도 도서실에 자주 있었거든요."

유키는 저도 모르게 몸을 앞으로 들이밀었다.

"시후미가 누구와 대화했나요?"

"저도 궁금하더라고요. 다치하라, 반에서는 말이 거의 없거든요. 어? 친한 애도 있었나 싶어서. 그래서 슬쩍 봤는데 다른 반 애였어요."

"이름도 아시나요?"

"알아요. 개랑은 초등 과정 때 같은 반이었던 적도 있으니까. 고등 때도."

"가르쳐주실 수 있습니까. 그 친구 이름."

"고구레예요. 고구레 리쓰. 리쓰는 이상(理想)의 도시(都市)라고 할 때 이도."

유키는 폐 깊숙한 곳에서부터 끌어낸 깊은 숨을 토해낸다. 고구레 리쓰라는 소년이 시후미 옆에 있었다는 사실은 알고 있었다. 그렇기에 누군가 그 말을 해주기만 기다리고 있었다.

"고구레도 눈에 띄는 애였어요. 단순히 외모가. 자세히는 모르지만 혼혈이었을 걸요. 중동 쪽. 피부는 까무잡잡하고 얼굴이 진하게 생겼고 눈도 엄청나게 크고. 속눈썹도 깜짝 놀랄 만큼 길고. 전 예쁘다고 생각했지만 보는 사람에 따라서는, 특히 초등학교 때는 예쁘다기보다는 이질적으로 보인 모양이에요. 이질적이라는 말은 쓰면 안 되나 싶기도 하지만 굉장히 이국적이었던 건 사실이니까요. 소문으로는 어머니가 그쪽 사람 아닌가 하고. 아버지는 학교 행사 때 몇 번 왔는데 아무리 봐도 일본인이었거든요. 피부도 하얗고 좀 땅딸막해서 고구레랑은 하나도 안 닮았더라고요. 어머니를 본 사람은 아무도 없지만요."

"다무라 씨가 보시기에 고구레는 어떤 친구였나요?"

나오는 시후미가 아니라 리쓰를 궁금해 한다는 기묘함에는 전혀 눈치를 못 챈 모양이었다.

"글쎄요, 굳이 말하자면 왕따였는지도 모르겠어요. 눈에 띄는 외모에다 얌전했기 때문에 놀림 받기 일쑤였죠. 그런데 무슨 소리를 들어도 고구레는 대꾸 없이 신기하다는 듯 상대를 쳐다보기만 했어요. 그 큰 눈으로 쳐다보니까, 고구레 본인은 별생각 없었겠지만 은근히 박력 있거든요. 상대 쪽은 내심 무서웠을 거예요."

유키는 졸업앨범 속 리쓰의 사진을 떠올린다. 한번 보면 잊을 수 없는, 꿈속에까지 각인될 듯한 농밀하고 섬세하며 슬픔이 드리워진 얼굴이다.

"무서우니까 더 괴롭혀요, 괴롭히는 애들은. 무섭다는 사실을 인정하기 싫으니까. 물론 그 애들이 나쁘죠. 그런데 고구레도 좀 자신만의 세상에 틀어박혀 있다는 느낌이긴 했어요. 고구레도 책을 좋아하는지 도서실에서 자주 보이기에 제가 몇 번 말을 걸었던 적이 있어요. '무슨 책 읽어?'라든가 '추천하는 책 있으면 말해줘' 뭐 이런 식으로. 고구레는 대꾸도 없이 책 표지를 보여주거나 고개만 흔들고 쓰윽 자리를 피했어요. 제가 봤을 때 고구레는, 그리고 다치하라도, 본인들 스스로 원해서 고독하게 있었다고 생각해요."

그 말마따나 시후미한테는 그런 경향이 있었다.

시후미를 그렇게 만든 건 주변의 어른들이다.

어린 시후미에게 폭력을 휘두른 사이키. 다다히코의 자식을 임신하자마자 아직 열두 살이던 시후미의 어머니이기를 포기한 미나코. 양자로 보내는 데 찬성한 다다히코 역시 마찬가지다. 이러니저러니 해도 어쨌거나 6년 동안은 아버지와 아들 사이였으면서.

친조부모이자 양부모가 된 교고나 다카코도 시후미를 사랑하지 않았다. 본인들은 어떻게 생각했는지 모르겠지만 미워하기까지는 아니어도 결코 사랑하지는 않았다. 시후미에게 흐르는 사이키의 피 때문에. 시후미로서는 어찌할 도리 없는 아버지의 피 때문에.

시후미는 고독했다.

고구레 리쓰 역시 고독했을까.

"고구레랑 시후미는 같은 반이었나요?"

"같은 반이었던 적은 없어요. 중학교 때는 해마다 반이 바뀌었는데 저는 어쩌다 보니 다치하라랑 3년 내내 같은 반이었거든요, 고구레랑 같은 반이었던 적은 없어요."

"그럼 같은 동아리였다든가?"

"아니요, 다치하라는 동아리 활동은 전혀 안 했어요. 아, 아니다, 1학년 초반에 임시 가입한 적은 있네요. 클래식 음악동아리에."

"아, 피아노를?"

"몰라요…… 정식으로 가입하기 전에 탈퇴했으니까."

중학교 1학년 여름 이후, 다시 말해서 다치하라 집으로 들어간 뒤 세이세이 학원에 합격하기 전까지 시후미는 피아노 건반을 건드릴 수 없었다.

고등학교 때 다시 레슨을 받았고 수능시험 준비 때도 쉬지 않고 계속

하긴 했지만, 뭐 대학입시 따위 원래 시후미에게는 조금도 힘든 일이 아니었을 테니까. 그럼에도 어쨌든 사법시험에 집중하기 위해 대학교 2학년 때 그만뒀다고 들었다. 레슨만 그만두고 피아노는 계속 쳤는지 어쨌는지는 몰라도.

"혹시 고구레가 음악 동아리였다던가?"

"아니요, 고구레도 집으로 직행하는 '귀가 동아리'였어요. 고등학교 때는 문예부에 들어갔지만. 제 친구 중에 고구레를 좋아하는 애가 있었거든요. 그래서 기억하고 있죠."

나오는 변명하듯 사족을 덧붙였다.

"그럼 시후미랑 고구레는 어떻게."

"아마 도서실에서 친해지지 않았을까요. 매일 쉬는 시간이랑 점심시간, 그리고 방과 후 30분 동안 같이 도서실에 있더라고요. 도서실 창가 자리에 앉아 있거나, 열람실에서 뭘 쓰고 있기도 하고 대화도 나누고. 둘이 같이 있을 때 보면 정말 그림 그 자체였어요. 중학교 1학년이면 아직, 더구나 남자애들은 아직 여자애들보다 작은 애도 있고 어이없을 정도로 유치하기도 하고 그런데, 그 와중에 걔들 둘은 어린애가 아니었어요. 물론 그렇다고 어른은 아니지만. 잘 표현은 못하겠는데 아이의 껍데기에서 탈피는 했는데 아직 다음 껍데기는 미완성인……."

"시후미랑 고구레가 그렇게 사이가 좋았나요?"

"그랬죠, 중반까지는. 반이랑 상관없는 교외학습 같은 때는 늘 둘이 붙어 지냈고 집에 갈 때도 항상 같이 간 모양이고. 고구레가 걸어서 통학했기 때문에 버스정류장까지만 같이 갔지만. 그래도 바로 버스도로로 나갈 수 있는 길로 안 가고 일부러 멀리 돌아서 간 모양이더라고요."

"중반까지는, 이라는 뜻은?"

"사이가 틀어졌어요. 중3 가을인가 겨울쯤에."

"왜 그렇게 생각하셨죠?"

"도서실에 안 왔으니까."

"둘 다요?"

"둘이 따로 올 때는 있었어요. 다치하라가 오면 고구레는 안 오고, 고구레가 오면 다치하라는 안 오고 이런 식으로. 집에 갈 때도 같이 안 가고."

"계기가 있었을까요?"

"몰라요. 어느 날 보니까 그렇게 돼있더라고요. 저는 다치하라가 세이세이 학원 고등학교에 들어가기로 했을 때부터가 아닐까 하는데. 그게 고구레한테는 충격 아니었을까."

"겨우 그런 일로?"

"겨우 그런 일이라는 생각은 어른이라서 그래요. 와카바야시 씨가 중학생이다 생각해보세요. 처음으로 생긴 단 하나뿐인 친구가, 같은 고등학교에 간다고 철석같이 믿고 있었는데 다른 학교 수험준비를 하고 있다는 사실을 알게 된다면 마음 아프지 않겠어요? 실망하지 않겠어요? 배신당한 기분 안 들겠어요?"

나오는 다그쳤다.

"다치하라가 어떻게 할 수 있는 문제가 아니라고 머리로는 알면서도 용서가 안 돼요. 순수하고 미숙하니까."

"일시적으로 틀어질 수는 있지만 졸업할 때까지 계속 그대로?"

"계속 그대로였고, 졸업식 때 완전히 끝장이 났다고 생각해요. 레이가쿠칸 교복 아세요? 연갈색 블레이저에 남학생은 넥타이, 여학생은 리본을 목에 매거든요. 넥타이랑 리본 색깔은 초등 과정 때는 와인색, 중등 때는 모스그린, 고등 때는 진한 갈색이에요."

"실크죠."

"네. 우리 내부생들은 고등과 1학년 때만 규정대로 진갈색을 매는데 이건 암묵적인 규칙이에요. 전통적으로 2학년 때부터는 초등과 때 하던 와인색이나 중등과 때 하던 모스그린 중에 본인이 마음에 드는 쪽을 매요. 계절이나 기분 따라 바꾸는 애들도 있고 좋아하는 색 하나를 끝까지 매는 애도 있고요. 물론 중등 과정 때 들어왔으면 선택지는 모스그린밖에 없지만 초등 과정 때부터 다닌 애들한테도 모스그린이 인기예요. 이 색이 가장 근사하거든요. 그래서 졸업한 후에도 소중히 보관해두고 그래요."

그 이야기는 어머니한테 들은 적이 있다. 어머니는 중등 과정 때 입학했다. 초등학교는 다카코, 아쓰코와 같은 여학교에 다녔는데 딱딱한 학교 규율이 맞지 않아 남녀공학인 레이가쿠칸에 시험을 쳤다고 한다.

"고구레, 졸업식이 끝난 뒤 다치하라의 넥타이를 가위로 싹둑싹둑 잘라버렸어요."

"교복 넥타이를?"

그때 일을 떠올렸는지 나오는 굳은 표정으로 끄덕였다.

"제 두 눈으로 직접 봤어요. 졸업식 끝나고 도서실에서. 신세를 졌던 사서 선생님께 작별인사를 하러 들렀는데 고구레가 창가에 서서는 가위를 들고 다른 사람의 넥타이를 자르고 있었어요."

"넥타이는 웬만한 가위로는 자르기 힘들 텐데 일부러 특수한 가위를 준비해서 갔다고요?"

"그렇게 생각해요. 제대로 된 재봉가위로 보였으니까요."

"그런데 그게 시후미의 넥타이라는 걸 어떻게 알죠? 고구레 본인의 넥타이일 수도 있잖아요?"

나오는 진지한 표정으로 잠시 고민하더니 말을 이었다.

"솔직히 말하면 그때 고구레가 넥타이를 매고 있었는지 어땠는지 기억나지 않아요. 게다가 고구레는 고등 과정 3년 내내 내부생 중에서는 유일하게 규정의 진갈색 넥타이를 매고 다녔거든요. 그러니까 그게 절대 고구레 본인의 넥타이가 아니었다고 단정할 수는 없지만 당시 고구레 모습을 보고 그렇게 판단했어요. 뭔가 심상치 않았거든요. 물론 넥타이를 자른다는 행위 자체가 이미 심상치 않긴 하지만 그걸 떠나 고구레의 그 큰 눈동자 안에서 가위가 은빛으로 번쩍번쩍 빛나는 게, 조금 과장되게 말하자면 보고 있다는 사실을 들켰다가는 저 가위를 들고 날 공격할 수도 있겠다 싶을 정도로 분위기가 무시무시했어요. 무서워서 교실로 도망쳤다니까요. 평소 같았으면 분명히 말을 걸었을 텐데. 자기 넥타이를 자르면서 그런 표정을 지을까요? 그렇게 교실로 돌아갔더니 다치하라가 넥타이를 안 매고 있잖아요. 넥타이는 어쨌느냐고 물어봤더니 글쎄, 라고. 그 이상은 못 물어보겠더라고요."

나오가 숨도 쉬지 않고 하는 이야기를 들으며 시후미와 리쓰는 정말로 끝장을 냈던 걸까, 하고 유키는 생각했다.

두 사람의 관계가 그 시점에 끊겼다면 사이키가 그 공사현장에서 사망한 사건은 어디까지나 우연이란 말인가.

아니지, 그런 우연이……?

그렇다면 어느 지점에 교류가 다시 부활했다?

나오에게 물어봤지만 모른다고 대답했다. 모르지만, 조금 더 어른이 된 뒤라면 모를까 넥타이를 자르는 짓을 하고도 우정이 돌아오리라 생각하기는 힘들지 않을까, 하면서.

"확실히 심상찮은 행위이긴 하네요."

"고구레는 얌전한 만큼 안에 쌓여 요동치는 무언가가 있었다고 생각해요. 말은 이렇게 해도 제가 아는 건 그때랑 또 한 번, 그 한 번은 고등과 땐데."

그때 문득 정신을 차린 듯 나오는 말을 끊었다.

"죄송해요. 궁금한 부분은 다치하라 이야기죠."

"아니요, 이야기해주세요. 어딘가에서 시후미와 접점이 떠오를지도 모르니까."

"아까도 잠깐 이야기했지만 고구레는 고등 과정 때 문예부에 들어갔어요. 고등 과정 1학년 때는 반드시 동아리활동을 해야 되거든요. 문예부에서는 매년 6월과 1월에 학교 휘장인 붓꽃을 기념해서 〈이리스〉라고 하는 작품집을 내요. 6월에 나오는 여름호는 시나 짧은 동화, 짧은 이야기 같은 소품집이고, 1월에 나오는 신춘호 때는 힘이 딱 들어가서 다들 긴 소설도 쓰고 그래요. 그게 메인 활동이죠. 신춘호는 구매부에서도 팔아요. 저도 샀고요. 문예부에 친구가 있기도 했고. 그런데 우리가 고1 때 한 사건 때문에 그해 신춘호가 못 나왔어요."

그해 문예부 인원은 리쓰를 포함해 일고여덟 명이었다. 평균적인 인원수라고 한다.

나오가 문예부에 가입한 친구에게 들은 말에 따르면 정식 작품집을 내기 전에 가작품집을 부원들 수만큼 인쇄해서 다 같이 모든 작품을 읽고 오탈자나 표현 실수가 없는지 검토도 하고 작품 품평회도 하는데 이 과정에서 소동이 벌어졌다.

"초등 과정부터 올라온 내부생으로 같은 학년에 스기오 렌이라는 남학생이 문예부에 있었는데 고구레가 스기오의 소설을 도작이라면서 비난했다고 해요. 그러더니 별안간 책상 위에 있던 부원 전체의 작품을 저장해둔 USB랑, 멍하니 있던 애들 손에서 가제본한 작품집을 모조리 빼앗아들고 복도로 나가 개수대에 던져 넣고 불을 붙여버렸어요. 미리 라이터까지 준비한 거죠. 비상벨이 울리고 여차하면 소방차도 달려올 뻔했어요. 고구레는 선생님들이 어떻게 된 일이냐고 물어봐도 아무 대답도 안 했고 일주일간 자택근신처분을 받았어요. 문예부도 1개월 활동정지, 작품집도 내지 말라, 이렇게 돼서. 그 사건 뒤 고구레랑 스기오는 문예부를 관뒀어요."

"실제로는 어땠나요? 도작이 맞았나요?"

"제 친구도 그렇고 다른 부원들도 뭘 도작했다는 말인지 영 어리둥절한 눈치였어요. 다만 친구 말로는 스기오가 반박도 안 했고 뭔가 켕기는 구석이 있어 보였다고. 그래서 다들 고구레 말이 맞나 보다, 어림짐작했죠. 얌전한 고구레가 그렇게까지 행동했으니까."

"어떤 소설이었나요?"

"스기오가 쓴 소설이요? 글쎄요……."

"그때 문예부 부원이었던 친구들은 다 읽었죠?"

나오는 유키의 요구를 파악하고는 되물었다.

"제 친구한테 물어볼까요, 문예부였던?"

"가능하다면 만나서 직접 듣고 싶은데요."

"알겠습니다. 잠깐만요."

나오는 스마트폰을 손에 들었다. 한동안 메시지를 주고받더니 얼굴을 들고 말했다.

"내일 오후 2시나 3시쯤 괜찮으세요?"

"몇 시든, 어디든 갑니다."

"그럼 내일 2시에 여기서. 저도 함께 있어줬으면 한다니까 저도 올 거예요. 괜찮으세요?"

"물론입니다. 저야 좋죠. 다무라 씨한테는 시간을 빼앗게 돼서 죄송하지만."

"괜찮아요. 저도 오랜만에 아이리 얼굴 볼 수 있어서 좋고. 그 애, 다다 아이리라고 해요. 아, 그리고 혹시 와카바야시 씨가 고구레를 조사하고 계신다면……."

 순간 유키는 가슴이 철렁했다. 나오가 다치하라가 아닌 고구레를 입에 올렸기 때문이다.

 "고구레 그 애 요즘 어떻게 지내는지 알면 가르쳐주시겠어요? 계속 궁금했거든요. 그런 일을 당했다는 소식만 듣고 그 길로 끝이라."

 나오의 진지하고도 절실한 얼굴을 보고 리쓰를 좋아한 사람은 친구가 아니라 본인 아닌가, 하고 유키는 생각했다.

 "그런 일이라면 작년 고구레 시즈토 씨가 돌아가신 일 말인가요? 아니면 화실 화재로……."

 "아, 맞다. 아버지가 돌아가셨죠. 제가 말한 건 화재 사건요. 왠지 몰라도 화재사건이 많았어요, 학교랑 그 주변으로."

 "그런가요?"

 "우리가 중2였을 땐 작은 불이었지만 방화도 있었고 중3 때도 근처 연립주택에서 불이 나서 부부가 사망했어요. 아이만 살고. 고구레 집에서 불이 난 건 고3 때 2월 14일이었어요. 밸런타인데이라서 제가, 아니 친구가 고구레한테 줄 초콜릿을 가져왔는데 고구레가 학교를 안 오더라고요. 우린 처음엔 무슨 일인지 몰랐어요. 점심시간 끝나고 나서 강당에 전교생 모이라고 해서 갔더니 교장선생님이 고구레네 집에 불이 나서 고구레도 입원했다고 얘기해줬어요. 담임선생님한테 병원이 어디냐고 물어봤지만 안 가르쳐주시더라고요. 고구레는 목숨에는 지장이 없지만 당분간 안정을 취해야 하고 다른 입원환자들도 있으니까 학생들이 가면 폐만 끼친다고 하면서. 그렇게 그 길로…… 고구레는 두 번 다시 학교에 오지 않고 졸업해버렸어요."

"고구레 씨는 대학에는?"

"안 갔어요. 처음부터 내부 진학반에서 빠져 있었어요. 그렇다고 학교장추천을 받아서 진학하는 모양새도 아니었고 다른 일반 대학 시험에 응시할 눈치도 아니었고……. 몰라요, 고구레가 화재사건 전에 진로를 어떻게 생각하고 있었는지."

2

2월 3일. 유키는 어제와 같은 카페의 같은 자리에 앉아 있다. 정면에는 나오, 나오 옆자리에는 다다 아이리가 앉아 있다.

아이리는 윤기 나는 갈색 머리카락을 가슴께까지 기르고, 동안에 어울린다고는 말하기 힘든 화려한 화장을 한 모습이다. 신이 나서 초콜릿케이크를 받더니 아이리는 스기오 렌의 소설 이야기를 해줬다.

무대는 머나먼 은하의 머나먼 별. 쿠데타로 가족 전원이 처형되고, 아직 젊다는 이유로 간신히 사형만 면한 채 투옥된 왕자는 옥중에서 '레나'

라는 시각장애인 소녀와 만나게 되고, 지하활동가가 된 옛 친구의 도움으로 탈옥, 친구와 함께 혁명에 몸을 던진다.

최종적으로 혁명은 실패하고 동료들은 살해되었으나 친구의 희생으로 왕자와 레나 두 사람은 소형 탈출정을 타고 우주로 달아난다. 탈출정은 워프를 반복하여 수만 광년 떨어진 '푸른 물 혹성'에 도착하도록 설정되어 있다. 왕자와 레나는 냉동 캡슐 안에서 손을 잡은 채 기나긴 잠에 빠진다.

"그런대로 재미있어서 기억하고 있어요. 허술한 부분도 많긴 했지만 그렇게 따지기 시작하면 내가 쓴 글이나 다른 애들이 쓴 글이나 다 오십보백보니까."

아이리는 달아 보이는 플레이버 라떼를 한 모금 마시더니 크림이 묻은 입가를 냅킨으로 닦았다.

"뭘 표절했을까. 어디서 많이 들어본 에피소드들을 찔끔찔끔 따와서 이어붙인 느낌이긴 해도 구체적으로 뭐냐고 물어보면 할 말 없는데. 고구레도 그 부분을 명확히 말해줬어야 했어. 부원들 중에 아는 애가 하나도 없었는데, 근데 스기오가 그 일로 동아리를 그만뒀으니 도작을 사실로 인정했다는 소리잖아요."

"고구레도 소설을 썼나요?"

"아니요, 고구레는 소설은 안 썼어요. 단가를 지었죠. 소설을 전혀 안 쓰는 애는 문예부에서는 드문 경우예요. 소설도 쓰지만 시를 위주로 한다, 하는 애들은 있었지만. 그냥 편해 보이고 남들과 엮일 일 없어 보이는 동아리라 들어왔다는 느낌. 문예부 활동이란 결국 혼자 하는 작업이니까. 미술부도 그런 느낌이긴 하지만 그림은 그리기 싫어하는 눈치였다고나 할까."

"어떤 단가였는지 기억하시나요?"

"음, 저는 하이쿠나 단가 같은 데는 전혀 흥미가 없어서."

아이리는 휘리릭 나오 쪽을 돌아봤다.

"나오 너는 기억해? 여름호, 내가 안 보여줬었나?"

"안 보여줬어. 너, 창피하다면서."

"그랬구나. 첫 〈이리스〉 때는 마감을 못 맞춰서 옛날에 써둔 이야기를 조금 손봐서 냈거든. 너 같이 글 잘 쓰는 애한테 그런 글 보여주기 싫잖아."

"다무라 씨는 글을 잘 썼다고 들었는데 문예부에는 안 들어가셨네요."

"나오는 테니스부 에이스였거든요."

"아니야. 난 소설은 못 써. 심사위원들한테 잘 먹히는 작문 같은 종류야 잔재주로 쓰지만, 아이리 너 같은 상상력이 없어."

아이리는 스마트폰을 꺼내더니 유키를 보며 애교스럽게 웃었다.

"〈이리스〉, 찾아보면 아직 우리 집에 있지 싶은데 혹시 필요하시면 고구레가 쓴 단가 페이지 사진 찍어서 보낼까요?"

"부탁드려도 되겠습니까?"

"그럼요, 당연하죠. 대신 고구레에 대해 뭘 알게 되면 나오한테 다 알려주셔야 돼요."

"야, 아이리."

나오가 당황한 듯 팔꿈치로 아이리를 찌른다. 유키는 웃음을 참으며 말한다.

"잘 알겠습니다. 그리고 혹시 알고 계신다면 스기오 씨의 연락처를⋯⋯."

그 닷새 후, 유키는 스기오의 집 근처 가게에서 그와 만났다.

"안녕하세요, 스기오라고 합니다."

까만 테 안경 안의 표정이 좀 읽기 힘든 스기오는 고급스러워 보이는 다운재킷을 벗어 옆자리 의자 위에 뒀다.

유키가 연락하자 스기오는 먼저 사례는 받지 않겠다는 말부터 했다. 자신은 정보원이 아니며 사례를 목적으로 이야기한다는 오해는 받고 싶지 않다고 했다.

"다무라한테 이야기는 들었어요. 설마 이제 와서 그 흑역사가 파헤쳐질 줄은 몰랐네요. 아니, 도작이 문제가 아니라 문예부 같은 데서 소설을 쓰고 있었다는 사실 말이에요."

아오무기랑 비슷한 복고 분위기가 나는 커피 전문점에서 스기오는 킬리만자로를 주문했다.

"솔직히 그걸 도작이라고 할 수 있는지 의문이에요."

유키가 질문할 새도 없이 스기오는 묻지도 않은 말을 꺼냈다.

"실은 작년에 집에서 할머니 병간호를 했거든요. 간병인을 고용해서 할머니가 돌아가실 때까지 반년 정도 집에서 함께 지냈는데, 간병인 말이, 전에 일했던 집 아들도 레이가쿠칸에 다녔다는 거예요. 가만히 들어보니 고구레였어요. 고구레의 어머니는 긴자에 있는 고급 클럽 호스티스였던 모양이에요. 매상 자체는 1등은 아니었지만 얼굴은 클럽뿐 아니라 긴자에서 1등이라고 할 정도로 미인이었다고 해요."

"중동 쪽 분이라는 이야기를 들었는데요."

"아, 실은 저도 그거 확인해봤는데 일본인이에요. 아버지가 중동 쪽일걸요. 아니, 고구레 시즈토 씨 말고. 아무도 말 안 하던가요? 고구레는 고구레 씨의 친아들이 아니에요."

"처음 듣습니다."

"그렇구나. 다무라도 몰랐구나. 고구레 씨가 고구레 어머니를 보려고 매일같이 클럽에 다니던 때…… 좀 이상하죠, 이렇게 말하니까."

"그렇군요. 시즈토 씨, 마리코 씨라고 하는 편이 알아듣기 쉽겠네요."

성이 아닌 이름을 입에 올리자 스기오는 공범이라도 된 표정을 지으며 끄덕였다.

"그걸로 갈까요. 시즈토 씨가 마리코 씨를 보려고 매일같이 클럽에 다니던 때, 마리코 씨한테는 이미 아이가, 그러니까 고구레가 있었어요. 시즈토 씨는 다 알면서도 마리코 씨한테 프러포즈를 했고요. 그런 일이 있었는데도 대단하죠."

"그런 일?"

"저는 어렸지만 와카바야시 씨라면 생각날지도 모르겠네요. 18년 전 크리스마스, 긴자 클럽에서 일하는 여성이 집 앞에서 얼굴에 황산 테러를 당한 사건, 모르세요?"

"생각 안 나는데, 설마 그게 마리코 씨인가요?"

"그래요. 마리코 씨는 왼쪽인지 오른쪽인지는 까먹었는데 얼굴의 반에 심각한 화상을 입었어요. 반쪽은 무척이나 아름다운데 반쪽은……."

"어떤 놈이 그런 악랄한 짓을."

"몇 번이나 수술을 해서 조금은 어떻게 회복시킨 모양이지만 원래대로는 전혀."

"범인은?"

"못 잡고 시효가 지났어요. 스토커인지, 손님을 빼앗긴 동료의 질투인지, 바람난 남편 부인의 복수인지, 미녀를 노린 묻지 마 범행인지……."

스기오는 누구에게든 이 정보를 발설하고 싶어서 좀이 쑤셨는지도 모르겠다고, 렌즈 너머 홍채 안에서 춤추는 희희낙락한 빛을 보며 유키는 생각했다.

그래서 이렇게 만나 이야기해주는 거라면 유키한테는 오히려 잘 된 일이었다. 유키가 불쾌하게 받아들일 이유 따위 어디에도 없었다.

"마리코 씨란 사람은 굉장히 변덕스럽고 감정적이었던 모양이에요. 고구레는 그런 마리코 씨나 양아버지인 시즈토 씨, 하나무라 씨, 아, 가정부 이름이에요, 하나무라 씨한테까지 배려만 하는 마음씨 고운 아이였다고 들었어요. 다만, 어릴 때는 내성적이기는 해도 밝은 부분도 있었는데 중간에 변했다고."

짙은 향의 커피가 나왔다. 스기오는 블랙 그대로 맛있게 홀짝였다. 안경 렌즈에 김이 서려 살짝 흐려진다.

"저도 느꼈어요. 고구레가 중간에 변한 건."

"중간이란 게 언제쯤이죠?"

"5학년 때쯤이었어요. 고구레랑은 초등 과정 때 6년간 같은 반이었는데, 고구레는 학급의 중심에 있는 타입은 아니었지만 비슷하게 조용한 아이들과 함께 어울렸고, 걔들이랑 있을 때는 잘 웃었어요. 그런데 어느 날부터 웃음을 잃었어요. 그때부터 혼자 있는 경우가 늘고."

중간부터 변하기는 시후미도 마찬가지다.

"고구레는 친어머니인 마리코 씨보다 시즈토 씨를 잘 따라서 집에 있을 때는 시즈토 씨의 화실에 있을 때가 많았대요."

"화재로 불탄 화실?"

"네. 정원 한 구석. 시즈토 씨는 대대손손 소유해온 부동산 덕에 불로소득으로 살면서 취미로 그림을 그렸다고 해요. 고구레를 엄청나게 아껴서 그림 모델로도 삼았고."

"스기오 씨는 고구레 씨와 친해지진 않았나요?"

"이단자 동지라고 저 혼자만 생각했죠. 아무도 날 이해 못해도 고구레만은 알아주지 않을까, 하는 환상을 품고 있었어요. 중등 과정 때도 같은 반이 돼서 내심 기뻤고요. 그런데 바로 그때 그 자식이 아, 죄송합니다, 다치하라 시후미가 등장해서는."

시후미는 원래 틀림없는 '저쪽' 인간이라고 스기오는 말했다. '저쪽'에서 중심에 설 수 있는 사람. '저쪽'에서 원하는 사람. 그런데 굳이 '이쪽'에 있다. 그 때문에 울화통이 터졌다고.

　"실례인 줄 알면서 말씀드리는데요, 그래서 전 그 녀석이 싫었어요. '저쪽'으로 가고 싶어도 가지 못했던 저로서는 고구레는 '동지'였지만 다치하라는 용서가 안 됐어요. 게다가 다치하라는 제 성역이라고 할 수 있는 장소에까지 발을 들였어요. 쉬는 시간, 점심시간, 방과 후…… 제가 도서실에 가면 늘 그 녀석이 있었어요. 이것도 실례인 줄 알면서 드리는 말씀인데요."

　"괜찮아요. 일일이 양해를 구하지 않아도."

　"그리 말씀해주시니 편하게 말할게요. 다른 데서는 그렇게까지는 아니었는데 도서실에서 그 녀석을 보면 부글부글 끓더라고요. 이용하는 자체야 뭐라고 할 수 없지만 날마다 나타나는 꼴이 불쾌했어요. 물론 저만의 감정이죠. 도서실이 제 전용 공간도 아니고. 그래도 그런 생각이 드는 건 저도 어쩔 수가 없으니까."

　스기오는 주먹을 입가에 대고는 살짝 웃었다.

　"웃긴 얘긴데요, 실은 그 일을 계기로 고구레한테 말을 걸어봐야겠다고 생각했어요. 망상으로 혼자 고구레를 동지 삼고 있던 저는 분명 고구레도 나처럼 그 녀석의 출현을 기분 나쁘게 생각할 거라고 착각하고 있었거든요. 왜 저 자식이 여기 있어, 꼴 보기 싫지 않냐. 서로 그런 이야기를 하다 보면 막힌 속도 뻥 뚫리고 그 참에 고구레와 가까워질 지도 모르겠다고 혼자 망상했죠. 그랬는데, 중학교 1학년 10월이었어요. 감기 때문에 결석하다가 사흘 만에 학교에 갔더니 그 녀석이랑 고구레가 도서실에 있는데 친해 보이잖아요. 그때 제 기분이 어땠는지 상상이 가세요? 오해하셔도 상관없는데 고백도 하기 전에 실연당한 기분이었어요. 그 이후로는 둘이 그냥 허니문이었죠. 창가에서 얼굴 맞대고 속닥거리고, 도서실과 연결된 열람실에서 노트 펼쳐놓고 둘이서 뭘 쓰고 있고."

"노트……."

두 사람의 이름이 적혀 있던 그 연초록색의 노트.

"항복해버렸죠. 뭘 항복했느냐, 그렇게 둘이 같이 있는 꼴을 보다보니 고구레가 그 녀석이랑 나란히 있어도 전혀 빠지지 않는다는 사실을 알았거든요. 그제야 깨달았어요. 한마디로 쟤들 같은 애들이 바로 '이단'이라는 걸."

이단이라는 단어를 스기오는 새삼 의미심장한 듯, 주의 깊게 발음했다.

"그때 제가 생각한 '이단'이란 신에게 선택받은 존재처럼 특별하다는 뜻과 동의어였어요. 그렇게 따지면 저 따위는 그저 열등한 존재…… 뭐, 지금이야 그런 비뚤어진 생각은 안 하죠. 평범하게, 결국 고만고만하게 태어났다는 사실을 인정하고 있고 '이단' 같은 데 괜한 동경심도 품지 않고요. 하지만 그때는 자의식이 워낙 강한 때라, 누구나 그럴 때잖아요. 환상과 현실의 불일치가 가공의 열등감을 만들어내던 때였죠. 그래서 전 질투했습니다. 다치하라와 고구레를. 그 둘의 관계에. 그 둘이 만들어내는 분위기에. 둘이서만 유리로 된 숲에 있는 듯한…… 그런."

"유리로 된 숲이라."

"지금 제 느낌이 아니라 당시에 그렇게 느꼈다고요."

"저도 압니다. 시후미의 그런 분위기는. 시후미가 중학생일 때 제가 과외를 했었거든요. 학교 이야기도, 본인 이야기도, 아무 이야기도 하지 않는 애였지만."

아무 이야기도 하지 않는 아이. 정말 그랬을까. 그렇게 정의 내리고 내가 아무 것도 묻지 않았기 때문에 시후미 역시 아무 이야기도 하지 않은 건 아니었을까.

"이제 도서실엔 가지 말자고 생각했어요. 책이 읽고 싶으면 도서관에 가면 되니까. 근처에도 있거든요. 그런데 못 그랬어요. 저는 수업을 마치면 계속 도서실로 가서 그 애들을 지켜봤어요. 스토커나 매한가지였죠."

그 다음 스기오는 나오도 언급했던 작은 불 이야기를 했다. 그들이 중학교 2학년이던 해 11월 하순이었다. 초등 과정 입시에 떨어지고 수년간 해외생활을 한 뒤 중등 과정 귀국자녀 자격 편입시험에도 떨어진 아이의 어머니가 학교 화장실에 들어가 불을 지른 사건이었다.

검은 연기가 치솟으면서 비상벨이 요란하게 울리고 긴급방송에서는 교감선생이 '교내에 남아있는 학생들은 곧바로 피난하세요'라며 비명처럼 반복했다.

"비상벨 소리라는 거 심장에 해롭잖아요? 여자애들은 비명 지르고 난리였어요. 사서가 고래고래 고함을 질러서 거기 있던 애들이랑 다 같이 복도로 뛰쳐나갔죠. 저는 열람실에 있었어요. 다치하라랑 고구레가 거기 있었으니까. 걔들은 늘 하던 대로 노트를 펼쳐놓고 뭔가를 쓰고 있었고요. 저도 뛰어나가려다가 문득 걔들을 돌아봤어요. 걔들, 어쨌는지 아세요?"

유유히 노트를 덮고 자리에서 일어서서 문과는 반대 방향에 있는 창 쪽을 향해 둘은 나란히 걸었다.

겉멋이 잔뜩 들어간 스기오의 대사를 듣는 유키의 눈앞에 그 장면이, 두 소년의 모습이 마치 신기루처럼 아스라이 피어올랐다.

"냉정한 녀석들이니까 어차피 누가 장난으로 눌렀거나 아니면 비상벨이 고장 났다고 우습게 봤을까요? 전 아니라고 생각해요. 정말 불이 났어도 도망칠 생각 따위 전혀 없었어요. 어쩌면 오히려 불길을 기다리고 있었는지도 모르죠."

교사 3층에 있는 도서실 창은 교정이 아닌 길 쪽을 보고 있어 학교를 에워싼 메타세쿼이아 숲이 바로 코앞이라고 스기오는 말했다.

메타세쿼이아는 단풍처럼 새빨간 색이 아니라 차분한 적갈색으로 물든다. 도서실 창밖의 나무들도 마침 그렇게 단풍이 들기 시작한 무렵이었다.

"메타세쿼이아 숲을 마주보며 다치하라는 노트를 옆구리에 끼고, 고구레는 창틀에 손을 걸치고 있는데…… 그곳에만 영원이 강림해 있는 듯했어요. 뭐라고 표현해야 되지? 그 찰나에 제 가슴 속에서 와글와글 술렁거리던 느낌을. 걔들 뒷모습이 신성해 보이기까지 했어요. 창문이 열려 있었는지 머리카락도 살랑살랑 나부꼈고. 마치 세상의 멸망을 기다리고 있는 모습 같아서…… 마치…….”

안경 너머 스기오의 눈동자에 눈물이 어린다. 스기오의 눈은 유키를 보고 있지 않았다. 9년 전 도서실의 창가를 바라보고 있었다.

유키는 그 눈이 현실로 돌아올 때까지 조용히 기다렸다.

“무슨 말이 하고 싶은 거냐 하면, 노트예요. 죽을지 모르는 순간에도 다치하라가 손에 꼭 쥐고 있던 그 노트. 그날 이후 저는 걔들의 그 노트가 너무나도 궁금해졌어요.”

“어떤 노트였죠?”

“일반적인 대학노트나 애들이 들고 다니던 휘장이 들어간 노트가 아니라 조금 비싸 보이는 노트였어요. 연초록색의. 걔들은 본인들이 주위에 관심이 없어서 그런지 주위 사람들도 본인들한테 관심이 없다고 착각하는 모양이었어요. 그렇게 눈에 띄었으면서. 비밀주의인 주제에 노트를 책상 위에 둔 채 무방비하게 열람실 자리를 뜬 적이 있어요. 짧은 시간이었지만. 저는 책을 읽는 척하면서 걔들을 계속 지켜봤죠. 바지주머니에 커터 칼을 숨기고요.”

스기오는 커터 칼 쥐는 시늉을 했다.

“집착이 대단했죠, 저도. 그렇게 기회만 노리다가 실행한 때가 3학년 5월이었으니까. 노트를 자리에 둔 채 책장 쪽으로 간 애들이 책 찾는 데 시간이 걸리는 걸 보고 지금 아니면 안 된다, 하면서.”

“뭘 했나요?”

"별 거 아니었어요. 노트를 펴서 아무 페이지를 골라 커터로 잘라냈죠. 정말로 아무 페이지."

"뭐가 적혀 있던가요?"

"잘 모르겠어요. 아마 소설을 쓰고 있었던가, 쓰려는 중이었던 모양이에요. 설정의 일부라고 해야 하나, 한 토막 같은 거였어요. 시각장애인 소녀가 어쩌고저쩌고 하는."

"시각장애인 소녀…… 레나."

"다다한테서 들었나요? 제가 그때 쓴 소설 속 주인공이 터로스와 레나였어요. 제목도 〈터로스와 레나〉예요. 진짜 창피하네. 최대의 흑역사."

"애너그램이군요."

스기오 렌(蓮)은 멋쩍은 듯 머리를 긁적였다. 연꽃(蓮) - 로터스 - 터로스. 너무 빤하다.

"노트에 적힌 이름은 레나가 아니라 레이나였나, 그랬을 거예요. 레이나 - 시각장애인 - 천사. 이런 느낌. 제가 차용한 부분은 그거뿐이었어요. 그 페이지 한 장으로는 걔들이 무슨 소설을 쓰려는지 알 도리도 없었고. 집에 가는 길에 구겨서 역 쓰레기통에 버렸기 때문에 세세하게 기억하지도 못했고요. 제가 고구레의 비난을 잠자코 듣고만 있었던 이유는 양심에 찔렸기 때문에. 사실 고구레는 노트를 훔쳐보고 페이지를 잘라간 사실에 화를 낸 거지, 도작 운운은 화를 낼 구실일 뿐이었을 걸요. 아무리 관심이 없었대도 시야 한구석에 제 모습이 분명 있긴 있었을 테고, 제 소설을 읽자마자 노트를 잘라간 범인이 나라는 사실을 알았겠죠. 그때

비상벨만 안 울렸어도 그렇게까지 큰 소동으로 번지지는 않았을 텐데."

"고맙습니다, 잘 들었어요."

"비상벨이 울렸을 때 고구레가 묘하게 회상에 젖은 표정을 지었던 게 인상에 남아 있어요. 다치하라를 떠올렸겠죠. 절교한 채 헤어진 친구를."

"절교, 라고요?"

"절교라는 단어, 옛날 생각나는 단어 아닌가요?"

"예, 확실히."

처음으로 스기오의 말에 공감했다.

"정말로 절교한 게 맞나요, 고구레 씨와 시후미는."

"했을 걸요."

"언제?"

"3학년 2학기 말에."

자칭 스토커라 그런지 스기오는 정확하게 기억하고 있었다.

"그러고 보니 그 무렵 학교 근처에서 화재가 있었는데 뭐, 그건 상관없는 일이죠."

"절교의 이유는 뭐라고 생각하세요?"

그 정도 집념으로 두 사람을 관찰했으니 뭔가 스기오만이 눈치 챈 부분이 있을 지도 모르겠다는 기대를 했다. 하지만 스기오는 고개를 저었다.

"뭐였을까요. 적어도 저는 걔들이 싸우는 모습을 본 적이 없어요. 치고받는 싸움은 물론이고 말다툼하는 모습조차. 어느 날 갑자기 접촉하지 않게 됐다, 그뿐이에요."

"시후미의 다른 학교 입시준비가 원인이라고 말하는 분도 있던데, 어떻게 생각하십니까?"

"그건 아니라고 생각해요. 그런 어린애 같은 이유는 아닐 거예요. 걔들은 굉장히 섬세한 면이 있다고 생각하거든요, 걔들만 아는 뭔가가 있었겠죠."

마지막으로 하나무라의 연락처를 물어보니 지금은 모르는데 집에 가서 할머니 장례식의 조의금 명단을 찾아보면 알 수 있다고 했다. 메시지로 보내달라고 약속한 뒤 한 잔 더 마시고 간다는 스기오를 남겨두고 유키는 자리에서 일어섰다. 가게 단골인 모양인 스기오가 좋아하는 커피콩을 선물로 전달해 달라고 카운터에 부탁하고 모든 계산을 유키가 했다. 이 정도 선까지는 화내지 않고 받아주겠지.

제4장 소녀

1

2월 12일. 터질 듯 통통한 외양의 여성이 숨을 헐떡이며 약속 시간보다 7분 늦게 나타났다. JR 주오 선의 나카노 역 로터리를 정면으로 보고 있는 밝고 넓은 카페의 안쪽 테이블 자리다.

"하나무라 마스미라고 합니다. 죄송해요, 근처까지 오시라고 해놓고 늦어서."

"아닙니다."

유키가 일어서서 머리를 숙이려하자 하나무라는 과장되게 손을 내저으며 말리고는 말했다.

"수첩을 찾느라. 고구레 씨 댁에서 일하던 때의 수첩. 오늘은 무슨 식재료를 샀고, 저녁 메뉴는 무엇이고, 이런 내용들을 메모해둔 수첩인데. 조금씩 잡담 같은 글도 적어뒀기 때문에 보탬이 될까 해서."

복슬복슬한 재킷을 벗으면서 나온 물을 마시고, 마시면서 얼음 뺀 오렌지주스를 주문하고, 주문하면서 천으로 된 토트백에 손을 넣어 포도색 수첩을 꺼내더니 유키 맞은편에 앉으면서 내밀었다.

"자. 보셔도 돼요. 원한다면 빌려드릴게요."

"…… 와카바야시 유키라고 합니다. 오늘은 이렇게 일부러……."

"됐어요, 괜찮아요. 작가 분이시라고요?"

"아니요, 프리랜서 기고……."

"동안이시네, 학생 같다."

하나무라는 동그란 눈동자를 또록또록 굴렸다. 유키는 늘 하던 대로 초콜릿케이크와 사례금 봉투를 함께 내밀었다.

"어머나, 좋아라!"

"고구레 씨 집안에는 언제부터 얼마나 계셨나요?"

"한 20년 있었나. 내가 서른여덟이었을 때니까 22년 전, 어머, 나이가 들통났네. 시즈토 씨의 어머님이 간이 안 좋아지셔서 자택요양을 하고 계실 때 소개소에서 나를 찾았어요. 그 왜, 나, 간호사 자격증이 있거든. 그래서 시즈토 씨 어머님 간병인으로 고구레 씨 댁에 들어가게 된 건데, 집안일을 전담하시던 분이 고령이라 슬슬 그만두고 싶다고 하게 되면서 시즈토 씨의 어머님이 돌아가신 뒤로는 가정부로 근무하게 됐죠. 주 5일 출퇴근으로."

"시즈토 씨는 어떤 일……."

"미술 잡지에 평론을 쓰셨어요. 뭐, 그것만 가지고는 먹고 살 수 없었겠지만 그 분은 그러니까, 미대를 나와서, 파리랑 피렌체라고 했던가? 유학 경험도 있으시고, 아, 여기여기. 고마워요."

하나무라는 학수고대했다는 듯 빨대를 입에 물고 주문대로 얼음 없이 나온 오렌지주스를 단숨에 반이나 빨아들였다.

"시즈토 씨가 결혼하신 때는……."

"그게 어머님이 돌아가신 다음 해였으니까 시즈토 씨는 서른여섯 살, 마리코 씨는 스물아홉이라고 들었고 리쓰가 다섯 살, 어찌나 귀엽던지, 아버지가 어느 나라 왕족이니까 이 아이는 왕자님이라면서 마리코 씨가 자랑을 했었죠. 진짜인지 거짓말인지는 모르지만. 그런데 리쓰는 정말 아라비안나이트 그림에서 튀어나온 마냥."

"마리코 씨는……."

"엄청 예뻤지, 왼쪽 얼굴은. 화려하면서도 어딘가 덧없는 느낌이. 그런데 오른쪽 얼굴은 참 안됐지."

하나무라는 상반신을 가까이 들이대고는 목소리를 낮췄다. 처음에만.

"우리끼리니까 하는 얘긴데, 난 시즈토 씨가 마리코 씨랑 결혼한 이유는 리쓰를 위해서였다고 생각해요. 마리코 씨는 이제 전에 하던 일은 할 수 없게 됐잖아요? 긴자에 있는 엄청 비싼 가게 호스티스였거든. 저 어린 리쓰를 어쩌나, 걱정한 거죠. 마리코 씨 말고 시즈토 씨가 말이에요. 결혼 전부터 리쓰를 귀여워해서 마리코 씨가 아직 그 일을 당하기 전에는 디즈니랜드에 데리고 간 적도 있나 보더라고. 시즈토 씨는 무척 다정한 사람인데, 그런데 마음이 좀 약했다고 해야 하나, 아버님을 닮았나? 어머님이 고구레 집안 아가씨이고, 아버님은 데릴사위라 부인한테 꼼짝없이 잡혀 살았거든요. 마리코 씨는 반대로 기가 센 사람이고. 기가 세다기보다는 자아가. 그야 뭐, 시즈토 씨는 빈말이라도 미남은 아니었지. 키두 작고 풍뚱한 편이고, 뭐 풍뚱한 편이라고 해도 나 정도였으니까 그리 심하진 않았지만, 머리숱도 살짝 적어서 본인은 신경을 많이 쓰셨지. 하지만 외모 따위 가장 별 볼일 없는 문제 아닌가요? 무엇보다 그렇게 따지면 마리코 씨의 흉터…… 어머나, 주책이다."

하나무라는 그쯤 자제해서 말을 끊고는 빨대를 물었다.

"시즈토 씨의 결혼생활이 불행했다고 생각하지는 않아요. 리쓰가 있었으니까. 핏줄이 아니어도 시즈토 씨는 리쓰를 정말로 아꼈어요. 리쓰도 '아저씨, 아저씨' 하면서 잘 따랐고. 학교 행사에도 시즈토 씨가 참석했어요. 평론을 발표하던 잡지가 폐간된 뒤로는, 그래봐야 조금도 곤란할 일 없으니까, 화실에서 그림 그리는 시간이 늘긴 했지만 그럴 때는 꼭 리쓰를 불렀고. 리쓰는 책을 좋아했기 때문에 책을 안고 시즈토 씨를 따라 갔는데 그때마다 마리코 씨를 돌아봤어요. '엄마는 안 와?' 그러는 것처럼. 그 모습이 얼마나 짠하던지."

"마리코 씨는……."

"'쉿, 쉿!' 하면서 손으로 쫓아냈어요. 그것도 일부러 오른쪽 얼굴을 보여주면서. 그러면 시즈토 씨는 잠자코 다정하게 리쓰의 손을 잡아줘요. 그래도 친아빠가 아니다 보니 아무래도 어리광부리고 싶은 만큼 다 부리지는 못했겠죠. 리쓰도 사실 쉬는 날에는 어디 놀러 가고 싶고 그러지 않았을까. 그런데 시즈토 씨는 외출을 거의…… 뭐, 긴자에는 열심히 다니긴 했었지만 그건 별개니까. 시즈토 씨는 하루 종일 화실에서 한 발짝도 안 나오실 때도 있었을 정도라. 거기에 침대랑 화장실, 샤워실까지 다 있어서."

"리쓰가 중간에 좀 변했다고……."

"예. 초등학교 고학년쯤 되니까 자기 방에 틀어박혀 있을 때가 많아졌는데 그래도 시즈토 씨가 곧잘 화실로 불러서 모델도 삼고 했어요. 그리고 싶은 마음이 샘솟아 오르기도 하겠죠. 나도 그림만 그릴 줄 알았으면 리쓰를 그리고 싶으니까. 내가 그리면 고대벽화처럼 나올 테니까 그리진 않지만. 아, 맞다, 마리코 씨에게 보이는 태도가 바뀌었어요. 마리코 씨가 여전했기 때문에 리쓰도 포기했겠지. 전처럼 슬픈 얼굴로 마리코 씨를 보고 그러지는 않게 됐죠. 그렇다고 난폭한 언어를 내뱉거나 반항적으로 군 건 절대 아니고."

"중학교 때는……."

"중학생 때는 같이 귀가하는 친구가 있어서 함께 하교하는 모습을 많이 봤어요. 어른스럽고 신기한 분위기가 있는 애였지. 집에 데리고 온 적은 한 번도 없었지만. 배려한 거죠, 시즈토 씨나 마리코 씨를."

하나무라는 요란한 소리를 내며 오렌지주스를 남김없이 빨아치웠다.

"화실 화재 이야기를 듣고 싶습니다만."

그 틈에야 겨우 유키는 질문을 끝까지 할 수 있었다.

"아아, 그 화재. 좀 전에 준 수첩을 보면 알겠지만 마침 4년 전 딱 이맘때."

유키는 작고 두툼한 수첩을 들춰봤다.

"2월 14일이죠. 오전 6시 반에 시즈토 씨한테서 온 전화……?"

"그래요. 아직 이불 속에서 꿈나라를 헤매던 땐데 전화가 오기에 이 이른 시간에 무슨 일인가 했더니 불이 나서 리쓰가 중태라지 뭐예요. 깜짝 놀라서 병원으로 달려갔지. 신주쿠에 있는 이누이 종합병원. 비교적 가까운 곳이라 다행이었어요. 시즈토 씨는 완전히 동요해서, 동요가 다 뭐야 거의 반미치광이 상태인데 마리코 씨는 안 보이지, 이런 때 친엄마란 사람은 뭘 하고 있나 싶어서 기가 차더라고요, 난. 설마 생사의 기로에 서 있을 줄이야. 불탄 천장이 내려앉으면서 머리를 쳤다고 하는데 전신 화상을 입어서……. 작년에 시즈토 씨가 돌아가셨을 때 리쓰한테 물어봤더니 그때부터 지금껏 혼수상태라고 하대요. 돌아가셨다는 말은 못 들었으니까 지금도 그 상태겠죠. 이런 말 하면 좀 그렇지만 의식이 돌아오지 않아서 다행 아닐까. 리쓰만 가엾게 됐지. 마리코 씨를 구하려다 그 지경이…….”

"리쓰도 3주간 입원했다고 하더군요."

"그래요. 우리끼리니까 하는 얘기지만 얼굴 왼쪽, 눈 아래쪽부터 뺨, 턱, 쇄골 근처까지 흉이 졌어요. 시즈토 씨가 얼마나 가슴아파했는지 몰라요. 오히려 리쓰가 시즈토 씨를 위로했을 정도니까. 저는 매일 병원이랑 집을 오가면서 빨랫감을 가져와 세탁도 하고 집 환기 시키면서 청소도 하고, 도시락을 싸서 시즈토 씨한테 전해주고 그랬어요. 리쓰한테서 한시도 떨어지질 않았거든요, 시즈토 씨."

"그 화재는 마리…….”

"마리코 씨의 자살미수였어요, 우리끼리니까 하는 얘기지만."

대체 몇 번째 '우리끼리니까 하는 이야기'인지, 하나무라는 또 목소리 낮추는 시늉을 했다.

"시즈토 씨의 불……."

"불륜을 했을 리가 없잖아요. 외출이라고는 하질 않는데 어떻게 바람을 피워."

"하기는 그렇……."

"내놓고 말할 수는 없는데, 시즈토 씨의 부탁을 받고 다 같이 입을 맞췄어요. 되도록이면 마리코 씨가 동정 받게 하려고 시즈토 씨가 나쁜 놈이 된 거지. 마리코 씨를 위해서가 아니라 리쓰를 위해서 말이에요. 친어머니가 손가락질 당하기보다는 양아버지가 세상의 비난을 다 뒤집어쓰는 편이 낫다는 거예요. 세상에 정말 다정한 사람 아니에요?"

"그럼 그림은……."

"리쓰 그림이었어요. 리쓰 그림만 그렸으니까. 본 적은 없지만. 시즈토 씨는 화실에 누가 들어오는 걸 싫어하셔서 청소도 직접 하셨어요. 그 집 일을 그만둘 때가 오면 나도 기념으로 한 장 정도 받을 수 있지 않을까 기대했었는데 전부 다 타버려서…… 어? 아니다, 분명히 한 장이……. 아, 맞다, 미술상이 작업실에 들른 적이 있어요. 시즈토 씨가 그림은 좀 그래도 평론 쪽으로는 이름을 날리셨으니까, 그 일과 관련해서. 아아, 생각났다. 교토 말투를 쓰는 분이었어요. 시즈토 씨도 몇 점 보여주셨는지 그분이 한 장을 사셨지. 그림이 팔렸는데 왠지 몰라도 시즈토 씨는 전혀 기분이 좋아 보이지 않았지만. 내 품에서 떠나보내려니 섭섭해, 그러면서."

"마리코 씨가 불을 지르는 장면을 누구 목격한 사람이 있나요? 리쓰뿐인가요?"

"새벽 3시였잖아요? 리쓰는 자기 방에 있다가 뭔가 낌새라고 해야 하나, 묘한 느낌이 들어서 커튼 쪽을 보니 시뻘건 이상한 불빛이 보였고, 커튼을 걷어보니 화실이 불타고 있었다고. 작업실 창으로 사람 그림자가 보였는데 실루엣을 보고 마리코 씨라는 걸 알고……."

리쓰의 방은 2층에 있고 창문이 정원 쪽으로 나 있다. 화실의 이변을 눈치챈 리쓰가 방문을 열고 외쳤다.

"아버지! 불이에요! 빨리 소방차!"

계단으로 갈 시간이 없다고 판단해 방 창문까지 가지를 뻗고 있는 나무를 타고 정원으로 내려갔다. 나무껍질에 긁혀 리쓰의 손은 피투성이였다고 한다.

화실 창문은 붙박이였고, 문은 잠겨 있었다. 몸을 수없이 던져 문을 부순 리쓰는 온몸에 심한 타박상을 입었다.

소방당국과 경찰 조사에서도 화실 안에서 불이 시작된 것이 분명했는데, 그중에서도 캔버스를 한데 모아둔 곳이 탄 정도도 심해서 발화지점으로 특정되었다.

마리코 이외의 인물이 화실에 있었을 가능성은 없다.

화실 문에는 안에서 잠그는 자물쇠와 밖에서 잠그는 자물쇠가 각각 달려 있는데 바깥쪽 자물쇠는 얼마 전부터 망가져 있었다. 고쳐야 되는데, 하면서도 딱히 별문제 없다 보니 시즈토는 수리를 서두르지 않았다.

다시 말해서 문을 잠글 수 있는 이는 화실 안에 있던 마리코뿐이었다. 방화범이 화실 안에 있었다면 리쓰의 눈에 띄지 않고는 달아나지 못한다.

"캔버스에 스피리터스라는 술이 뿌려져 있었다고 들었습니다."

"맞아요. 우리끼리니까 하는 얘긴데 마리코 씨가 백화점 외판사원한테 주문한 술이에요. 정원에 유자가 엄청 열려서 유자주를 담근다고 하면서 12병을. 스피 뭔가 그 술 굉장히 불이 잘 붙는다면서요? 거의 알코올과 마찬가지라고?"

"혹시나 해서 하는 말인데, 시즈토 씨가 불을 질렀을 가능성은 없나요?"

"시즈토 씨가 소중한 그림을 불태울 이유가 있나요?"

하나무라는 뜻밖에 냉정하게 반문했다.

"소중한 그림이니까 불태울 리 없다는 점을 역으로 이용해서 마리코 씨를 죽이려 했다, 이런 가능성은 없을까요?"

"나는 시즈토 씨라는 사람을 아주 잘 아니까 그런 일은 있을 수 없다는 걸 알지만 그때도 비슷한 질문을 경찰이 했죠. 그래서 그때랑 똑같이 대답하자면 아닌 게 아니라 시즈토 씨니까 리쓰라면 감싸주느라 거짓말할 수 있다 치더라도 시즈토 씨가 알코올 천지인 곳에 불을 붙인 다음 민첩하게 도망칠 수 있다고는 생각할 수 없네요. 더구나 아무런 부상도 없이."

"부상이 없었나요?"

"리쓰나 시즈토 씨 둘 중 하나가 거기까지는 했겠죠, 소방대원들이 도착했을 때는 정원 스프링클러가 물을 뿌리고 있었고 물에 홀딱 젖은 채

기절해 있는 리쓰랑 다 죽어가는 마리코 씨 옆에서 시즈토 씨가 잠옷 바람으로 넋이 나가 있었다고 해요. 추운 날씨에 물에 젖었으니 코감기에 걸리긴 했지만 그게 다예요."

거기까지 단호하게 말하더니 하나무라는 후, 하고 한숨을 내쉬었다.

"다만 한 가지, 우리끼리니까 하는 얘기지만 동기가 없다고는 못해요. 너무 심했어, 마리코 씨 하는 행실이. 이 이야기는 경찰한테도 안 했는데, 그렇고 그런 사이였어요, 시아버님이랑."

"시아버님이라니……."

"시아버님이면 당연히 시즈토 씨의 아버님이죠. 그 왜, 데릴사위."

"살아계셨나요?"

"아주 건재하셨지. 나, 시즈토 씨의 어머님이 돌아가셨다는 말은 했지만 아버님이 돌아가셨다는 말은 안 했잖아요?"

그러고 보니 그렇다.

"성함이 요이치예요. 태평양 할 때 양(洋)을 쓰고 숫자 일 할 때 일(一)을 써서 요이치."

"같이 살고 있었나요?"

"으리으리한 대저택이에요, 굳이 따로 살고 자시고도 없잖아요. 요이치 씨, 건강하셨어요. 시즈토 씨 어머니와 대학 동기로 학생 때 결혼하셨다고 들었어요. 그게 그, 시즈토 씨 어머니의 아버님이 암이라 돌아가시기 전에 어떻게든 결혼하는 모습을 보여주고 싶었다고 하더라고요. 요이치 씨는 성실한 분이라 그렇게 돈 많은 집 데릴사위가 되고서도 계속 고등학교 음악선생님을 하셨어요. 정년 후에도 계약직으로. 그래요, 그 화재가 난 바로 그날까지도. 그 점이 태어날 때부터 도련님이었던 시즈토 씨랑 다른 점이죠. 그래서 그런가, 정식 직장에서 일하지 않는 시즈토 씨와는 사이가 안 좋았어요. 외모도 안 닮아서, 약간 버터 냄새 나는 미남형이시죠."

"어째서 마리코 씨와……."

"그래, 바로 그거예요. 아무리 넓은 집이라지만 아들의 아내 아니에요? 며느리인데 가당치도 않은 일이지. 그야 당연히 숨기고 있었지요. 요이치 씨는 물론이고 아무리 마리코 씨라지만 대놓고 티낼 수는 없지. 그래도 다 알아요. 알게 되는 법이에요. 그런 건. 시즈토 씨도, 리쓰도 다."

"화재가 발생했을 때 요이치 씨는 어쩌고 있었나요?"

"요이치 씨에게 불면증이 좀 있었어요. 그날 밤은 수면제를 제법 많이 먹고 잠들어서 잠결에 소동을 듣긴 한 모양인데 못 일어나시고 대낮까지 주무신 모양이에요. 정원에서 멀리 떨어진 방이기도 했고."

"혹시나 해서 여쭤보는데, 요이치 씨가 범인일 가능성은요? 가령 마리코 씨를 향한 애정이 식어서……."

"그럼 뭔가요, 밀회를 가장해서 화실로 불러내서?"

"동반자살을 시도했다가 본인만 달아났다거나."

"그랬으면 달아나는 장면을 리쓰한테 들켰을 테고, 리쓰가 요이치 씨를 감싸줄지 어쩔지는 좀 미묘하네요. 요이치 씨도 리쓰를 아끼기는 했지만 마리코 씨와 불륜을 저지르면서 시즈토 씨를 괴롭히고 있던 셈이니까."

"요이치 씨는 지금 어떻게 지내시나요?"

"화재 후에 요양센터로 보내지셨어요. 충격이 엄청났나 봐요. 순식간에 치매가 오는 바람에."

"마리코 씨가 방화를 한 동기는 뭘까요."

"내 생각에는 말이에요, 황산 사건 이후로 내심 계속 죽고 싶지 않았을까. 생활을 위해서 사랑하지도 않는 남자랑 결혼했잖아요? 요이치 씨랑 바람을 피운 건 그런 가운데 일종의 기분전환이었지 애정이 아니었겠죠. 그러다 리쓰가 고등학교 3학년에 올라가고 이제 한 달만 있으면 졸업하게 된 시점에 뭔가가 툭 끊어져버리지 않았을까, 난 그렇게 생각해요."

"하지만 왜 리쓰 그림을."

"그 정도로 시즈토 씨를 원망했던 거예요."

"그건 어불성설……."

"행복하게 만들어주지 못했잖아요? 어불성설이고 뭐고 여자란 그런 존재예요. 나도 이래봬도 여자니까 마리코 씨의 마음을 전혀 모르진 않는다고요."

하나무라는 묘하게 절절한 표정으로 끄덕이더니 덧붙였다.

"나는 리쓰가 퇴원하기 전에 휴가를 얻었어요. 시즈토 씨, 리쓰와 단둘이 조용히 지내고 싶었겠죠. 걱정이 됐지만 리쓰 상태도 좋아졌고 어차피 남의 집일이잖아요. 시즈토 씨 일을 뉴스로 알고 깜짝 놀라서 리쓰한테 전화를 했더니 조문도 조의금도 굳게 사절한다고, 모든 사람들에게 그렇게 말하고 있다고. 우리끼리니까 하는 얘긴데, 장례식은 치르지 않았어요. 리쓰 혼자서 조용히 화장을 한 모양이에요. 유골은 고구레 가문 대대로 내려오는 무덤에 모시고. 아이고 뭐, 대단한 집이잖아요, 상속 문제도 골치 아팠을 거예요. 세상물정이라고는 하나도 모르는 시즈토 씨 대신 고등학생 때부터 리쓰가 열심히 공부해서 재산관리며 세금 문제까지 혼자 알아서 다 처리해왔으니까 분명 잘 해결했겠지만."

2

고구레 리쓰 22세 무직

〈가족〉

아버지 – 미상. 아랍계 왕족?

어머니 – 마리코. 긴자의 고급 클럽 호스티스 시절에 고구레 시즈토와 알게 되다. 괴한의 습격으로 황산을 뒤집어쓰고 얼굴 오른쪽 반에 화상(미해결 상태로 시효). 시즈토와 결혼.

4년 전 2월 14일, 자택 부지내 화실에 불을 질러 자살을 시도했으나 리쓰의 도움으로 미수에 그치다. 동기는 미상. 현재까지 니시신주쿠 이누이 종합병원에서 혼수상태.

양부 – 시즈토. 미술평론가로 활동한 적도 있으나 정식 직업은 없음. 자택 화실에서 리쓰를 모델로 그림 제작에 몰두.

작년 8월 13일, 자택 욕실에서 익사(사고사로 단정).

양조부 – 요이치. 마리코와 불륜관계였다. 전직 고등학교 음악교사. 치매가 발병해 현재는 노인 요양시설에 입소.

〈연도별〉

5세 어머니 결혼. 고구레 시즈토의 양자가 되다.

레이가쿠칸 초등과 입학, 졸업

레이가쿠칸 중등과 입학

1학년 다치하라 시후미와 지인이 되다.

   시후미와 교류가 깊어지다.

2학년 11월 레이가쿠칸 중등과 방화사건.

3학년 12월 시후미와 결별.

   3월 졸업식 후 시후미의 넥타이를 가위로 자르다.

레이가쿠칸 고등과 입학

1학년 문예부에 들어가다.

   겨울 문예부 도작사건. 가작품집과 USB를 불태우다.

3학년 2월 14일 오전 3시경, 자택 화실에서 화재발생. 어머니 마리코가 혼수상태가 되고 자신도 큰 화상을 입다.

   3월 졸업(학교는 쭉 결석).

21세~22세 (고등학교 졸업 후 4년째 되는 해)

작년 8월 13일 오전 1시~2시, 고구레 시즈토 자택욕실에서 익사.

   11월 10일 오전 5시~5시 30분경, 다치하라 교고 교살.

금년 1월 22일 오후 11시, 리쓰가 건축주인 빌라 공사현장에서 사이키 아키라가 추락사. 자살로 단정. 교고의 살인범은 사이키이며, 피의자 사망에 의해 불기소.

 거기까지 입력한 다음 유키는 키보드에서 두 손을 뗐다. 컴퓨터 옆에 놓여 있던 머그컵을 들어 미지근해진 커피를 마신다. 단맛이 당겨서 설탕을 넣었는데 좀 많이 넣은 모양이다.
 고구레 리쓰……
 전해들은 에피소드들이 빚어내는 소년상은 어딘가 균형이 무너져 있고, 어딘가 시후미랑 닮았다.
 황산을 뒤집어쓰고 미모에 처참한 상처를 입은 어머니. 핏줄이 다른 양아버지. 저택 안에서 일어난 어머니와 양조부 사이의 불륜. 친아버지는 외국인으로 누구인지도 모르며 세상이 보는 눈은 '호스티스의 사생아'.
 일그러진 가정에서 상처받아온 리쓰는 가정 밖에서도 이유 없는 차별을 받아왔겠지. 게다가 그 너무도 이국적인 외모는 학교라는 폐쇄적인 집단 안에서 리쓰를 고립시켰을 것이다.
 그 고독이 시후미의 고독과 공명했다. 분노와 슬픔을 나누어갖듯 단단히 굳은 마음을 서로 터놓았으리라. 오직 두 사람, 두 사람 사이에서만.
 단단히 묶여 있던 그 끈이 왜 끊어졌을까?
 중등과 3학년 12월, 두 사람 사이에 무슨 일이 있었나?
 녹음기를 켜 나오와 나눈 대화 중 그 부분을 찾아 재생한다.

"…… 처음으로 생긴 단 하나뿐인 친구가, 같은 고등학교에 간다고 철석같이 믿고 있었는데 다른 학교 수험준비를 하고 있다는 사실을 알게 된다면 마음 아프지 않겠어요? 실망하지 않겠어요? 배신당한 기분 안 들겠어요?"

"…… 머리로는 알면서도 용서가 안 돼요. 순수하고 미숙하니까……."

적당히 빨리 돌려가면서 듣다 보니 화재 사건 부분이 나왔다.

"…… 방화도 있었고 중3 때도 근처 연립주택에서 불이 나서 부부가 사망했어요. 아이만 살고……."

이 화재 건은 스기오도 언급했다. 두 사람이 '절교'한 시기와 겹친다고. 연도와 동네 이름, 부부사망 같은 키워드를 넣어 검색하니 8년 전 12월 신문기사가 검색됐다.

〈1일 오후 11시경, 분쿄 구 ××의 목조 건물에 불길이 치솟는다는 이웃 주민의 신고가 들어왔다. 불길은 약 2시간 만에 잡혔지만 2층의 한 호실 약 20평방미터가 전소되었고, 화재현장에서 남녀 두 사람의 시체가 발견됐다. 시체는 이 집에 살던 데라이 레미 씨(28)와 그의 내연남인 이노우에 다이가 씨(30)로 보이며, 경찰은 화재 원인 조사와 동시에 정확한 신원을 확인중이다. 데라이 씨의 장녀 레이나 씨(10)는 혼자 현장에서 벗어났고, 다리 등에 경상을 입었으나 생명에 지장은 없는 상태다.〉

검색을 계속하다 보니 화재 원인은 이노우에가 제대로 끄지 않은 담배꽁초 때문이었고 살아남은 레이나라는 딸은 이 남자와 어머니에게 학대를 받고 있었다고 한다. 혼자 현장에서 벗어났다고 되어 있는데 사실은 밖에 쫓겨나 있었다는 모양이다. 12월 한밤중에.

그런데 그게 오히려 행운으로 작용해 불길에 휩싸이지 않고 달아날 수 있었다.

코포 아케보노스기라는 연립주택 이름과 상세한 주소도 나와 있다. 지도로 조회해보니 레이가쿠칸 중등과에서 그리 멀지 않은 골목에 위치해 있었다. 교문에서 곧장 버스정류장 쪽으로 나가지 않을 경우, 엉뚱한 길로 어지간히 빙 돌아가지 않는 이상 반드시 이 건물 앞을 지나가게 되어 있다.

시후미와 리쓰가 집에 가는 길에 레이나라는 여자아이가 살고 있었다.

레이나는 어머니와 내연남에게 일상적 학대를 받은 것으로 의심된다.

레이나의 집에 불이 나고 어머니와 그 내연남이 사망한 사건을 전후로 시후미와 리쓰는 결별했다.

시후미와 리쓰가 둘이 만든 이야기 속 등장인물의 이름이 레이나이다.

유키는 애가 탔다. 분명히 뭔가 연결되어 있는데 그게 무엇인지 알 수 없었다.

논리적 모순이 많다. 적어도 현시점에는.

리쓰라는 이름을 찾아 헤매던 때도 그랬다. 꽃잎처럼 아슬아슬하게 포개져 있는 사실들의 단편을 따라 결국 실제로 살아 있는 고구레 리쓰를 찾아냈다.

리쓰를 만나고 싶다. 유키는 강렬히 생각한다.

다만 그 전에 조금 더 발판을 다져놓고 싶다.

리쓰의 주거지도 알고 매주 이누이 종합병원에 간다는 사실도 알고 있다. 안달할 필요 없다.

유키는 다시 하나무라 마스미에게 연락했다. 레이가쿠칸 중등과에서 가깝다는 소리는 고구레 저택에도 가까우니 하나무라의 수비범위일 가능성도 있다. 코포 아케보노스기의 화재사건과 레이나에 대해 '우리끼리니까 하는 얘기'를 알고 있을 지도 모른다.

"코포 아케보노스기?"

하나무라는 처음 기대에 못 미치는 어조로 반문했다.

"7년쯤 전에 화재 사건이 있었던 건물인데요."

"아아, 아케보노장! 코포 같은 걸 붙이니까 몰랐지. 나, 그 건물 주인 할아버지랑 아는 사이에요. 아, 그래, 이름 바꿨다고 들은 기억이 나네. 유산분배로 여동생이랑 권리를 반씩 나눴다고. 그러면서 외관도 나름대로 단장하고 이름도 세련되게 한다면서, 주인 할아버지가 코포 아케보노라고 하고 싶어 했는데 여동생이 자기도 권리의 반을 가지고 있다는 증거로 자기 이름을 넣고 싶어 해서, 그래서 스기라는 단어를 넣어서 코포 아케보노스기라고 했다는 말을 들은 적이 있어요. 그래도 할아버지는 계속 아케보노장이라고 했어. 그때 벌써 지은 지 30년은 됐지 아마, 1층이랑 2층에 다섯 집씩 열 집. 늘 반은 비어 있었어. 외관을 아무리 예쁘게 바꾸고 집안 벽에 덧칠을 해도 수도 설비가 오래돼서 집 안에 수도관이 노출돼 있고 바닥을 마루로 바꾼 것까지는 좋은데 문은 장지문이고, 장지문을 닫아도 틈이 남고…… 이건 1층 할머니한테 들은 이야기."

컴퓨터 책상 위에 둔 스마트폰에서 목소리가 쉼 없이 쏟아져 나온다. 녹음을 위해 스피커폰으로 해두고 있다. 말이 끊기더니 차를 마시는지 홀짝이는 소리가 났다.

"화재가 났던 집 이야기를 듣고 싶은데요."

그 틈을 놓치지 않고 유키가 얼른 끼어들었다.

"젊은 부부에 열 살 딸아이가 있는……."

"아니에요. 부부가 아니야. 여자 집에 기둥서방이 눌러앉은 거. 여자 쪽은 순박한 느낌의, 이제 막 출하된 사과 같은 딸내미였는데, 그치만 고급이 아니라 하자 있는 사과. 택배회사에서 일하면서 혼자 아이를 키우고 있다고 들어서 처음에는 주인 할아버지도 동정했어요. 쌀을 나눠주기도 하고 월세가 밀려도 기다려주고. 그런데 직장에서 잘렸는지 어쨌는지 어느 순간부터 파친코에서 일을 한 모양이에요. 그것까지는 괜찮은데, 문제는 파친코 가게에 오던 손님이랑 동거를 시작한 거지. 그것도 하필이면 척 봐도 별 볼 일 없는 양아치랑."

하나무라는 단숨에 토해내고는 다시 차를 홀짝였다.

"들으면 들을수록 지독한 이야기였어. 그러니까 그, 낮에는 사과아가씨가 일하러 가잖아요. 그럼 남자는 눈엣가시니까 애를 밖으로 내보내. 더워도 추워도 비가 내려도 바람이 불어도 상관없이. 그것도 맨발로. 신이 없던지, 아니면 아무 데도 못 가게 하려고 그랬겠지. 가엾은 아이는 몇 시간이고 가만히 문 앞에 앉아 있는 거예요. 주인 할아버지나 1층 할머니가 보다 못해 사과아가씨한테 한마디 해도 '그런가요' '죄송합니다' 하면서 쩔쩔매기만 하고. 죄송하단 소리가 왜 나와. 내 자식보다 남자 눈치나 살피는 게 더 중요하다니 어떻게 된 거 아니냐고요. 제대로 씻지도 않는 모양이고 입고 있는 옷도 계절에 안 맞고 다 구겨져 있고, 분명히 학대니까 신고하라고 내가 그랬어요. 그런데 두 분 다 막상 간이 작아서. 어쨌거나 그 기둥서방 남자가 무서웠던 거지."

"그렇군요. 특히나 이웃 분들은 보복당하지 않을까 걱정되겠죠."

"그 부분은 이해해요. 그래서 내가 아동상담소에 신고를 했어요. 그래서 한번 관청에서 사람이 나오기도 했는데, 그런 사람들은 때마다 진짜 잘도 빠져나간다니까. 애도 꽁꽁 감춰놓고. 나도 그 이후로는 뭐. 화재 원인은 그 기둥서방이 잠자리에서 피운 담배라는 소리를 듣고 그러면 그렇지 싶더라고요. 골초였는데 아무리 말을 해도 창밖으로 꽁초를 내던지고. 할아버지가 바닥을 쓸고 있는데 발치에 불붙은 꽁초가 떨어진 적도 있었다고 하니 참, 그 벗어진 머리에 떨어지기라도 했으면 큰일 아니야. 그날 밤에도 애를 밖에 쫓아냈잖아요? 쫓아내고 둘이서 뭘 했는지. 가엾은 것이 겨울밤에 얼마나 추웠을까. 그래도 그 덕에 살았으니 다행이잖아요. 불타 죽은 둘은 자업자득이고 인과응보지. 나중에 그 애 나이를 알고 깜짝 놀랐어요. 아니 열 살이라잖아! 학교도 안 다니는 모양인데다 절대 그 나이로 안 보였어요. 분명 영양실조지. 할아버지는 모처럼 리폼도 했는데 화재로 죽은 사람이 나오는 바람에 풀이 팍 죽어서 안 됐긴 했지만, 우리끼리니까 하는 얘긴데 결국 땅까지 해서 어떻게 잘 팔아

넘겼어요."

유키는 감탄했다. 조사원으로 도코에게 추천할까 정말 진지하게 생각했다.

"그 아이는 어떻게 됐나요?"

"어디 시설에 들어가지 않았을까? 잘은 모르지만 장애가 있는 애라 받아주는 곳은 한정돼 있잖아요?"

"장애?"

"눈이 안 보였어요."

"예?"

유키는 말을 잃었다.

시각장애인 소녀…… 레이나…….

"하기는 누군들 안 놀랄까. 그런 애를 밖에 쫓아내다니. 나도 원래는 몰랐네요. 화재 사건 뒤에 들었어요. 주인 할아버지나 1층 할머니도 그런 말은 한마디도 안 했으니까. 알았으면 복지과 사람이 나왔을 때 더 좀 어떻게든 했을 텐데."

"그 여자아이 이야기를 리쓰에게 한 적이 있으신가요?"

"글쎄, 한 것 같기도 한데 리쓰가 그 무렵에는 내가 하는 이야기를 잘 안 들어줬거든요. 그래도 리쓰가 하굣길에 그 애랑 대화하는 모습은 몇 번 봤어요. 주인 할아버지 집이 건물 맞은편에 있는데 거기서 차를 얻어 마시다가 창 너머로 그 건물 쪽이 보여서."

"리쓰 혼자였나요?"

"으으응, 친구랑 같이. 그 왜, 말했죠, 살짝 분위기 있는 남자애."
시후미와 리쓰, 그리고 레이나는 접촉이 있었다.
있었는데…… 뭐 어쩌라고?
조각을 아무리 맞춰도 완성되지 않는 직소퍼즐 같다.
조각이 늘면 늘수록 완성된 그림이 보이지 않는다.

제5장 선율

1

 2월 13일. 유키가 공원을 찾아간 데는 리쓰에게 너무 기울어 버린 초점을 시후미 쪽으로 수정하려는 의미도 있었다. 레이나라는 접점을 발견한 부분은 수확이었지만 거기서 막혀버렸기 때문이다.
 사이키 아키라가 다치하라 집 근처에 출몰했었다는 사실을 기초로, 그 동네에서부터 걸어 다닐 만한 범위 안에서 그런 생활을 하는 사람들 사이에 섞여들 만한 곳이 어딜까 하고 지도를 펼쳐가며 고심하다가 몇몇 미술관과 박물관이 모여 있는 이 공원으로 대상을 좁혔다.
 도내 공원에 노숙자들이 사라졌다고 들었다. 그래도 동상 주변이나 광장을 걸으며 수풀을 살펴보면 파란색 텐트가 드문드문 보인다.
 텐트 바깥으로 나와 고양이랑 노는 남자, 살뜰하게 낙엽을 치우고 있는 남자부터 해서 비교적 말을 걸기 쉬운 사람들부터 시작해봤지만 정보는 생각처럼 쉽게 얻어지지 않았다.
 사용한 사진은 두 장이다. 사망한 용의자로 신문기사에 실린 사진과 인터넷에서 찾은 극단 전단지 사진. 전단지에는 타원형으로 잘린 얼굴 사진 아래에 배역 이름과 예명이 적혀 있다. 마호로(사이키 아키라).
 어떤 역이었는지 몰라도 긴 금발의 가발을 쓰고 있다. 화장도 한 데다

20년도 더 전에 찍은 듯한 사진이지만 왠지 몰라도 사이키라는 남자의 내면이 잘 나타나 있다는 생각이 들었다.

"아, 알지. 마호로잖아."

유키의 손에서 뜨거운 캔 단팥죽을 낚아채고는 씨익 웃으며 끄덕인 이는 니트 모자를 쓴 얼굴의 반이 납빛 수염으로 뒤덮인 남자였다. 누런 앞니 사이 벌어진 틈이 눈에 띈다.

"본명은 사이키 아키라라고 합니다만."

"여기서는 마호로라고 했어. 본명 같은 건 몰라. 여기선 그딴 건 상관없으니까."

오십 대인지 육십 대인지, 아니면 의외로 더 젊을지도 모르는 남자는 만사 다 귀찮다는 투로 말하더니 유키가 손에 들고 있는 전단지를 가리켰다.

"아하. 나 말고 다른 놈들은 다 모른다고 했구나. 먼저 돈부터 받아놓고? 그거 참 애석한 일이로고. 난 요놈을 엄청 좋아하거든. 형씨 오늘 운이 좋네."

남자는 캔을 따서 꿀꺽꿀꺽 소리 내며 내용물을 들이켰다.

"이 동네에 죽치고 있는 놈들 중에 마호로 모르는 놈은 없어. 워낙 떵떵거렸던 데다 제법 생긴 놈이잖아? 노리는 놈들도 많았고 말이야. 여러 가지 의미에서."

"돈이 그렇게 많았습니까?"

"일도 안 하는데 돈이 어디서 났느냐는 말이지. 뭐, 상상은 가지만. 다 알아. 마호로, 뒈졌지?"

"자살하셨습니다."

"헛소리하네."

"네?"

"당한 거야."

소심해 보이던 남자의 눈이 그때 처음으로 흉포하게 빛났다.

"돈을 그렇게 벌면 안 되지. 그렇게 몰아붙이면 상대도……."

"그분이 누군가를 협박하고 있었다는 뜻인가요?"

"그날 밤에 '데이트 간다' 하고 나가서는 그 길로 끝이야."

"데이트라니 누구와?"

"당연히 돈줄이겠지. 버스를 타야 된다면서 그 추운 날 몸까지 씻고. 스웨터도 쫙 빼입고 이상하게 기분 좋아보였다니까."

보트장 옆 도로는 버스 노선에 포함되어 있는데 다치히라 집이 있는 센다기를 경유해 사이키가 추락사한 현장 방면으로 가는 버스도 다녔다.

혹시 '데이트' 상대가 시후미였다면?

5월 사법시험이 끝난 뒤로는, 더구나 합격을 한 9월 이후로는 교고의 속박도 느슨해져서 시후미는 꽤 자유롭게 행동할 수 있었을 터다.

사이키는 시후미와 만나기로 했기 때문에 '기분 좋아보였던' 게 아닐까?

정말 염치없기 짝이 없지만 훌륭하게 성장한 자신의 아들을 만난다는 사실이 자랑스럽지 않았을까. 시후미를 생각한 최소한의 배려로 몸을 씻지 않았을까.

　작년 여름부터 사이키와 닮은 남자가 다치하라 집 주변에서 몇 번 목격됐다. 시후미와 모종의 접촉이 있었다고 생각하는 편이 자연스럽다.

　사이키가 시후미에게 돈을 요구하지 않았을까? 남자 말처럼 협박한 게 아니라, 불쌍하게 우는 소리 하면서.

　그리고 시후미는 비록 조금씩이라도 돈을 주지 않았을까?

　조금씩 사이키를 안심시키고 길들인 다음 때를 노리다 가령 이렇게 말하는 거다. 교고가 죽으면 유산의 4분의 1은 양자인 내 손에 들어온다. 그럼 더 확실히 도울 수 있다고.

　그리고 사이키에게 교고의 산책 코스를 알려준다. 당일인 11월 10일은 평소보다 일찍, 아직 어두울 때 산책하러 나갈 가능성이 높다는 사실까지…….

　시후미가 사이키를 조종해서 교고를 죽였다는 가설이, 사이키의 말도 안 되는 원한에 의한 단독 범행이라는 지금의 결론보다 훨씬 진실에 가깝다는 생각이 든다.

　말하자면 교고를 향한 복수이며 또한 사이키를 향한 복수이기도 하다. 두 아버지를 향한.

　시후미는 제 몫을 다한 사이키를 공사현장으로 불러냈고 그 다음…….

"왜 그래, 낯빛이 안 좋은데."

　남자가 유키의 얼굴을 가까이 들여다본다. 참기 힘든 냄새가 덮쳐 유키는 눈살을 찌푸릴 뻔했다.

"아니요, 아무 것도. 그분과 관련해서 또 뭐 아시는 건 없나요. 뭐든 좋습니다."

남자는 바싹 마른 낙엽 색깔 같은 입술을 삐죽거렸다.

"술만 취하면 아들 자랑이 늘어졌었지. 효자 아들이 있다면서 나중에 근사한 빌라에서 같이 살 거라고."

"빌라……"

"이야 좋겠다, 하고 들어주는 거야. 다들 망상하면서 위안 받으니까."

"이 사람을 본 적 있습니까?"

유키는 시후미의 사진을 클로즈업한 스마트폰 화면을 보여줬다. 교고의 장례식 때 큰 매형이 사진을 엄청나게 찍었다. 받은 사진 중에 시후미가 정면을 보는 사진을 확대했다.

"…… 아니, 못 봤는데."

남자는 제대로 보지도 않고는 단호히 고개를 저었다.

유키는 정중하게 고맙다고 인사한 다음 사례금 봉투를 건넸다.

사이키 아키라가 죽은 때는 1월 22일 오후 11시 전후. 지나가던 직장인 남성이 공사현장으로 들어가는 사이키를 보았고, 짧은 비명과 충돌 소리를 들었다.

하지만 그때는 그냥 지나갔다. 현장을 지켜보지는 않았다. 몸싸움을 벌인 흔적은 없다지만 작업인부들 불특정 다수의 발자국이 어지럽게 찍혀 있는 비계에 또 다른 발자국 한 쌍이 섞여 있다 한들 알 수 없는 노릇이다. 몸싸움 할 것도 없이 기다리고 있다가 밀어서 떨어뜨린 다음 남들 눈에 띄지 않도록 그 자리를 떴을 수도 있다.

좀 전 남자가 들려준 이야기만해도 사이키는 시후미를 만나러 갔을 가능성이 높지, 자살할 의지가 있었으리라 생각하기는 힘들다.

일부러 버스까지 타가며 자살하러 갈 이유는 전혀 없다. 하지만 시후미와 만난 뒤 오히려 절망했을 가능성이 없다고는 할 수 없다.

가령 시후미가 어린 시절의 학대를 비난했다면.

특유의 그 냉담한 태도로 사이키를 경멸하고, 설마 사이키가 그랬을 리 없겠지만 혹시라도 사이키의 애절한 사죄를 거절했다면.

코앞에서 대롱거리던 희망의 끈이 인정사정없이 잘려나갔다면.

그렇게 순순한 사람은 아니라고 생각하지만 지금 단계에서는 자살했을 가능성도 소거할 수만은 없다. 시후미의 자살교사 가능성도 남아 있다.

게다가 시후미가 범행이 가능했느냐 하는 문제도 있다. 1월 22일 오후 11시, 시후미에게 알리바이가 있는가…….

유키는 오리배가 떠 있는 연못가 벤치에 앉아 스마트폰을 꺼냈다.

"예, 다치하라입니다."

다카코한테 걸었는데 시후미가 받기에 유키는 뒤통수라도 얻어맞은 양 당황했다. 호출음이 끝난 뒤 목소리를 듣기 전까지는 '다카코 이모'라고 등록되어 있는 그 번호가 다치하라 집 전화번호라는 사실을 잊고 있었다. 다카코는 소위 피처폰을 가지고 있는데 휴대전화로 통화하는 것을 좋아하지 않는다며 문자메시지만 이용한다.

"아, 와카바야시 유키인데."

"유키 형. 얼마 전에는 저희 어머니가 신세 많이 졌습니다."

"나야말로 잘 얻어먹었지."

"오랜만에 화사한 장소에 나가서 유키 형이랑 대화도 하고 어머니, 무척 즐거우셨던 모양이에요."

시후미는 지극히 예의바르다. 정감이라고는 눈곱만큼도 없이 예의상의 인사치레만 하는데, 그 와중에도 은근히 무례한 느낌을 줄 수 있는데 그렇지가 않다. 무슨 기술일까.

"시후미, 지금 시간 괜찮을까?"

유키는 마음을 바꿨다. 시후미와 이야기할 기회는 좀처럼 없다.

"무슨 일로?"

"1월 22일 밤, 어디에 있었어?"

"1월 22일?"

"사이키 아키라가 추락사한 밤 말인데."

"아직도 탐정놀이하고 계셨어요?"

달빛처럼 말간 목소리로, 부드럽고 차가운 비단에 감정을 감싼 채 시후미는 말한다. 얼굴을 보고 이야기할 때도 한 톨의 흔들림조차 느끼지 못했으니 전화통화로는 더욱이 그 마음을 읽기 힘들었다.

"정말 편……"

그때 나무들 건너편 도로로 바이크 한 대가 요란한 엔진소리를 내며 지나갔다. 시후미의 목소리는 그 소리에 묻혀버렸지만 유키의 귀에 생생하게 들렸다. 정말 편한 팔자시네요.

부정은 못하겠다고 유키도 생각한다. 부상 치료가 끝난 뒤로도 유키의 마음이 내킬 때까지 하고 싶은 대로 하게 해주신 부모님께 그저 고맙기만 하다.

…… 그래, 6년이지.

그 애가 너무 어린 나이에 목숨을 끊은 지 6년.

유키의 인생은 거기서부터 궤도가 변경됐다.

그 일만 없었더라면 유키가 도코의 사무소에서 일할 일도 없었고, 나아가서는 다카코에게 수사 의뢰를 받을 일도 없었다.

그게 분수령이었다. 아버지 회사에 입사하게 되면서 원래 인생으로 다시 궤도가 수정된 듯 보이겠지만 자신은 이제 그 전과는 다른 물줄기에 휩쓸려버렸다.

예전의 자신이었다면 진작 손을 떼도 뗐다. 추리를 포기해서가 아니라 자신과는 상관없는 일이라면서. 그 애한테 늘 그렇게 했듯이.

지금 이렇게 집요하게 사건을 뒤쫓는 건 그 애를 향한 속죄인지도 모른다고 생각한다.

물론 시후미는 그 애가 아니다. 시후미에게 손을 내밀어도 그 애한테는 닿지 않는다. 그 애는커녕 시후미조차 구할 수 없다.

결국 난 어디까지나 그 애를 구하지 못한 나 자신을 구하기 위해 발버둥치는 걸지도 몰라.

"다음 달 말에는 요코하마로 돌아가서 아버지 회사에 들어가."

"이모부도 분명 크게 기뻐하고 계시겠네요. 유키 형도 이제 완전히 건강을 되찾으신 모양이라 다행입니다."

조롱인지 진심인지 말투만으로는 알 수 없다.

"사이키 아버지가 뛰어내린 오후 11시 전후로 시마다 유카랑, 형이 유카랑 만났던 패밀리레스토랑에 있었어요."

"아오무기 아가씨?"

여기서 그 이름이 나올 줄은 몰랐다.

"헤어졌다고 들었는데."

"저한테 연락할 핑계를 만들어준 사람이 형이잖아요."

"그 아가씨와는 정말로 사귀었던 거야?"

"육체적으로는 예스, 정신적으로는 노, 예요."

우엉전. 갑자기 그 말이 떠오른다.

까무잡잡하고 마른 사람이 취향이라고?

그건 바로 고구레 리쓰의 외모 아닌가?

"더는 그 애한테 제 알리바이를 확인하지 않아주셨으면 해요. 또 핑계로 삼을 테니까. 확인은 다케우치 씨한테 하시면 됩니다."

"다케우치?"

"어머니한테 못 들으셨어요? 관할 형사예요. 사건담당. 다치하라 아버지 건 때도, 사이키 아버지 건 때도 저는 용의자 중 한 명이었으니까. 저에게는 둘 다 동기가 있으니까요. 경찰에서 제 알리바이를 조사했어요. 1월 22일 밤 10시부터 11시 반 넘어 제가 유카랑 같이 패밀리레스토랑에 있었고 사건현장에 갈 수 없었다는 건 가게 카메라랑 직원들 증언으로 다 확인돼 있을 거예요. 사이키 아버지가 공원 앞 버스정류장에서 버스 막차를 탔다는 사실도 승무원의 증언으로 밝혀져 있고요. 내린 곳은 현장 근처 버스정류장으로 시간표대로라면 오후 10시 49분입니다."

"불쾌하게 생각하지 않았으면 좋겠어. 네가 부정한다면 그걸로 충분해."

"어머니 바꿔드릴까요?"

"아니, 할 말은 다했으니까."

"그러세요? 그럼……."

"시후미."

얼결에 이름을 불렀다.

"아직 더 무슨?"

"시후미는 누군가를 좋아해본 적 있어?"

"뭐예요, 갑자기."

"첫사랑은 언제였어?"

나는 왜 그런 질문을 할 수 있었을까. 그리고 대답하지 않을 수도 있는데 시후미는 왜 대답했을까. 나중에 유키는 몇 번이고 이때 일을 떠올렸다.

"열두 살 때요."

시후미는 대답했고, 그것으로 통화는 끊겼다.

유키는 긴 한숨을 토한 뒤 스마트폰을 쥔 손을 무릎 위로 내렸다.

낯선 노숙자와 대화하기보다 시후미와 대화하는 쪽이 훨씬 긴장된다. 얼굴을 마주하지 않는데도 그 눈동자가 자신을 꿰뚫어보는 듯해서.

시후미에게는 알리바이가 있었다. 시후미는 사이키를 죽일 수 없었다.

그렇다면…… 고구레 리쓰는?

물 밑바닥에 사는 조개가 입을 빠끔 열고 호흡하듯, 뽀글뽀글 올라온 기포가 마침내 수면에서 터지듯, 하나의 의문이 떠오르더니 유키의 가슴에서 팡 터졌다.

리쓰는 가능하잖아?

시후미가 일시와 장소를 지정해서 사이키를 불러내고, 리쓰는 대기하고 있다가…….

망상이다.

거품을 지워버리려고 또 하나의 내가 목청을 높인다.

여기서 리쓰를 불러내다니 억측에도 분수가 있다, 망상이다. 게다가 두 사람은 중등과 재학 중에 결별했다. 그 사실은 두 사람의 동창들이 이구동성으로 증언하고 있다. 그중에서도 다무라 나오는 졸업식 때 리쓰가 시후미 넥타이를 자르는 장면까지 목격했다.

그 후 7년, 그들은 여전히 '절교' 상태였을까.

어디서 우연히 만나, 어디서 우정을 부활시키지는 않았을까.

세이세이 학원 고등학교에 진학한 시후미는 교고의 허락을 받고 다시 피아노 레슨을 받기 시작했지만 학원이 아니라 전부터 가르쳤던 요시무라 게이코라는 선생님이 집으로 찾아왔다. 공부에 지장을 주지 않는 범위 안에서 주 1회, 성적이 떨어지면 바로 그만둔다는 조건으로 재개했다고 들었다.

그 외에는 따로 뭘 배우지도 않았고 동아리 활동도 없었다. 교고가 못 하게 했다. 사설학원에도 다니지 않았다. 우수한 시후미에게는 필요 없었다고도 할 수 있지만 그 정도로 교고는 시후미를 옭아맸다.

게다가 시후미는 대학생이 될 때까지 수업에 필요한 학교전용 태블릿 말고는 스마트폰도 컴퓨터도 없었다. 꼭 필요한 경우에는 교고의 물건을 빌려야 했다. 그나마도 교고가 보는 앞에서만 사용할 수 있었다.

학교 등교 외에 시후미에게 허락된 유일한 외출다운 외출은 한 달에 한 번 있는 봉사활동이었다. 장애아동 입소시설을 방문해 피아노를 쳐주기도 하고 아이들과 놀아주기도 했다고 들었다.

만약 조금이나마 용돈을 받았다면 그 봉사 활동 후 집에 돌아가는 길에 어디 PC방 같은 곳을 이용할 수 있었을지도 모른다. 하지만 시후미는 그조차 불가능했다.

그렇게 생각해가다보니, 적어도 대학 입학 전까지는 접점을 찾아낼 수가 없다.

리쓰는 어떨까. 고등학교 졸업을 코앞에 두고 화재로 심각한 화상을 입었고, 그 후로는 어떻게 지냈을까. 어디까지 일상을 회복시켰을까.

화재…… 리쓰의 화상…….

문득 떠오르는 게 있어 유키는 4년 전 에이료 대학교 법학부의 입학시험일을 알아봤다.

2월 12일이었다.

고구레 저택의 화재는 2월 14일 새벽.

국립대학의 2차 시험은 2월 말.

에이료 대학교 입시, 화재, 국립대학 2차 시험.

시후미는 에이료 대학교에는 무난히 합격했다. 하지만 제1지망이었던 국립은 떨어졌다. 아무리 시험은 운이라지만 모의고사에서도 늘 전국 상위권이라 아무도 합격을 믿어 의심치 않았는데 말이다.

두 시험 사이에 있는 것은 고구레 저택 화실의 화재 사건, 리쓰의 화상이다.

시후미의 2차 시험 실패는 이것이 원인 아니었을까? 그 무렵 시후미가 수면제를 복용했다고 다카코한테 들었는데 불면의 이유도 혹시 마찬가지로……?

그럼 역시 두 사람은 고등학생 때 화해했을까.

언제? 어디서?

아니다…… 애초에 두 사람이 정말로 '절교' 했을까?

2

요시무라 게이코를 만나야겠다고 생각했다. 주 1회이기는 해도 가족

외에 가장 오랜 시간 시후미와 접촉한 이가 그녀였기 때문이다.

미나코의 재혼 후 샤쿠지이에 있는 미타 집에서 지낸 여섯 살부터 열두 살까지 6년간. 그리고 약 3년의 공백을 지나 고등학교 때부터 대학교 2학년 때까지 5년간. 그녀는 총 11년간 시후미를 가르쳤다.

게이코는 네리마 구의 후지미다이 역 근처에 산다. 샤쿠지이는 가깝지만 센다기에 있는 다치하라 집까지는 2번 환승해 약 1시간이 걸린다. 시후미가 레슨을 재개하면서 올 수 있겠느냐고 타진했을 때, 시후미라면 꼭 지도하고 싶다면서 흔쾌히 승낙했다고 다카코한테 들은 적이 있다.

친구가 아이 개인 레슨을 해줄 피아노 선생님을 찾고 있다며 거짓말해 미나코한테서 게이코의 연락처를 알아냈다. 현재 미즈키를 가르치고 있는데 본인 집에 피아노 교실을 열었다고 한다.

유키는 가르쳐준 번호로 전화를 걸어 자신은 다치하라 교고의 조카인데 그가 살해당한 사건을 조사하고 있으며 그와 관련해 시후미 이야기를 좀 듣고 싶다고 솔직하게 말했다.

게이코는 처음에는 경계했지만 이야기를 나누는 사이 믿어주어 만날 약속을 잡았다.

2월 16일. 이케부쿠로의 백화점 안에 있는 카페에서 유키는 게이코를 만났다. 게이코는 사십 대 중반쯤일까, 이목구비가 큼직하니 선명하게 생긴 얼굴에 쇼트커트가 잘 어울렸다.

미나코에게 들은 게이코가 좋아한다는 양갱을 건네주고 미즈키의 피아노 진전 상황, 고타로는 축구에 푹 빠져 있어 피아노는 배우고 싶어 하지 않는다는 잡담을 나눈 다음 시후미 이야기를 꺼냈다.

"처음에는 어머니가 열성적이었어요. 어머니도 음대 출신이세요. 본인도 아이 피아노 정도는 가르칠 수 있었을 텐데 이상한 버릇 같은 게 생기지 않았으면 좋겠다면서. 본격적으로 가르치고 싶어 한다는 인상을 받았죠. 여섯 살부터 배우면 너무 늦지는 않는지 걱정하셨어요. 아닌 게 아니라 빠른 건 아닌…… 게 아니라 늦은 편이라고 해야겠지만 시후미는 금세 다른 애들을 추월했어요. 그냥 두면 하루 종일 피아노를 쳤다고 해요. 시후미, 초등학생 때 벌써 스스로 악보를 써서 곡을 만들었어요. 저학년 때는 시시한 곡이었지만 고학년이 되니까 소나타라고 할 만한 악곡을 만들기 시작하더라고요. 사정이 있어서 할아버님의 양자가 되고 레슨을 중단했을 때는 정말 안타까웠어요. 다시 레슨을 받고 싶다는 이야기를 듣고 얼마나 반갑던지. 할머님은 미안해 하셨지만 까짓 편도 한 시간 따위 멀게 느껴지지도 않았어요."

"3년 가까이 쉰 영향은 없었나요."

아이스티의 빨대에서 입술을 떼더니 게이코는 씁쓸한 표정을 지었다.

"없을 리가 없죠. 하지만 그건 이미 생각했던 부분이고, 중학교 수험 때도 쉬지 않은 시후미였는데 정말 안타깝지만, 포기했으니까."

"포기했다……."

"피아노에만 집중했다면 시후미는 일류 연주가가 됐을 거라고 저는 생각해요."

과거형으로 말한다는 건 이제는 무리라는 뜻이다. 당연하다. 음악의 세계가 그렇게 만만할 리 없다.

"시후미가 책상을 건반이라 생각하고 계속 손가락을 움직였다더니 손가락은 걱정했던 만큼 굳어 있지는 않았어요. 그래도 고난이도 기술로 가면 갈수록 영향은 크죠. 하지만 대를 이어 변호사가 될 요량이면 어쩔 수 없는 일이니까요."

"시후미는 사실 변호사보다는, 아직 변호사가 된 건 아니지만, 피아니스트가 되고 싶었을지도 모릅니다."

"고등학교 1학년 때였나, 2학년 때였나, 시후미가 물어본 적 있어요. 기술적으로 자신이 음대에 갈 수 있겠느냐고. 진지한 질문은 아니었겠지만."

진지한 질문은 아니었다? 과연 그럴까?

"음감이나 피아노 기술은 문제없었고, 물론 수험이 닥치면 더 악착같이 칠 필요는 있긴 했지만 악곡도 준비만 하면 시후미는 쉽게 해냈을 거예요. 이제부터라도 진지하게 목표로 삼는다면 넌 어디든 충분히 합격하겠지만, 제가 말했어요. 충분히 합격하겠지만 넌 할아버지의 대를 이어야 되잖아, 하고."

악의 없는 게이코의 말에 유키는 가슴이 아팠다.

"레슨을 다시 시작했을 때, 기술적으로 실력이 떨어졌다기보다는 소리가 변했다고 생각했어요."

"소리요?"

"예."

게이코는 테이블 위로 두 손을 깍지 꼈다. 커다란, 여성치고는 투박한 손이었다. 네모난 손톱이 짧고 가지런하게 깎여 있다.

"어떻게요?"

"지극히 감상적이라 잘 설명할 수 있을지 자신은 없지만…… 누가 날개를 비틀어 따버린 느낌. 샤쿠지이에 살던 때 시후미는 마치 열 손가락에 날개가 달린 듯했어요. 그 날개를 펼치고 자유자재로 날아다니는 듯한, 끝없이 높이 날아오르는 듯한 그런 소리를 냈어요. 시후미가 연주를 하면 건반이 무한한 하늘이 돼요. 그게 시후미의 개성 중에서도 가장 매력적인 점이었어요."

유키는 게이코가 하는 말의 의미를 알 것 같았다. 한 번 가본 발표회에서 들은 시후미의 연주는 지금까지도 유키의 가슴에 깊은 인상을 남기고 있었다.

"그런데 이건 취향 문제예요. 예전의 시후미 피아노를 모른 채 듣는다면, 처음부터 그게 시후미의 소리라고 생각하고 듣는다면 훌륭하거든요. 유리상자 안에서 치고 있는 듯한 소리…… 섬세하고 완벽하지만 아슬아슬하고, 숨이 멎을 정도로 날선 예민한 소리…… 오히려 그 소리를 높게 평가하는 선생님들도 분명히 있어요. 그런데도 제가 그렇게 말한 이유는 시후미의 변해버린 소리를 원망하는 마음이 너무 강해서. 만약 샤쿠지이에 살 때랑 같은 소리였다면 저는 시후미의 그 질문을 옳다구나 낚아채서는 어떻게든 할아버지를 설득하려 했을 거예요."

교고가 설득 당했을 리 없다. 시후미를 꾸짖고 결국 피아노를 그만두게 했으리라. 하지만 설령 그렇다 하더라도 만약 게이코가 그래줬다면 시후미가 얼마나 기뻐했을까, 하고 유키는 생각해본다.

겉으로 드러내는 시후미는 아니지만 속으로는 얼마나.

"할아버님이 무척 엄한 분이었다고 들었어요. 매일 정해진 시간에만 피아노를 치게 한다고 할머님이 그러셨어요. 하지만…… 이건 아무한테도 말씀하시면 안 돼요. 실은 그게 다가 아니었던가 봐요."

"무슨 말씀이시죠?"

"레슨 날마다 늘 과제를 완벽하게 수행하기에 제가 감탄해서 말했어요. 공부하기 힘들 텐데 대단하다, 쉴 틈도 없지, 하고. 시후미가 말하길, 자기는 원래 노는 시간이 없다고. 하지만 고등학교 음악 선생님이 음악실 피아노 열쇠를 빌려줘서 마음껏 치게 해주시기 때문에 매일 점심시간이랑, 방과 후 음악실에서 동아리 활동이 시작되기 전까지 연습할 수 있다, 동아리 활동이 없는 날에는 너무 늦게까지는 안 되지만 한 시간 정도는 칠 수 있다고. 저기, 이런 이야기, 할아버님 사건과 관련이 있나요?"

이케부쿠로에서 고마고메로 가는 야마노테 선 안, 유키는 스마트폰으로 세이세이 학원 홈페이지를 검색했다. 교사 소개가 없어서 '음악 선생님'이라고 덧붙인 다음 다시 검색하니 재학 중인 한 학생의 어머니 블로그가 검색됐다. 5년 전 날짜로, 마침 시후미가 다니던 때다.

자식이 관현악부 소속이었던 모양이다. 무대에서 연주하는 부원들 전원을 멀리서 찍은 사진. 바이올린을 켜는 학생의 얼굴 클로즈업. 얼굴은 금색 별모양 스티커로 감추었다. 아마도 본인 자식이겠지.

그리고 정감 가득한 얼굴로 지휘봉을 들고 있는 지휘자 사진. 검정색 예복을 차려입은 날씬한 뒷모습, 풍성한 잿빛 머리. '언제나 댄디한 고문 고×× 선생님'이라고, 이름 일부를 가린 소개 글이 나온다.

고마고메 역에서 전철을 내린 유키는 집에 도착하는 그새를 못 참고 하나무라에게 전화했다.

"죄송합니다, 고구레 리쓰 군의 할아버지 일로 여쭤보고 싶은 게 있는데 괜찮으신가요?"

말하면서 걷는다.

"어머, 안녕하세요. 예, 예, 괜찮아요. 뭔데요?"

하나무라는 거지반 신바람이 난 느낌으로 대꾸했다. 무슨 건을 조사한다면서 처음에 하나무라를 만났더라, 순간 떠오르지 않았지만 다행히 하나무라는 아무래도 상관없는 눈치였다.

"음악선생님이라고 하셨는데, 어느 학교에서 교편을 잡고 계셨나요?"

"으음…… 뭐랬더라, 인문계였어요. 사립. 매년 일본 최고 명문대에 우수수 합격하기로 유명한."

"…… 세이세이 학원, 맞나요."

"아, 그래, 세이세이 학원!"

"지금 어느 요양원에…… ."

"그게 그러니까 가나가와 현에 있는…… 가마쿠라가 아니다, 하야마였던가. 팸플릿을 봤는데 근사한 곳이에요. 나도 살아보고 싶더라. 아 맞다, 이름이. 잠깐만요. 수첩에 적혀 있으니까. 음 그러니까…… 수첩, 수첩…….”

 금풍장(琴風莊). 그러니까 거문고 소리 같은 바람이 부는 별장 이미지를 의도한 이름인가. 아니면 멀리서 밀려오는 파도소리를 거문고 소리에 비유한 이름인가.
 공기가 바다 향을 품고 있다. 즈시 역에서 택시를 탈 수밖에 없어 교통편이 좋다고는 할 수 없지만 그만큼 조용해서 귀에 닿는 나뭇잎 소리며 파도소리가 기분 좋다. 3층 건물은 크림색으로, 잔디밭을 보는 쪽 1층 부분이 크게 반원형으로 튀어나와 있다. 천장이 시원하게 뚫린 로비는 따뜻하고 밝았다.
 2월 17일. 추운 공기 속에서도 어딘가 봄기운이 느껴지는 맑게 갠 날이었다.
 빈손으로 가기도 그래서 알이 굵은 딸기 두 팩을 사들고 유키가 고급 노인요양센터 안으로 들어서자 카운터에 앉아 있던 여성이 안경 너머로 웃음 지었다.
 “와카바야시라고 합니다만, 고구레 요이치 선생님을…….”
 말하면서 유키는 운전면허증을 보여줬다. 세이세이 학원의 제자라고 속여서 어제 이미 면회를 신청해둔 상태였다.
 “고구레 씨는 좀 전에 손자분이 오셔서 정원에 산책 나가셨어요.”
 “손자분?”

심장이 철렁했다. 리쓰인가?

"손자분은 자주 오시나요?"

"요즘엔 매주 오세요. 기다리시겠어요?"

여성이 가리킨 반원형 공간은 통유리 구조에 고전적인 시트의 소파 몇 개가 놓여 있다. 지금은 아무도 없어 주인을 잃은 호화로운 응접실 같다는 생각을 하며 유키는 고개를 저었다.

"정원으로 가보겠습니다."

리쓰를 만날 수 있다.

기회다. 상대를 해줄는지 알 수 없고, 진실을 말해주리라는 기대도 하지 않는다. 그래도 표정이나 말과 말 사이의 침묵에서 분명 뭔가 알아낼 수 있을 터다.

아니, 단지 리쓰를 만난다는 사실만으로도 말로 다 할 수 없는 의미가 있다.

포장된 길을 따라 걷다 보니 벚나무가 다홍빛에 가까운 짙은 분홍색 꽃을 피우고 있는 한쪽 옆 벤치에 노인이 앉아 있다. 새하얀 머리는 햇빛을 받아 빛나고 윤곽이 뚜렷한 옆모습이 멀리서도 한눈에 보인다. 벽돌색 가운을 걸치고 베이지색 무릎담요를 덮고 있다.

옆에 누가 앉아 있는데 유키가 있는 곳에서는 노인에 가려 보이지 않는다.

잠깐 서서 심호흡을 한 다음 코트 주머니 안 녹음기 스위치를 켜고 벤치에 다가갔다.

"고구레 선생님."

녹이라도 슨 것 같은 동작으로 노인이, 고구레 요이치가 목을 돌린다.

옆 자리 인물이 일어나더니 한 걸음 앞으로 나와 유키를 봤다.

리쓰가 아니다.

소녀다. 고등학생 정도 될까. 작고 연약한 몸에 헐렁한 아이보리 색 니트 코트를 걸치고, 같은 색 목도리를 하고 있다. 그 털실 색과 경쟁이라도 하듯 피부가 하얗다.

턱이 뾰족한 작은 얼굴. 눈은 가늘고 입술은 얇다. 머리를 허리까지 길게 늘어뜨리고 있는데도 어딘가 중성적인 인상을 준다.

초점을 잡기 힘든 어슴푸레한 눈과, 성별을 종잡기 힘든 그 투명한 분위기가 소녀를 어딘가 요정처럼 보이게 했다.

시즈토의 형제 자식 중 한 명인가. 어릴 때 살해된 쌍둥이 남동생 말고 시즈토에게 형제가 있다는 이야기는 전혀 들은 바가 없는데.

"선생님의 손녀분 되시나요? 저는 와카바야시라고 합니다. 세이세이 학원을 다닐 때 고구레 선생님께 신세를 많이 졌습니다. 선생님이 여기 계신다고 하셔서 한번 뵈려고 와봤습니다."

"일부러 찾아와주셔서 고맙습니다."

소녀는 나이에 어울리지 않게 공손히 머리를 숙였다.

"마침 근처에 볼일이 있어서."

"그런데…… 누구한테 들었나요? 할아버지가 여기 계시는 걸 아는 사람은 얼마 안 되는데."

"선생님 댁에서 가정부 일을 하시던 하나무라 씨라는 분과 아는 사이입니다."

이 말은 꼭 거짓이라고만은 할 수 없다.

"그러셨군요."

소녀는 무릎담요 위에 얹힌 요이치의 주름투성이 손을 잡더니 말했다.

"알아보겠어? 옛날 제자. 와카바야시 씨. 세이세이 학원을 다녔대."

요이치는 연하게 색이 들어간 안경 렌즈 너머 눈을 깜박거리며 신기하다는 듯 유키를 응시했다. 요이치는 피부에 윤기도 돌고 건강에 해롭지 않을 만큼만 살쪄 있었다.

"오늘 날이 따뜻하네요, 선생님. 손녀분이 오셔서 기분 좋으시겠어요. 여기 정말 근사한 곳이네요. 파도소리가 피아노 소리 같고……."

두서없이 이야기를 걸자 요이치는 입을 뻐끔하고 벌렸다. 마른 입술사이로 침이 흐른다. 소녀는 손수건을 꺼내어 침을 닦았다.

유키는 요이치에게 한 걸음 다가가 허리를 굽혀 시선을 맞췄다. 요이치의 눈동자는 초점을 잡지 못했고 살짝 백탁기도 보였다.

"저는 다치하라 시후미와 친했습니다. 다치하라 시후미, 기억하세요? 그 친구가 집에서 마음대로 피아노를 칠 수 없었는데 선생님께서 점심시간이나 방과 후에 치게 해주셔서 무척 기뻤던 모양이에요."

소녀만 없었다면 좀 더 뒤흔들어서 리쓰와 시후미 이야기를 끌어내고 싶었다. 망령, 그 기슭에 떨어져 내리는 말 속에서 내가 찾는 진실을, 단 한 톨의 모래알이라도 좋으니 건져 올릴 수 있다면.

"다치, 하라……?"

"다치하라 시후미의 피아노 대단했죠, 선생님."

요이치는 파도소리에 귀를 기울이듯 살짝 고개를 갸웃했다. 순간 그 눈에 찌지직 하고 불이 들어왔다.

"아아, 아까부터 피아노소리가 들린다 했더니 다치하라였구나."

별안간 깜짝 놀랄 정도로 명료한 어조로 말했다.

"마치 지구에 최초의 물이 탄생하는 듯한…… 이거 네가 작곡한 게냐?"

"할아버지한테는 바다 소리도 바람 소리도 다 피아노 소리로 들리거든요."

소녀가 죄송하다는 듯 끼어든다.

"얼마 전에 우리 리쓰가 네 〈월광〉을 듣고 있더구나. 헤드폰이 빠져서 소리가 흘러나왔거든. 내 귀는 틀림없어, 분명 네 베토벤이었지. 유리 공예품처럼 섬세하면서 살짝 예민한 점도 좋아."

"리쓰라고요? 리쓰가 시후미의 피아노를?"

"너 가끔 음악실에서 네 연주를 녹음했잖아. 다 리쓰를 위해서였니?"

역시 그랬다. 역시 시후미와 리쓰는…….

"다치하라."

느닷없이 요이치가 유키의 손을 잡았다.

"넌 피아노 그만두면 안 돼. 어떤 일이 있더라도, 어떤 형태로든 계속 쳐야 돼."

움찔 당황할 정도로 뜨겁고 힘차게 요이치의 손이 유키의 손을 감쌌다.

"약속할 거지?"

"선생님 말씀은 시후미에게 꼭 전하겠습니다."

"손가락 소중히 아껴야 돼."

유키 역시 요이치의 손을 꽉 쥐어준 다음 조심스럽게 놓았다.

"바람이 차졌어. 그만 들어가자."

소녀가 상냥하게 요이치의 팔을 잡는다. 요이치는 사랑스럽다는 듯, 손녀라기보다는 연인을 보듯 소녀를 올려다봤다.

"저도 그럼 실례하겠습니다."

유키는 딸기가 든 종이봉투를 내밀었다.

"이거. 좋아하실지 모르겠습니다. 딸기인데요."

"고맙습니다. 딸기 받았어. 좋아하지?"

요이치는 눈가에 자글자글 주름을 잡으며 연신 끄덕였다.

"건강히 잘 지내세요, 선생님."

"할아버지 말, 꼭 전해주세요."

"예?"

저도 모르게 소녀를 본다.

소녀가 엷게 웃음 짓는다.

새침한 인상의 얼굴이 꽃잎처럼 햇살에 흩날리는 모습에 유키는 순간 홀딱 빠져서 넋을 놓고 바라봤다.

금풍장에 있을 때 다다 아이리로부터 사진 메시지가 도착해 있었다. 〈이리스〉의 여름호 중 한 페이지다.

둔치에 떠내려와 있는 나무에 걸터앉아 유키는 그것을 읽었다.

날개의 묘비 (10수)

1학년 2반 고구레 리쓰

부화하지 않는 알을 묻은 짧은 손톱의 우리 손가락은 날개의 묘비
나뭇잎 사이로 햇빛 쏟아지네 도서실 책상 위 노트를 펼쳐두면
천진난만한 꿈 따위 꾸지 않는 우리 어깨를 맞대고 선잠을 자네
청띠신선나비 손가락으로 가리키며 돌아보는 쌍둥이 같은 우리 그림자
가두어진 선율의 새 되어 오선 따위 없는 하늘로 날갯짓하라
너를 위해 화형 당하지 않은 저녁놀에 내 얼굴은 쉬이 물드네
손바닥 우리 서로 맞잡고 늑골 안 심장은 흐드러지게 피어나는구나
반짝이며 내리는 꽃잎 맞으며 저 모퉁이까지는 기억 속 형모와 함께 걷네
칠 분의 일의 맹세를 하나로 묶어주는 메타세쿼이아는 하늘까지 닿는 나무
바람아 우리의 앞머리를 지나 메타세쿼이아 나뭇가지 끝을 울게 해다오

조숙한 애였네, 유키는 생각했다. 어른입네 꾸미지 않고 그 나이 또래 소년의 심정을 노래하고 있어서 오히려 더 그렇게 느껴진다.

마치 연가처럼 보이는데 '너'는 아마 시후미겠지. 도서실, 노트, 메타세쿼이아…… 레이가쿠칸 중등과의 일상을 연상시키는 요소를 여기저

기 심어뒀고 '화형'은 작은 불 사건을 암시하고 있으며 '가두어진 선율'은 시후미의 피아노다.

　기억 속 '모습'이 아닌 '형모'라고 표현한 것도 너무 핵심을 찌르는 말인지도 모르겠지만 소년답다.

　이 작품이 중등과 졸업 직후 지은 시라면 두 사람은 졸업식 시점에 '결정적인 단절' 따위 하지 않았다는 이야기가 된다.

　그래, 이게 정답이다.

　두 사람은 결별 따위 하지 않았다. 단 한 번도.

　둘은 내내 이어져 있었다. 아무에게도 보이지 않는 투명한 끈으로.

　작년 11월 10일 이른 아침, 시후미는 사이키를 조종해 교고를 살해했다. 불씨가 사그라질 때까지 기다리자며 한동안 접촉을 끊었다가 올해 1월 22일, 도주자금을 주겠다느니 해서 공사현장으로 불러냈다.

　기다리고 있던 이는 리쓰다. 높은 비계 위에서 시후미인 척 사이키를 불러 그곳까지 올라오게 만든 다음, 그 다음······.

　유키는 시선을 멀리 던져 바다를 응시했다.

　파란 하늘색과 푸른 바다색이 수평선에서 서로 녹아들어 진주색으로 빛나는 띠를 만든다.

　바닷바람에 뺨을 희롱당하며 유키는 두 소년 생각에 빠져들었다.

제6장 상흔

1

'잘 지내? 그 뒤 어떻게 됐어?'
'이사 준비는 잘 하고 있습니다.'

도코의 메시지에 유키는 재빨리 거짓말로 답했다. 이삿짐 정리는 조금씩 진행되고 있기는 하지만 우타카이가 있던 날 이후로 요코하마 새집 찾기는 정체 상태다.

아버지 회사를 아버지와 같은 집에서 출퇴근하고 싶지는 않았다. 그럼 늦어도 3월 31일까지는 거주지를 옮겨야 하는데.

'그게 아니라,'

바로 답장이 온다.

'조사하는 게 있었잖아?'

그러고 보니 도코한테는 기고가 노자키를 소개받고 그걸로 끝이었다.

그때 도코는 유키가 아직도 '그 아이'에 사로잡혀 있을까 봐, 6년 전의 그 사건을 쫓고 있을까 봐 걱정했었다.

그게 아니라고 분명 말했지 싶은데 도코는 믿지 않았으리라.

'조사하고 있는 건 친척 사건이에요. 다음에 의견 좀 듣겠습니다.'

알겠다는 이모티콘이 돌아오기에 이제 끝났나 싶었는데 결국 내일 만

나서 이야기하기로 약속할 때까지 꼼짝없이 메시지를 주고받아야 했다.

　요즘 한가하구나, 도코 선배.

　손가락 놀리는 데 지쳐 스마트폰을 내던지고 침대에 벌렁 눕는다.

　뭐, 나름대로 괜찮다. 냉정한 제삼자인 도코의 의견도 참고가 되겠지. 남에게 이야기하면서 생각이 정리되기도 하니까…….

　ㅡ선생님.

　귓가에서 누가 부르는 듯해 유키의 눈이 번쩍 뜨였다. 28년 인생에서 유키를 선생님이라고 부른 사람은 단 한 명뿐이다.

　세일러복을 입은 소녀가 방안을 느릿느릿 걸어 다니고 있다. 숱이 너무 많은 머리카락이 어깨 끝에서 뻗쳐 있고 뺨에는 여드름이 몇 개 나 있다.

　"유리카(優璃花)…….

　고등학교 2학년이었던 소녀는 휘황찬란한 자신의 이름을 혐오했다. 자신의 이름과 연결되는 백합꽃(주: 유리노하나. 百合の花)도 싫어했다.

　좋아하는 꽃은 양미역취라고 했다. 가을이면 선로 옆이나 둑에 무서운 기세로 노란 꽃을 피워 올리는 꽃.

　ㅡ진짜로 이사하네, 선생님.

　구석에 쌓아놓은 포장된 골판지상자를 걷어찬다.

　"너한테서 도망치는 게 아니야. 네 일은 평생 지고 가."

　ㅡ무겁게 뭘. 짊어지지 않아도 되니까 생일 때 성묘나 와요.

　"생일? 언제지?"

―벌써 까먹었네.

"미안."

―2월 26일이에요.

"그건 네……."

기일이잖아.

―이곳에서의 생일이에요.

그렇게 되는 건가.

"꽃은 양미역취가 좋을까?"

―백합만 아니면 뭐든 좋아요.

"알았……."

어, 라고 말했을 때는 이미 유리카의 환영은 사라지고 없었다.

유키는 조금 멍한 머리로 몸을 일으켰다. 도코에게 어떻게 설명할지 고민하는 사이 깜박 졸았나 보다.

오랜만에 유리카 꿈을 꿨다. 아까 도코랑 그런 이야기를 한 데다 기일이 코앞이라 그런 모양이다.

다 나은 자리가 괜히 또 아픈 기분이 들어서 늑골 왼쪽의, 무겁다며 코웃음 친다 한들 평생 사라질 리 없는 흉터를 옷 위로 쓰다듬는다.

유리카는 유키가 대학교 4학년일 때 과외수업을 했던 소녀다. 주 2회, 한 시간씩 영어와 수학을 가르쳤다.

외동딸로, 수의사 아버지와 전업주부 어머니가 있는 가정은 유키의 눈에 적당히 풍족하고 성실하고 건전해 보였다. 유리카는 중간 정도 되는 사립 고등학교에 다녔고 성적도 중간 정도였다. 유키가 가르치게 되면서 영어 성적은 '중간의 중간'에서 '중간의 상'으로 올랐다. 수학 성적에는 큰 변화가 없었지만.

유리카 역시 성실하고 건전하고 표준적인 소녀로 보였다. 다만 '죽고 싶어' 라든가 '죽어버릴까' 같은 말을 맥락도 없이 불쑥불쑥 내뱉기는 했다.

평소 텍스트나 노트를 보면서 답을 적어 넣거나 계산하거나 하다가 문득 손을 멈춘 채 결코 시선을 들지 않고 그렇게 중얼거렸다.

처음에는 유키도 반응했다. '무슨 소리야?' 하고 묻거나 '무슨 일 있었으면 나한테 이야기해' 하고 유도하곤 했다.

죽고 싶다는 말을 그렇게 쉽게 해서는 안 된다고 타이른 적도 있다. 그럴 때마다 유리카는 유키의 말을 무시했다. 결국 유키도 귀찮아져서 유리카가 중얼거리는 소리를 한 귀로 듣고 한 귀로 흘려보내게 됐다.

그러는 사이 유리카는 '선생님, 나랑 동반자살해요' 하고 눈을 똑바로 들고 진지한 얼굴로 말하게 되었다. 그 변화에 희미한 불안감을 느끼면서도 유키는 과외선생님 그 이상 그 이하도 아닌 태도로 유리카를 대했다.

그렇게 중얼거린다는 점 말고는, 유리카는 지극히 평범했기 때문이다.

그래서 그 일로 유리카의 부모님과 상담도 하지 않았다. 필요성을 느끼지 못했다.

아니 결국은, 단순히 번거로운 일을 떠맡기 싫었을 뿐이라고 생각한다. 유리카에게 특별히 마음이 더 가지도 않았고 무난하고 무탈하게, 딱 받는 보수만큼만 주 2회 2시간의 과외수업을 해주고 계약한 1년을 끝내자는 생각뿐이었다.

6년 전 2월 26일. 유리카를 가르치는 마지막 날이 될 터였던 그날 저녁, 유키의 스마트폰에 모르는 번호로 전화가 걸려왔다. 근처 드러그스토어의 점장이었는데, 댁의 여동생이 가게 상품을 훔쳤다고 했다. 나한테는 여동생이 없다고 말하려다 가만히 들어보니 유리카 같았다.

보호자가 와서 제대로 사과만 해주면 경찰에 신고는 하지 않겠다고 해서 유키는 곧장 드러그스토어로 갔다. 유리카의 집에는 연락하지 않았다. 잘못된 판단이었는지도 모르지만, 그 전에 느껴보지 못했던 유리카의 SOS 신호를 감지했기 때문이었다.

여성 점원에게 안내받은 안쪽 사무실에 점장으로 보이는 중년남성이 무뚝뚝한 얼굴로 팔짱을 낀 채 서 있고, 세일러복 차림의 유리카가 멍하니 앉아 있었다. 사무용 책상 위에는 독특한 원색의 매니큐어 병 세 개가.

"선생님, 와주셨네."

유리카는 아주 짧은 순간 웃음 지었다.

"폐를 끼쳐 정말 죄송합니다."

코트를 벗은 유키는 남성을 향해 머리를 푹 조아렸다.

"선생님 바보예요? 아무 상관도 없잖아. 왜 사과를 해?"

"유리카, 일어서서 폐 끼친 여러분들께 사과하고……."

치마의 주름을 펴며 일어선 유리카는 점장에게 머리를 숙이는 척 하더니 별안간 방향을 바꿔 유키를 향해 돌진했다. 유리카의 손에서 번쩍이는 물체가 보인 것과, 몸 왼쪽에 불타오르는 듯한 습도를 느낀 것은 거의 동시였다.

유키는 자신의 몸 왼쪽에서 과일칼의 손잡이가 튀어나와 있는 광경을 보았다. 다음으로, 한 번도 경험해본 적 없는 격렬한 통증이 덮쳐와 털썩 무릎을 꿇었다. 붉은색 얼룩이 순식간에 스웨터의 배 위로 퍼져나갔다.

점장도 점원도 순식간에 벌어진 일에 고함도 지르지 못한 채 굳어 있었다.

소리조차 없는 정지화면 속에서 유리카만 움직이고, 소리를 냈다.

"피 엄청 나온다. 선생님, 죽어? 그럼 좋겠다. 나도 죽을 거니까."

유키는 헐떡였다. 날달걀 같은, 그리고 약간 녹 맛 같은 뜨뜻미지근한 액체가 입 안 가득 차오르더니 입술 사이로 흘러내렸다.

"…… 선생님, 아파? 괴로워? 가엾어라. 미안해요. 난 그냥 선생님이랑……"

여자 점원이 그제야 비명을 내질렀다.

나랑…… 뭐?

들리지 않았다…….

문밖으로 뛰쳐나가는 유리카의 뒷모습을, 날아오른 세일러복의 옷깃을 붉은 아지랑이 사이로 본 것을 마지막으로 유키는 의식을 잃었다.

정신을 차려보니 병원 침대 위였고, 나흘이 지나 있었다.

유키를 찌른 유리카가 그 길로 드러그스토어가 입점해 있는 건물 꼭대기 층으로 뛰어가 비상계단의 난간을 넘어 뛰어내렸다는 말은 그보다도 더 뒤에 전해 들었다.

　칼이 내장까지 건드리는 바람에 감염증세가 계속 발병한 유키는 긴 입원생활을 해야만 했다.

　유키는 피해자였는지도 모른다.

　하지만 유리카는 미성년이었다.

　과외선생님과 제자. 와이드쇼에서는 신바람이 나서 떠들어댔던 모양이지만 유키가 퇴원할 무렵에는 세상의 관심도 식어 있었다.

　입사가 내정되어 있던 회사는 아버지 회사의 거래처였다. 그러다 보니 회사 쪽에서 유키를 자르지는 않았지만 유키가 먼저 물러난다고 했을 때는 아마 한시름 놓았으리라.

　이대로 아무 일 없었다는 얼굴로 사회인이 되기란, 유키로서는 도저히 불가능했다. 유리카가 왜 그런 짓을 했는지, 왜 자신을 죽이려 했으며 왜 자살을 했는지 알지 못하고서는 어디로도 나아갈 수 없다고 생각했다.

　욕먹을 각오하고 유리카 부모님을 만나러 갔더니 속내가 어떤지는 몰라도 표면적으로 몹시 미안해하기만 했고, 자신들도 솔직히 이유를 모르겠다고 울먹이며 유리카의 방을 보여줬다. 허락을 받고 한참을 뒤져봤지만 그곳에서 아무것도 찾아내지 못했다.

　유리카의 고등학교에도 찾아갔다. 중학교에도 찾아갔다. 초등학교에도 찾아갔다. LINE으로 연결되어 있는 친구들 이야기도 들었다.

　어딜 찾아가도 유리카는 너무 눈에 띄지도 않고 안 띄지도 않는, 우등생도 열등생도 아닌, 특별히 인기가 있지도 않고 미움 받지도 않는 '적당히 괜찮은 소녀' '중간 정도의 소녀'로 말해줬다.

유리카가 물건을 훔칠 이유는 없었다. 유키를 찌를 이유도 없었다. 자살할 이유는 더욱 없었다.

아니, 이유는 분명 있었을 텐데 아무도 알지 못한다. 어쩌면 누군가는 알지도 모르지만 유키로서는 알 방법이 없었다.

유키는 도저히 포기할 수가 없어 당시 그럭저럭 궤도에 오른 일러스트 일을 하면서 '괴짜 삼촌'의 탐정사무소를 이제 막 이어받은 도코에게 조사를 의뢰했다. 도코는 그간의 자초지종을 듣더니 유키가 그만큼 조사를 했으면 더는 나올 게 없다고 단언했다.

"아마도 네가 알아채지 못했을 법한 사실 중에 한 가지 말할 수 있는 건……."

도코는 유키의 눈을 똑바로 쳐다봤다.

"그 애가 널 좋아했다는 사실."

"설마."

"참고로 '동반자살하자'는 소리는 '안아 달라'는 소리야."

"말도 안…… 언제부터 그런 뜻이 됐는데요?"

유키는 도코의 그 가설에는 회의적이었지만 유리카가 유키를 좋아했건 싫어했건 자신은 유리카를, 둘 중 어느 쪽이든 그 대척점에 있는 '무관심'으로 일관했다는 점을 뼈저리게 후회했다.

유리카를 죽음으로 몰아간 이유의 전부는 아니더라도 일부라도 있다면, 내 잘못은 돌이킬 수 없다.

"너 취직 안 하기로 했으니까 시간 많지? 나 좀 거들어주지 그래?"

도코의 제안은 갑작스러웠다.

"일러스트요?"

"당연히 탐정사무소 일이지."

"하지만 미행도 하고 그러지 않아요? 내 얼굴 노출되지 않았나요?"

"인터넷에? 그런 거 보는 사람은 일부야. 게다가 네가 나쁜 짓을 한 것도 아니잖아. 세상 사람들도 벌써 질린 지 오래됐고, 네 키가 평균보다 크긴 하지만 특이한 얼굴도 아니니까 괜찮아."

"…… 그런 식으로 사람 써도 됩니까?"

유키는 씁쓸하게 웃었고 그대로 가랑비에 옷 젖듯 도코의 조수 일을 하게 됐다. 그리고 5년을 꽉 채워 일했다.

월급의 많고 적음은 말해 무엇하겠냐마는 도코에게는 고마워하고 있다. 기본적으로 혼자서 행동한다는 점도 마음이 편했다. 익숙하지 않은 미행이며 잠복은 긴장의 연속이라 자신 안에서 소용돌이치는 정답 없는 의문이며 끝없는 후회와 마주할 틈도 없었는데 나중에 생각해 보면 그게 마음의 치유가 되어줬다.

게다가 분명 유키를 손님 취급했을 그 회사에서 아버지 회사 후계자임을 전제로 잠깐 근무하는 것보다는 훨씬 의미 있는 사회공부가 되었다고 생각한다.

2

건물과 건물 사이에 옹색하게 낀 세로로 길쭉한 경내와 금색 여의보주가 빛나는 육각형의 기와지붕이 있다. 그야말로 도심 속 절이다. 이 사원이 도코의 본가이고 거기서 비스듬하게 뒤쪽에 서 있는 10층 건물 아파트 401호가 도코의 주거 겸용 마쓰에 탐정사무소였다.

롤스크린으로 칸막이를 쳐서 거실 쪽에는 접객용 소파세트와 책상과 노트북을 두고, 안쪽 서양식 방은 일러스트 작업실로 구분하고 있다.

2월 19일. 도코가 끓여준 커피를 마시며 유키는 지금까지 경위를 자세히, 자세히 말하지 않으면 사사건건 끼어들기 때문에 자세히 설명했다.

메모를 하며 이야기를 경청하는 도코는 하늘색에 군데군데 레몬색이 찍힌, 벌집무늬 같은 짜임새의 니트 스웨터를 입고 있었다.

"분쿄 구 공원에서 변호사가 살인된 사건. 기억해. 그렇구나, 와카바야시 네 이모부님이었구나."

"죄송합니다, 말 안 해서."

사건 당시에는 아직 도코의 사무소에서 근무할 때라 매일 같이 얼굴을 봤었다.

"딱히 사과할 일은 아니야."

머리를 묶고 있던 집게 핀을 몇 번 새로 고치던 도코는 결국 풀어서 커피 잔 옆에 두었다.

유키가 동아리에 들어갔을 때, 다섯 살 연상의 도코는 선배로서 후배들에게 수화를 가르치고 있었다. 그때만 해도 자원봉사 계열 동아리 회원으로는 드물게 짙은 화장을 했었는데 지금은 눈썹을 조금 다듬고 엷은 립글로스만 바른 데다 앞머리를 내린 모습이 오히려 옛날보다 어려 보인다.

"처음에는 소송 관련 원한이라는 말이 있지 않았어? 그랬는데 범인이 피해자의 옛 사위고, 자살해서 피의자 사망으로 종결됐잖아."

"진상은 다르다고 생각해요."

"시후미가 친아버지인 사이키 아키라를 교사해서 다치하라 교고 씨를 살해하게 했고, 그런 다음 사이키를 처리했다. 시후미한테는 알리바이가 있으니까 사이키를 밀어서 떨어뜨린 사람은 고구레 리쓰다. 시후미와 리쓰는 같은 중학교를 다녔고 사이가 굉장히 좋았다. 중간에 서로 틀어진 척 했지만 일부러 그렇게 보이게 꾸몄고 사실은 쭉 연결되어 있었다. 사이키가 추락사한 곳은 리쓰가 주인인 빌라의 공사현장이고, 노숙자 동료의 말에 따르면 사이키에게 후원자가 있었던 것으로 추측된다. 아마도 그게 시후미. 사실, 죽은 날 밤 사이키는 즐거운 모습으로 누군가와 만나려 했다."

"네. 사이키로 짐작되는 남자가 작년 여름쯤부터 다치하라 집 주변에서 가끔 목격됐습니다."

"시후미는 어떤 애야?"

유키는 스마트폰을 내밀어 노숙자에게 보여주었던 사진을 보여줬다.

"…… 스물둘, 맞지?"

"그렇게 안 보이나요?"

"보이는데, 고작 20년 남짓 살고 어떻게 하면 이런 조용한 카리스마가 나와?"

"실물은 더합니다."

"세이세이 학원에서 에이료 대학교 법학부 진학. 4학년이고 사법시험 합격……. 인재네."

"저도 그렇게 생각하지만 이모부는 인정하지 않으셨어요."

"왜?"

"사이키의 자식이니까. 반은 사이키의 핏줄이니까."

도코는 눈살을 찌푸렸다.

"그렇게까지, 그러니까 죽이고 싶을 정도로 이모부를 미워했대?"

"과외수업을 하던 때, 시후미의 방에서 가르쳤는데 문을 안 닫았어요. 이모부의 지시라면서 열어두라고, 이모가."

"뭐야 그게. 집중이 안 되잖아."

"계단 올라가면 바로 나오는 전통식 방인데 계단 아래에서도 훤히 다 보였어요. 바로 옆은 이모부의 서재고."

"널 못 믿은 게 아니고?"

"그랬으면 다행이지만."

"중학생 정도 되면 가족들 모르게 보고 싶은 것도 있고 그렇잖아, 보통. 사람이면 누구나 혼자 있을 때는 절대로 남한테 보여주고 싶지 않은 일도 하게 마련이고."

"용돈도 안 줬어요. 필요한 게 있으면 뭐든 다 사줬고, 불편하지 않게 했다고 이모는 말씀하시는데."

"그게 문제가 아니잖아. 비밀로 사고 싶은 것도 있을 테고, 비밀이 아니더라도 일일이 다 말하기 싫기도 하고."

"세뱃돈은 이모가 맡아서 시후미 명의로 저금했다고 들었어요."

"그건 시후미 마음대로 쓸 수 있어?"

"아니요, 안 됐을 걸요."

"중학생이 1엔도 자기 마음대로 못 썼다는 소리야?"

"고등학생 때도요."

"믿을 수가 없네. 나 같으면 지갑에서 돈 훔쳤다."

"그렇죠. 그 정도는 했으면 좋았을 텐데, 시후미도."

차갑게 식어버린 가슴으로 부조리를 받아들이기 전에. 켜켜이 쌓인 분노와 슬픔이 살의를 양성하기 전에.

"시후미는 밥 먹은 뒤에 잠시 누워 쉬거나, 일요일 아침에 평소보다 조금 늦게 일어나는 것도 못했어요. 시후미 방은 언제나 사람 사는 방 같지 않게 정돈되어 있고 깨끗했어요. 어머니한테 들은 말로는 외출하려면 일주일 전부터 허락을 받아야 했고, 누구와 어디를 가는지, 몇 시에 돌아올지 적어두고 나가야 했답니다. 통금시간은 저녁 먹기 30분 전, 식사 시간은 세 끼 모두 정해져 있고 반드시 엄수, 뉴스는 신문을 읽으면 되니까 텔레비전은 보면 안 되고……."

"수도원이야?"

도코는 천장을 올려다보고는 한숨을 쉬었다.

"이모부님을 살해한 흉기는?"

"띠 형상의 물건이라고 들었어요. 흔적을 봤을 때 가느다란 끈이나 새끼줄 같은 물건이 아니라 약간 폭이 넓은……."

"벨트 같은 거?"

"아니요, 폭이 일정하지 않았어요. 접혔거나 꼬인 흔적이었다고."

"수건, 머플러, 스카프, 넥타이……."

"그런 것들이겠죠."

"이모부님이 살해당한 현장에서 발견된 발자국이 사이키 아키라가 신고 있던 운동화와 일치한다고 했는데."

"네. 모양도 그렇고 사이즈도 그렇고."

"사이키 발에 딱 맞는 사이즈였어?"

"잘 모르겠지만 사이즈가 맞지 않았다면 경찰에서 문제 삼지 않았을까요?"

"평범한 사회인이면 문제 삼았겠지만 노숙자가 발에 조금 안 맞는 신발을 신는다고 굳이 문제 삼을까. 더군다나 사이키를 범인으로 만들고 끝내고 싶었던 거잖아, 경찰은."

도코는 발자국이 위장됐을 가능성을 말하고 있다. 다시 말해서 사이키가 교고를 죽이지 않았을 가능성이기도 하며 사이키에게 죄를 뒤집어씌운 진범이 따로 있다는 소리다.

"시후미에게 자유가 없었다는 건 알겠는데, 밤중에 몰래 빠져나가기도 불가능했을까?"

"대학생이 되고 나서는 가능하지 않았을까요."

"아니, 고등학교 때 말이야. 고3 때."

"고구레 쪽이라면 워낙 넓은 저택이니까 사람들한테 들키지 않고 출입 가능했겠지만 다치하라 집은 그렇게 크지는 않기 때문에……."

왜 고3이라고 한정하는지 궁금해 하며 유키는 대답했다.

"다만 이모부가 집에 없을 때라면, 이모는 잠을 깊이 잔다고 듣기도 했고, 1층 안쪽에 있는 방에서 자니까 몰래 빠져나갈 수 있었을지도 모르겠네요."

"확인해보지? 고구레 저택 화재 사건이 있던 날 밤, 이모부님이 집에 있었는지 없었는지."

"선배, 무슨 생각하고……, 시후미가 화실 화재 사건과 관련이 있다……?"

"리쓰가 시후미의 할아버지와 친아버지 살해에 관련되어 있을지 모른다는 생각은 하면서, 왜 그 반대 경우는 생각 안 해?"

순간 눈에 씌었던 콩깍지가 떨어져 나가면서 시야가 한 단계 더 또렷해진 기분이 들었다.

새벽의 화재. 단 한 사람 깨어 있다가 유일한 증언자가 된 리쓰.

리쓰는 절대 그곳에 시후미가 있었다는 말은 하지 않겠지. 시후미를 달아나게 하고, 시후미를 감싸겠지. 아니, 그게 아니라 만약 두 사람이 계획한 화재이고 애초에 공범관계라면…….

"사이키는 자살이 아니라고 생각하면서, 왜 마리코 씨는 그렇게 생각 안 해?"

맞는 말이다. 마리코의 자살 동기는 확실하지 않다. 시즈토의 불륜으로 신경이 예민했다는 증언은 식구들끼리 입을 맞춘 거짓말이다.

마리코 본인이 스피리터스 12병을 주문한 사실은 외판사원의 증언만 봐도 확실하지만, 그런 술이 있다고 마리코에게 알려준 사람은 리쓰였을지도 모른다. 알코올 도수가 강한 술이 아닌, 과실주를 만드는 데 최적의 술로.

마리코는 깨어날 가능성이 제로에 가까운 혼수상태로 '죽은 자는 말이 없다' 상황으로 봐야 한다. 리쓰가 매주 병문안을 가는 이유, 그리고 생일에 꽃다발을 들고 병실을 찾아가는 이유는 죄를 덮기 위한 위장이며, 마리코가 계속 의식 없는 상태임을 확인하고 안심하기 위한 때문이라고 해석할 수도 있다.

다만 시즈토에게 사랑받던 리쓰가 시즈토의 소중한 그림을 불태웠다는 부분은 말이 좀 안 된다.

"스웨터 예쁘네요."

유키는 화제를 바꿨다.

"정말? 색이 마음에 들어. 색깔 특이하지? 숙모, 그러니까 이 탐정사무소를 하시던 삼촌의 부인이 손으로 뜬 거야. 고등학생 때 나 뚱뚱했거든. 고등학교 때 떠주신 건데, 나중에 살이 빠져서 좋긴 했는데 사이즈가 안 맞아져버렸지 뭐야. 그래서 억지로 졸라서 다시 떠달라고 한 거야."

"다시 뜰 수도 있어요?"

"그럼 뜰 수 있지. 난 못하지만. 풀어버리면 한 올의 털실로 돌아가니까. 실이 꼬불꼬불해지긴 하지만 스팀을 먹이면 쫙 펴져서 뜨기 편해진대."

유키는 저도 모르게 벌떡 일어섰다.

"왜, 왜 그래?"

"가보겠습니다. 솔직히 좀 귀찮다는 생각도 했지만 선배한테 말하길 잘했어요. 정말로."

"아, 그래?"

"또 연락드릴게요."

"귀찮다면서 안 그래도 돼."

"정말요? 고맙습니다. 그래도 여유가 생기면 할게요."

배웅하러 나온 현관에서 도코는 깔깔대며 웃기 시작했다.

"건강해 보여서 다행이다. 이제 괜찮은 거네, 와카바야시."

"괜찮습니다. 죄송해요, 걱정시켜서."

"안 되겠다, 연락해. 요코하마로 돌아가기 전에 한잔 하자."

"네."

먼저 하나무라에게 전화를 걸어 리쓰의 신발 사이즈를 물어봤다. 하나무라는 수첩에 적혀 있다면서 알아봐줬다. 고등학교 3학년 때는 260.

"그리고, 리쓰에게 특정인물한테서 온 편지나 물건 같은 우편물은 없었나요?"

"글쎄, 그런 건 기억에 없는데. 잠깐만, 아, 맞다, 그러고 보니 엽서가…… 음, 이것도 수첩에…… 있네. 이치이레이라는 사람한테서 엽서가 몇 번 왔어요. 도시 할 때 시(市)자에 우물 정(井)자 써서 이치이. 레이는 명령의 령(令)자에 마음 심(忄)변. 친구인가 싶어 이름만 적어놓은 터라 날짜까지는 몰라요."

그 다음 미타 집에 전화를 걸어 미나코에게 사이키의 신발 사이즈를 아느냐고 묻자 키에 비해서는 작아서 265나 신발에 따라서는 260도 신었다고 가르쳐줬다. 미나코에게는 한 가지 더 물어볼 게 있었는데 그 대답도 들었다.

다무라 나오에게는 LINE으로 리쓰의 키와 체형에 대해 질문한 다음 대답을 기다리는 사이 다치하라 집에도 전화를 넣었다. 다카코가 이제 그만했으면 하며 성가셔하는 줄도 잘 알고, 결코 다카코의 노여움을 사고 싶지는 않았지만.

"시후미 신발? …… 265야."

"사이키가 죽었을 때 신고 있던 신발 사이즈는."

"265."

다카코는 쏟아져 나오는 한숨을 숨길 생각도 하지 않았다.

"다케우치 형사님도 시후미의 신발 사이즈를 확인하러 오셨어. 사이키랑 똑같으면 뭐가 어떻다는 거지?"

"제가 과외를 하던 때, 시후미의 방은 늘 문을 열어놓고 있었잖아요."

"시후미가 이 집에 왔을 때부터 그랬어. 남편이 집안의 룰이라면서……."

"그럼 미나코 누나 때도 그랬나요?"

"아니. 그 애는 여자애잖아."

"…… 그렇군요."

"시후미도 처음에는 반발해서 문을 닫았지만 그때마다 남편한테 야단을 맞았어. 시키는 대로 하지 않을 생각이면 나가라고, 행실 지저분하게 살고 싶으면 사이키한테 얹혀살라고…… 그 말을 듣고 단념했지."

"이모부가 그런 말까지? 시후미가 어릴 때 사이키의 폭력에 시달렸다는 사실을 다 알면서……?"

"남편은 시후미한테 손을 올린 적도, 목청을 높인 적도 없어."

"시후미는 언제까지 문을 열고 지냈나요?"

"고등학생 때까지."

"밤에 잘 때도?"

"응."

"겨울에도?"

"응. 난방도 됐고, 춥지는 않았을 거야."

"그럼, 밤에 살짝 빠져나가기는 무리였겠네요."

"밤에 빠져나가? 집을?"

"불가능하죠?"

"저기 있잖아, 유키는 어떻게 생각할지 모르겠지만 남편도 그렇고 나도 그렇고 우리가 시후미를 감시하진 않았어. 그러니까 마음만 있으면 창문을 통해서라도 불가능하지는 않았을 거라고 생각해. 다만 남편은 밤 늦은 시간까지 안 자고 일을 하거나 밤중까지 잠깐 자다가 새벽에 일을 하기도 하고 상당히 불규칙적인 부분이 있었기 때문에 실제로는 남편 눈에 띄지 않고 빠져나가기는 어렵지 않았을까."

"4년 전 2월 13일은 어땠나요?"

"갑자기 물어보면……."

"12일이 에이료 대학교 입시였고, 그 다음 날인데요."

"그날이라면 남편은 나고야에 출장 갔어. 시후미 입시 당일을 피해서 일정을 짠 기억이 있거든. 13일 아침에 출발해서 14일 저녁에 돌아오셨지."

2월 13일 밤, 교고는 집에 없었다.

"고맙습니다. 그리고 시후미 휴대전화 번호를 좀 알 수 있을까요?"

"그건 내가 마음대로 가르쳐줄 수는 없어."

전화를 끊고 나니 나오에게서 답장이 와 있었다. 고3 때 리쓰의 신장은 170센티미터 정도였고 '같이 서 있고 싶지 않을 정도로 날씬'했다고 한다.

'고마워요.' 하고 답장을 보낸 뒤 유키는 깊은 한숨을 내쉬었다.

시후미가 왜 교고에게 반항하지 않았는지 알았다. 피아노를 치기 위해서 그랬나, 하고 생각한 적도 있지만 아니다. 피아노를 허락받기 위해 겉으로만 순종하는 척했다는 그런 단순한 문제가 아니다.

어릴 때 친아버지한테 육체적인 학대를 받으며 자라다 간신히 빠져나와 어머니와 새아버지 품에서 평화롭게 살고 있었는데, 사실 그 무렵의 시후미는 똑똑하고 생기발랄했다고 들었다. 그런데 어느 날 갑자기 혼자만 버려졌다. 미나코와 다다히코는 둘만의 아이가 생겼다는 이유로 시후미를 배제해버렸다.

교고는 시후미를 가혹할 정도로 엄격하게 다뤘고, 시후미는 소년으로서 모든 자유를 빼앗겼다. 친구와 보내는 시간도, 숨 쉬듯 치던 피아노도, 음악을 통해 발산하던 반짝이는 꿈도.

다카코 역시 단 한 번도 시후미의 편이 되어주지 않았고, 반복되는 불합리한 질책 속에서 어린 가슴에 고통과 공포를 각인시켰던 사이키에게 가버리라는 말을 듣는다면.

어떻게 해야 하나? 어디에 그의 자리가 있는가?

어디에도 없다. 돌아갈 곳도, 찾아갈 곳도 없는데.

모든 육친에게서 부정당하고 아무도 필요로 하지 않는다. 누구에게도 사랑받지 못한다.

시후미가 멀리서 몰래 미나코 가족을 본 적은 없을까. 화목한 가족을, 행복해 보이는 남동생과 여동생을, 결코 자신의 것은 되어 주지 않는 단란함을, 입술을 깨물며 바라본 적은 없었을까.

처음으로, 이제 와서 처음으로, 얼어붙을 듯 시린 시후미의 고독이 유키의 가슴을 후벼 팠다.

내가 할 수 있는 일이 아무것도 없었을까?

그렇지 않다. 아무것도 할 수 없었을 리 없다. 모르지 않았다.

3년 가까이나 과외선생으로, 손을 뻗으면 닿는 거리에 있었다.

알고 있었다.

교고의 규율, 다카코의 묵살. 그 역시 학대임을.

그럼에도 모른 체 눈감고 흘려버린 나도 시후미를 막다른 곳에 몰아넣은 어른 중 한 명이다.

그 사실을 유키는 인정해야 했다.

그런 시후미에게 리쓰만이…….

두 사람의 이름이 적혀 있던 노트가 떠오른다.

12살 때 도서실에서 만난 소년들은 둘만의 성역에서 무엇을 이야기하고, 어떤 이야기를 자아내고 있었을까?

이삿짐을 딱 한 상자만 더 싸고 근처 메밀국수 가게에 식사하러 다녀와서 샤워를 끝내고 컴퓨터를 켜니 도코한테서 〈T-txt.〉라는 제목으로 메일이 와 있었다.

〈대학교 3학년생인 조카가 세이세이 학원출신이라 시후미에 대해 물어봤어. 1년 후배인데 시후미를 알고 있더라.

시후미가 정규시험 때마다 전과목 예상문제집을 만들어서 후배들에게 팔았대. 정답이랑 상세한 해설까지 붙여서. 10부 한정으로 한 부에 천 엔.

산 후배가 다음 해 또 그 아래 후배에게 팔려고 해봐야 그 학교 교사들 수준도 굉장히 높아서 해가 바뀌면 출제경향도 싹 바뀐다고 함(조카가 사봤기 때문에 안다고).

　그뿐 아니라 그 학교 학생들에게 무엇보다 중요한 대학 수험에도 웬만한 참고서보다 훨씬 보탬이 됐다는 모양.

　T 텍스트라고들 불렀고 아는 사람은 다 알았는데 성적이 상위권인 아이들 사이에 입소문으로만 전해졌음. 그 존재를 안다는 자체가 일종의 지위였다고 함.

　조카 말에 따르면 그 학교 학생들은 정이 없고 모진 구석도 있어서 친구한테도 절대 말하지 않았다고 함. 따라서 학교에서도 문제가 되지 않았음.

　학력지상주의인 그 학교에서 항상 2, 3등이었던 시후미를 향한 후배들의 동경어린 신뢰는 절대적이었다고 함. 참고하라고.〉

　시험 때마다 1만 엔. 정규 시험이 1년에 5회라고 치면 고2 1년 간 5만 엔. 고3 때는 2학기 시험 때까지 팔았다고 치고 4만 엔.

　고등학생 시절에 비밀로 쓸 수 있는 돈이 그 정도 있었다면······.

　메일이 도착한 시간을 보고 보낸 지 아직 10분도 지나지 않았음을 확인한 유키는 도코에게 전화를 걸었다.

　"메일 봤어요. 정보 고맙습니다. 실은 선배한테 물어보고 싶은 게 있어요. 뜨개질 말인데······."

제7장 우화

1

2월 24일. 오후 1시를 넘은 시각, 유키는 버스를 타고 고구레 저택을 찾아갔다. 옹벽 사이로 난 계단을 올라 벨을 누른다. 이름도, 방문 이유도 속일 생각은 없었다.

잠시 기다렸지만 대꾸가 없다.

격자창이 빼곡한 흰색 서양관을 바라보며 다시 한 번 벨을 눌렀다.

한순간 2층 창에서 사람 그림자를, 청년이라기보다는 아직 소년처럼 여린 몸을 가진 실루엣과 커다랗고 까만 쌍안경을 봤다는 기분이 들었는데 착각이었을까.

한참 망설이다가 세 번째 벨은 누르지 않고 걸음을 돌렸다.

어딘가 안도하고 있는 자신의 모습을 유키는 자각하고 있었다. 리쓰를 만나고 싶다고 강하게 원하면서도 동시에, 그 정도로 혹은 그 이상으로 강하게 만나기를 두려워하고도 있었다.

이유는 잘 모른다. 시후미의 분신처럼 여겨져서 그럴까.

같은 날 저녁, 유키는 자신의 집 거실에서 시후미와 대치하고 있었다.

하나밖에 없는 소파에 시후미를 앉힌 뒤 자신은 바닥의 러그 위에 앉아 낮은 테이블의 모서리를 사이에 두고 비스듬하게 마주 본다. 테이블 위에 머그컵 두 잔이 김을 모락모락 피우고 있다.

일부러 밤늦은 시각, 다카코가 깊이 잠들어 있을 시간에 다치하라 집에 전화해 전화를 받은 시후미에게 긴히 할 이야기가 있다고 했다. 시후미는 예상하고 있었는지 승낙했다.

약속시간 정각에 찾아온 시후미는 가죽재킷을 팔에 걸치고 A4사이즈 흰색 봉투를 손에 들고 있었다.

"단도직입적으로 말할게. 교고 이모부를 살해한 건 너희들이지?"

"'너희들'이라니, 누굴 말씀하시는 거예요?"

시후미는 어디까지나 차분하게 되물었다.

"시후미 너랑 고구레 리쓰. 레이가쿠칸 중등과에서 함께 공부한 네……."

친구라고 하려다 입을 다문다. 그 단어로는 부족하다는 생각이 들었다.

주의 깊게 살펴본다고 살펴봤지만 시후미의 얼굴에는 일말의 변화도 일지 않았다.

"리쓰를 어떻게 아셨어요?"

시후미는 그저 조용히, 옆으로 긴 눈을 유키에게 향했다.

"사이키가 추락한 현장에 가봤어. 빌라 건축주 이름이 고구레 리쓰였지. 그 이름에 기억이 있었어. 네 과외수업을 하던 때 책 밑에 있던 노트…… 연초록색의."

"그런 일이 있었군요."

"볼 생각은 아니었지만 표지에 적힌 이름이 보였어."

"그래서 졸업앨범을 조사했군요. 확실히 그건 제가 부주의했네요."

"앨범에서 고구레 리쓰라는 이름을 발견했지. 그를 찾아 따라가다 보니 다양한 사건들과 만났어."

유키는 시후미 앞에 두 장의 종이를 놓았다. 지난밤 밤새워 작성해서 프린트했다.

① 고구레 나오토(2) 익사 – 51년 전

9월 5일, 고구레 시즈토의 쌍둥이 남동생 나오토가 고구레 저택 정원의 연못에서 익사. 유모였던 도다 미요코(20)가 조사를 받았지만 살의, 과실 모두 입증하지 못함.

② 도다 미요코(20) 자살 – 51년 전

9월 20일, 석방된 미요코가 나오토 살해를 고백한 유서를 남기고 고구레 저택의 정원에서 분신자살. 당시 고구레 집안의 주인(시즈토의 조부)에게 성관계를 강요받았다는 사실, 부인(시즈토의 조모)의 질투로 괴롭힘을 당했다는 사실을 호소했음.

③ 후지키(고구레) 마리코(29) 황산 테러 사건 – 18년 전

12월 24일 새벽, 직장에서 귀가 중이던 마리코가 자택 빌라의 입구 부근 화단에 숨어 있던 인물에게 황산 테러를 당해 얼굴의 오른쪽 반에 중상을 입음.

마리코가 본 것은 가해자의 검정색으로 짐작되는 코트뿐. 치정에 얽힌

원한 사건 등으로 보고 수사를 진행시켰으나 눈에 띄는 진전은 없었고 용의자를 특정하지 못한 채 시효를 맞이함.

※사건 2개월 뒤, 마리코는 시즈토와 결혼.

④ 코포 아케보노스기 화재 - 8년 전

12월 1일 오후 11시경, 코포 아케보노스기 201호 데라이 레이미(28)의 집에서 발화. 레이미와, 그녀와 내연관계였던 이노우에 다이가(30) 사망. 원인은 이노우에의 담배꽁초로 추정됨. 두 사람은 레이미의 장녀이자 시각장애인인 레이나(10)에게 제대로 교육받을 기회를 주지 않고 필요한 만큼 돌보지 않는 등 일상적인 학대를 한 의심점이 있음. 불이 났을 때 레이나는 밖에 쫓겨나 있었던 덕분에 무사했음.

※이 무렵 시후미와 리쓰 (위장) 결별. 레이나는 복지형 장애아동 시설에 입소.

⑤ 고구레 저택 화실 화재 - 4년 전

2월 14일 오전 3시경, 고구레 저택 내부 화실에서 발화. 화실 안에 있던 마리코(42)가 중상을 입고 현재까지 혼수상태(이누이 종합병원에 입원 중). 리쓰(18)도 얼굴 등에 큰 화상을 입음. 발화 원인은 마리코의 방화로 짐작됨. 동기미상.

※시즈토의 불륜은 허위 정보. 마리코와 불륜관계였던 요이치(70)는 사건 후 치매가 발병해 금풍장에 입소.

⑥ 고구레 시즈토(52) 익사 - 작년

8월 13일 오전 5시 반 경, 시즈토가 욕실 욕조 안에서 사망해 있는 현장을 귀가한 리쓰가 발견. 사망추정시각은 같은 날 오전 1시에서 2시. 침입자의 흔적, 몸싸움을 한 흔적 등 수상한 점 없음. 부검 결과 술에 취한 시즈토가 입욕 중 실수로 익사한 것으로 단정.

※당시 시즈토와 리쓰는 둘이서 살고 있었음. 리쓰에게는 알리바이가 있음(이누이 종합병원에 있는 마리코의 병실에 있었음).

⑦ 다치하라 교고(74) 교살 – 작년

11월 10일, 다치하라 교고가 애견 조르주와 산책 중에 괴한에 의해 교살됨. 오전 6시 20분 경, 운동 중이던 이웃의 남성이 공원 벤치에 앉은 채 사망해 있는 교고를 발견. 사망추정시각은 같은 날 오전 5시에서 5시 30분 사이.

※아리마 온천에서 열리는 동창회에 참석하기 위해 평소보다 1시간 일찍 산책을 나감. 시후미에게는 알리바이가 있음(시마다 유카와 호텔에 투숙).

⑧ 사이키 아키라(49) 추락사 – 올해

1월 22일 오후 11시 경, 공사 중이던 빌라(리쓰가 건축주)에서 추락해 사망. 사인은 후두부 강타에 의한 뇌좌상. 실랑이한 흔적 등이 없는 점, 사이키가 교고를 살해한 범인일 가능성이 높다는 점(☆) 등을 근거로 자살로 단정.

※시후미에게는 알리바이가 있음(시마다 유카와 패밀리레스토랑).

☆사이키가 입고 있던 스웨터와 교고의 손톱에서 검출된 털실의 섬유가 일치.

사이키가 입고 있던 스웨터에 조르주의 털 및 타액이 부착.

교고가 살해된 벤치 주변 발자국 중 하나와 사이키의 신발이 일치.

동기 있음(돈을 빌려주지 않음, 공갈미수죄로 체포, 기소된 원한).

①, ②와 관련해서는 노자키에게 다시 연락해 자세한 이야기를 들었다. 며칠 전 이야기를 듣던 때는 화실 화재사건에만 집중했기 때문에 반세기나 전인 옛날 사건에는 접근하지 않았었다.

노자키는 친절하게 기사에 등장한 '야마나카 씨'도 소개해줬다. 본명은 가와모토라고 하는데 여든이 넘은 나이에도 아직 정정한 모양이었다. 전화를 하니 아들이 정중하게 상대해줬다. 여행 중이라고 하기에 내일 다시 전화하기로 했다.

무의미할지 모르는 그 어떤 조각이라도 손에 넣고 싶었다. 틀린 퍼즐 조각일지도 모르지만 그야 나중에 밝혀질 터다.

시후미가 눈을 들었다.

"폼으로 탐정사무소에 다닌 게 아니네요, 유키 형."

칭찬인가, 우선은?

방 모퉁이에 쌓인 상자에 눈을 줬다가 유키를 보더니 시후미는 냉랭하게 말했다.

"이런 일 할 시간에 얼른 이사준비나 서두르는 편이 의미 있지 않을까요."

"뭔가 정정하고 싶다거나 지적하고 싶은 부분은 없어?"

긴 집게손가락으로 ④의 ※를 가리키며 시후미는 말했다.

"위장이라니 이건 뭐죠?"

"중3 2학기 말, 너랑 리쓰가 결별했다고 다무라 나오도 그렇고 스기오렌도 말했지만 연기였지? 졸업식 때 교복 넥타이까지 잘라가면서 주위에 절교를 인상 깊게 남도록 했어."

"위장절교라고요? 뭘 위해서요?"

"두 사람이 연결되어 있다는 사실을 아무도 찾아내지 못하게 만들려고. 레이가쿠칸 중등과 도서실에서 세운 계획을 위해."

"계획…… 어떤 계획?"

"실행된 계획은 세 가지. 고구레 저택 화실의 화재, 교고 이모부 교살, 사이키의 추락사. 차례대로 화재부터 갈까. 마리코 씨는 시아버지인 요이치 씨와 오랜 기간 불륜관계였고, 시즈토 씨는 그 일로 고통스러워했어. 리쓰는 양아버지인 시즈토 씨에게 사랑받은 모양이더라. 리쓰는 뭔가 구실을 만들어 마리코 씨를 화실로 불러냈어. 거기에 네가 숨어 있었고. 미리 화실 한가운데에 캔버스를, 아마도 실패작이라든가 시즈토 씨가 마음에 들어 하지 않는 그림만 모았겠지, 모아서 스피리터스를 뿌려뒀어. 마리코 씨는 리쓰를 찾으며 안으로 들어왔겠지. 마리코 씨가 캔버스에 가장 가까이 다가갔을 때, 너는 그곳을 향해 돌돌 만 신문지 뭉치든 뭐든 불을 붙여서 던졌어. 곧바로 밖으로 튀어나가 문을 누르고. 계속 누르고 있으면 위험하니까 열리지 않도록 뭔가 손을 썼겠지. 문이 잠겨 있었다는 리쓰의 증언은 거짓이야. 창문은 붙박이였어. 조만간 뜨거운 바람에 깨진다 하더라도, 그때쯤이면 안에 있는 사람은 이미……. 거기에 리쓰가 뛰어가. 이건 증언한 대로 방 창을 통해 나무를 타고 내려왔겠지. 그리고 널 도망치게 했어. 그 정도로 넓은 대저택 정원에, 게다가 오전 3시면 이웃 사람들도 이변을 알아채기 쉽지 않지. 넌 방범카메라를 피해 아무에게도 들키지 않고 고구레 저택에서 나왔어. 한편 리쓰는 문을 부수고 구하러 들어가지. 이미 늦었음을 알면서.”

"마리코 씨를 구하려다가 리쓰가 얼마나 큰 부상을 입었는지 알고는 계세요?”

"어쩌면 의심받지 않기 위해 가벼운 화상을 입으려다가…….”

"형.”

시후미가 말을 막았다. 대뜸 머그컵을 들어 올리더니 말했다.

"거기서 더 말하시면, 난 이 커피를 형 얼굴에 뿌리고 돌아갈 겁니다.”

말투는 담담했지만 눈의 흰자위가 처절하게 빛나고 있다.

"그럴 가능성도 있을지 모르겠다고 생각했을 뿐이야. 미안해, 경솔했다.”

"…… 두 가지 의문이 있어요. 하나는, 그렇다면 마리코 씨뿐 아니라 그 상대도 죽여야 공평하다는 점.”

"처음에는 죽일 계획이었겠지. 하지만 요이치 씨는 세이세이 학원 음악선생님이었고 너에게 음악실 피아노를 치게 해줬어. 그래서 죽임에서 면제됐지.”

"우선 그 정도는 생각하고 있으셨네요. 두 번째 의문은 죽이려 했던 어머니를 왜 살려두고 있는가 하는 점입니다."

"연명치료를 결정한 사람은 시즈토 씨잖아?"

"리쓰의 본심은 아니라는 뜻이네요."

"다음은 교고 이모부 사건인데, 동기는 말할 필요 없다고 생각해. 너에게는 알리바이가 있고 실행한 사람은 리쓰야. 너와 완전히 관계를 끊은, 그렇게 설정되어 있는 리쓰의 이름이 수사선상에 오르내릴 일은 없으니까."

"범인이 사이키 아버지가 아니라는 증거는요?"

"조르주가 왜 짖지 않았을까?"

"그게 그렇게 중요한가요?"

"조르주가 아무리 얌전해도 사이키가 다가갔으면 분명 짖었을 테지."

"리쓰한테는 안 짖고요?"

"사이키는 주인인 이모부가 증오하는 사람이야. 하지만 리쓰는 너와 비슷한 냄새가 나지 않을까."

"친아버지인 사이키보다요? 진심이세요?"

"리쓰는 네 옷을 입고 있었다고 봐."

"제가 사이키 아버지에게 옷을 빌려줬을지도 모르잖아요."

"사이즈가 안 맞아."

"상의는 입는 게 불가능할 정도로 안 맞지는 않을 텐데요. 조르주는 사랑스러운 개이지만 그렇게까지 똑똑하지도, 충성스럽지도 않아요. 먹이로 길들일 수도 있잖아요."

"…… 그럴 지도 모르지."

"스웨터와 발자국 증거에 대해서는 어떻게 생각하세요?"

"너는 265, 리쓰는 260, 사이키는 그 중간. 신발에 따라 다르기도 하겠지만 운동화 정도면 셋 다 같은 사이즈를 못 신을 것도 없어. 사이키가 죽었을 때 신고 있었던 신발은 265 운동화였고 이게 현장의 발자국과 일치했지. 제조사에 문의해보니 7년 전 5월부터 약 2년 동안 판매한 제품이라고 하더군. 이모, 이모부 모르게 너와 사이키는 접촉하고 있었어. 판결 후 한동안 종적을 감추고 있던 사이키는 집행유예기간이 끝나자 네 주위를 어슬렁거리기 시작했어. 사이키의 판결은 징역 2년에 집행유예 4년이었으니까 네가 열다섯 살이었을 때 끝났지. 그저 돈이나 뜯어낼 목적이었는지, 아니면 조금은 널 보고 싶은 마음도 있었는지는 모르겠지만 넌 사이키를 교고 이모부의 살인범으로 만들기로 결심했어."

"운동화를 샀다고요? 제가?"

"내 생각은 그래. 리쓰가 대신 사도 됐겠지만 금전적으로 리쓰에게 기대기는 네가 내키지 않았을 테니까. 두 켤레를 사서 하나는 사이키에게, 또 하나는 리쓰에게 줬어."

"7년 전 5월부터 2년 간…… 그 말은 제가 고등학생 때라는 소리네요. 형은 중고등학교 시절 제가 단 1엔도 마음껏 쓸 수 없었다는 사실을 알고 있는 줄 알았는데요. 미타 집에서부터 가져온 저금통까지 압수당했어요."

"T 텍스트."

시후미의 표정이 처음으로 움직였다. 웃었다. 작게.

"고등학교 때 넌 후배들에게 수제 텍스트를 팔았어. 충분한 용돈이라고는 할 수 없지만 평범한 운동화 두 켤레 정도는 사고도 남지."

"조사 잘 하셨네요. 학교 안에서도 아는 사람은 극히 일부였는데. 하지만 다치하라 아버지 살해를 실행하는 날까지 사이키 아버지가 그 운동화를 신어준다는 보장이 있나요? 노숙자 생활인데 다 닳아 없어지고 말죠."

"유도는 할 수 있지. 변호사가 되면 더 좋은 신발을 얼마든지 사드릴 수 있지만 지금 용돈으로는 이게 최선이다, 그러니까 소중하게 신어줬으면 좋겠다, 뭔가 특별한 날이나 나와 만날 때만 신었으면 좋겠다, 뭐 이런 식으로."

"갸륵하기도 하네요. 제가 사이키 아버지에게 그런 말을 한다고요? 사이키 아버지가 그 말대로 따른다고요?"

"따랐겠지. 네 환심을 사기 위해서."

"그리고 리쓰가 또 한 켤레의 운동화를 신고 다치하라 아버지를 죽였다, 이 말이죠."

"리쓰도 적당히 신어서 길들이고 적당히 닳게 만들지 않았을까. 이모부 살해날짜는 정해져 있었고, 넌 그 무렵에 사이키와 만나서 사이키의 운동화상태를 확인했어. 이미 없거나, 너무 낡아버렸으면 현장에는 확실한 발자국을 남기지 않기로 했겠지."

시후미는 그 말에는 옳다 그르다 말도 없이 다음 질문을 했다.

"스웨터는요?"

"사이키가 입고 있던 스웨터에는 조르주의 털과 타액이 묻어 있었어. 이모부 손톱에서 검출된 성분과 그 섬유가 일치했지. 발자국은 상황증거라 하더라도 이쪽은 물적 증거라고 나도 생각했어. 그래서 처음에는 사이키가 실행범이라고 생각했지. 네가 조종했다고 말이야. 그런데 사이키가 살인까지는 못하지 싶어 생각을 고치기도 했고……."

살인이라는 행위를 눈곱만큼이라도 찬미하지는 않는다. 하지만 그 행위를 저지르기에 사이키는 너무도 작은 그릇이다. 스트레스의 배출구로 어린 자식을 학대하고, 전 부인을 강간하겠다는 협박이나 하고, 종국에는 한때 학대한 제 자식에게서 푼돈이나 뜯어내는 수준의 남자다. 흥분하면 무슨 짓을 할지 모르는 충동적인 면은 있지만 냉철하게 계획된 살인에는 어울리지 않는다.

"리쓰와 네 관계를 알고 나서 왜 결별한 척 시늉을 했을까 고민하다 보니 너희들이 도서실에서 완전범죄 계획을 짜고 있진 않았나, 하는 생각이 들었어. 그 프롤로그가 위장 절교가 아니었을까, 하고 말이야."

"앞질러 가지 말고, 스웨터 이야기부터 해주세요."

"다치하라 집의 미나코 누나 방 옷장에 연한 오렌지색의 손뜨개 스웨터가 들어있어. 얇게 파인 브이넥이고, 메리야스뜨기라고 하던가. 사이키가 죽었을 때 입은 스웨터랑 같은 짜임이야. 미나코 누나 말에 따르면 사이키는 무대의상을 직접 바느질하기도 하고 기성복을 수선해서 장식을 달기도 하고 재봉 쪽으로는 손재주가 아주 좋았지만 뜨개질은 그렇게까지 솜씨가 좋지 못해서 그 뜨개방식밖에 못 떴다고 해. 그래도 사귀고 처음 맞는 크리스마스에 미나코 누나를 위해 옷을 떴지. 커플로. 미나코 누나는 그걸 차마 못 버리고 이혼할 때 둘 다 집으로 가져왔어. 미나코 누나의 옷장에는 사이키의 스웨터도 들어있었어. 회색빛이 도는 남색, 사이키가 죽었을 때 입고 있던 그 스웨터가."

"그게 옷장에서 사라졌다고요? 다치하라 어머니나 미나코 씨는 왜 경찰에 그 이야기를 하지 않았죠?"

"다카코 이모는 사이키의 스웨터가 있다는 자체를 몰랐어. 미나코 누나는 시후미가 발견해서 사이키에게 내동댕이치며 돌려준 줄 알았다고 했어."

"미나코 씨가 경찰에 말하지 않은 이유가 저를 감싸서 그랬다는 말이라도 하고 싶으신가요?"

"미나코 누나는 네가 사건과 관련되어 있다고는 상상도 못하고 있어. 대화해본 느낌이 그래. 그러니까 널 감쌌다기보다는 널 사건과 관련시키고 싶지 않았던 게 아닐까?"

"말했대도 상관없어요. 전 이렇게 설명했을 겁니다. 사이키 아버지의 스웨터는 분명히 있었습니다. 쳐다보기도 싫어서 벌써 몇 년 전에 내다 버렸습니다."

"그렇게 말하면 통하겠지."

"그 남자가 스웨터를 뜬 게 그때 한 번 뿐은 아니에요. 색깔과 모양이 똑같다고 해서 같은 스웨터라고 단정할 순 없어요."

유키는 시후미의 스웨터에 눈을 줬다. 남색과는 다른 짙은 파란색과 검정색이 대각선으로 대담하게 교차하고 있다.

"그 옷, 손뜨개야?"

"예?"

"리쓰가 마리코 씨 병문안을 가면 창가에서 곧잘 뜨개질을 한다고, 이 누이 종합병원 간호사한테 들었어."

"그래서요……?"

유키는 침실로 가서 도코한테 빌려온 카페오레 색의 스웨터와 도코에게 물어보고 산 금색의 코바늘을 가지고 왔다. 고등학교 가정과목 시간에 마지못해 떴다는 스웨터는 현재의 도코에게 1.5배는 품이 넓어서 '처분해도 돼, 아니 해줘' 하고 도코는 말했다.

도코에게 배운 대로 유키는 코바늘로 스웨터의 어깻죽지 부분을 뜯어서 몸통에 연결되어 있던 한쪽 소매를 떼어냈다.

몸통 옆에 튀어나와 있는 털실을 잡아당기니 코가 술술 풀렸다.

편물의 코는 자꾸만 풀려 기다란 라면 같이 꼬불꼬불한 한 올의 털실이 되었다.

시후미는 무심한 눈으로 유키의 행동을 보고 있었다.

"넌 사이키의 스웨터를 리쓰에게 줬어. 리쓰는 그걸 풀어서 머플러 같은…… 흉기를 떴어."

"다치하라 아버지를 죽인 흉기요?"

"전부 다 풀 필요는 없어. 앞판…… 이라고 한다던데 앞판만 풀면 돼.

리쓰는 그걸로 이모부의 목을 졸랐어. 굳이 흉기를 뜰 필요 없이 그냥 다발로 쥐고 졸랐어도 됐겠지만 그렇게 되면 털실 자체의 흔적이 남아서 흉기인 털실을 사용해 스웨터를 떴다는 사실을 경찰에 알려주는 꼴이 되지. 사이키가 스스로 떴을 가능성을 배제할 수는 없다 하더라도, 진범이 스웨터를 떠서 사이키에게 줬을 가능성도 시사해버려. 띠 형태로 떠서 스카프 같은 부드러운 천으로 한쪽을 감싼 다음 조르면 이모부의 목에 섬유는 남지 않아. 쥐어뜯은 손톱에만 남지.”

"스웨터를 입고 죽이면 안 되나요?”

"그렇게 되면 스웨터를 쥐어뜯지 않을지도 몰라. 손톱에 증거가 될 섬유를 확실하게 남기기 위해 흉기를 떴어. 조르주의 타액을 묻히기는 간단하지. 머플러 끝을 물게 해도 되고, 조르주의 입에 꽂아둬도 되고 말이야. 범행 후에 리쓰는 다시 원래대로 스웨터로 떠서 너에게 줬어. 잘 뜨는 사람들은 한 달도 안 걸려서 뜰 수 있다고 들었어. 몸통 앞판만 뜨게 되면 더 일찍도 가능하겠지. 그래도 어떤 미세한 증거도 남기지 않도록, 세부의 세부까지 신경 써서 뜨기란 보통 어려운 일이 아니지. 아마 장갑을 끼고 떴지 싶은데, 상상만 해봐도 뜨기 힘들겠어. 게다가 뜨는 사람에 따라 코 모양이나 크기가 다르다는데, 원래대로 뜨려고 했으면 힘주는 데 시행착오도 있었겠지. 그렇게 원래대로 돌아간 스웨터를 네가 사이키에게 건네줘. 겨울로 가는 계절이라 사이키는 안 입을 수 없었어.”

"형의 추리는 이해했습니다. 하고 싶은 말은 있지만 나중에 하지요. 계획의 세 번째, 사이키 아버지의 추락사에 대한 생각을 들려주시겠어요?”

"사이키와 친했던 노숙자에게 들었어. 그날 밤 사이키는 데이트하러 간다면서 신바람이 나서 버스 막차를 타고 나갔다고 해. 불러낸 사람은 너고……."

"그런 장소에요?"

"사이키는 아들과 함께 근사한 집에 살게 된다고 자랑했어. 그 노숙자는 망상이라고 여긴 모양이지만 실제로 네가 사이키에게 그런 말을 꺼냈겠지? 완공 전이기는 하지만 봐줬으면 좋겠다, 뭐 그런 식으로 말해서 사이키를 불러냈어, 아니야?"

"저한테는 알리바이가 있으니까 그곳에 리쓰가 기다리고 있었다는 말이네요."

"여기예요, 하고 좀 변조한 목소리로 불러 위로 올라오게 했거나, 꼭대기층을 살 생각이라면서 애초에 올라오도록 지시했든가."

"그리고 밀어서 떨어뜨렸다 이 말이죠, 리쓰가."

"아니야?"

"한 가지 형이 모르는 정보를 알려드릴까요? 사이키는 그곳에 다잉메시지를 남겼어요."

처음 듣는 소리였다.

"자신의 머리에서 흘러나온 피로."

"뭐라고?"

"다잉메시지로는 너무 짧지만."

시후미는 허공에 가타가나로 '이(イ)'라고 글을 썼다.

"이……? 아니면 사람 인(人)? 뭘 쓰려다 말았지?"

"이 내용은 보도금지 명령이 떨어져 있어요. 거의 자살 확정인데 쓸데없는 억측을 부를 만한 일은 하지 말자 해서."

"넌 어떻게 생각해? 사이키가 뭘 쓰려고 했을까?"

"획순은 엉망이지만 이건 어떤가요? 제(私)가 다치하라 교고를 죽였습니다."

"그건 이상하잖아? 자살을 각오했다면 뛰어내리기 전에 유서를 남겼어야지, 죽기 직전에 뭘 쓰려고 했다는 건 자살이 아니라는 소리가 돼."

"자살하려고 했는데 유서를 쓰기 전에 발이 미끄러졌어요. 그렇게 되면 사고지만 본질은 자살이죠."

"그럴 가능성도 없진 않지만."

사실 유키는 한 가지 떠오른 추측이 있었다. 하지만 그 내용을 시후미 앞에서 말했다가는 곧장 시후미는 일어서서 나갈 테고, 두 번 다시 호출에 응하지 않으리라.

아니, 설령 시후미가 없다 하더라도 입 밖에 꺼내기 조심스러운 단어다.

"그럼 유키 형은 어떻게 생각하세요?"

서늘한 목소리의 그 질문에, 유키는 자신이 시험당하고 있다는 느낌이 들었다.

고작 두 획의 다잉메시지. 사람 인(亻)변으로 보고, 쓰다 만 한자라 판단한 다음 짧고 단적으로 범인을 표현하는 단어를 쓰려 했다고 가정한다면 생각나는 단어는······.

결코 입 밖에 꺼낼 수도 없으며, 그런 생각을 해낸 자신을 두들겨 패고 싶을 정도이지만, 그 단어는······ 괴물(주: 化物. 바케모노)이다.

리쓰는 비계 맨 꼭대기에서 기다리고 있었다. 화상을 입은 쪽 얼굴을 사이키에게 보이도록 해서 기다리다가 사이키가 올라왔을 때 손전등으로 자신의 얼굴을 비춘다. 밀고자시고 할 것도 없이 사이키는 비명을 지르며 스스로 굴러 떨어진다.

물론 도서실에서 계획을 세우던 때에는 '높은 곳에서 밀어서 떨어뜨려 죽인다' 정도의 모호한 청사진이었을지 모른다. 건물 건축 같은 구체적인 예정도 없었고, 아무리 화재계략을 꾸미고 있었더라도 얼굴에 화상을 입는다는 가정은 없었을 테니까.

"사이키가 뭘 쓰려고 했는지는 모르겠지만 너희들에게는 위험한 다리였네. 즉사할 줄 알았는지도 모르겠는데, 만약 사이키를 목격한 회사원이 바로 뛰어가기라도 했으면 사이키가 결정적인 뭔가를 말했을 수도 있어. 리쓰가 비계에서 내려와 마지막 숨통을 끊으러 가는 속도보다 그 사람이 뛰어오는 편이 더 빨라. 현장까지 오지 않더라도 곧바로 경찰에 신고를 했다면 과연 리쓰가 달아날 수 있었을까."

"형의 머릿속에서는 그 자리에 리쓰가 있었다는 '사실'이 바뀌질 않는군요. 리쓰는 건축주이기도 하고, 수상한 사람이 보여서 말을 걸었더니 혼자 떨어졌다고 말해도 되지 않을까요?"

"그 시간에 왜 거기에 있었는지 설명해야 돼."

"낮에 현장에 한 번 가두면 돼요. 인부들과도 얼굴 마주치고 한 다음 그때 뭘 깜박 놔두고 왔다고 하면 되죠. 깜박 하고 왔는데 그제야 생각났어요. 밤인데도 굳이 찾으러 갈 필요성이 있도록 어느 정도 고가의 물건이거나 꼭 필요한 물건. 형은……."

시후미의 눈동자가 유키의 눈을 꿰뚫듯 바라본다.

"리쓰와 제가 중등과 도서실에서 살인계획을 세우고, 졸업한 다음 7년에 걸쳐 실행해왔다는 이야기를 하고 싶으신 모양인데, 리쓰와 제가 계속 이어져있었다 치고, 어떻게 연락을 했다고 생각하세요? 어떻게 실행 날짜와 장소를 결정하죠? 대학생이 된 후에 휴대전화나 컴퓨터도 사용하게 되기는 했지만 이력을 남기게 되면 리쓰와 관계를 증명하게 되잖아요."

"고전적이지만 편지는?"

"제가 리쓰한테 보내기는 그나마 괜찮겠죠. 하지만 저한테 오는 편지를 다치하라 아버지가 검열하지 않았을 거라고 생각하세요?"

교고가 그런 짓까지 했단 말인가…… 했겠지. 엄하게 대하면 대할수록 그 반응을 경계해서. 악순환이다.

"엽서는? 암호 같은 문장을 써서, 발신인은 이치이 레이, 라든가."

시후미의 표정에는 변화가 없다.

"정보원은 하나무라 씨인가요? 그럼 문장도 들으셨겠네요?"

"그건 못 들었고, 하나무라 씨도 메모해두지 않았어."

"지도라도 그렸을까요? 리쓰에게 빌려줬다는 제 옷이며 스웨터, 운동화를 그 장소에 묻어두겠다, 이런 건 어때요?"

조롱하고 있다.

조롱하면서 스웨터와 운동화를 무슨 수로 주고받았는지 설명할 수 있으면 설명해보라고 도발하고 있다.

스웨터의 경우 중학교 때 학교에서 시후미가 리쓰에게 건넸을지도 모른다. 하지만 운동화는 무리다. 발매 전이니까.

리쓰가 시후미에게 스웨터를 전달하는 경우도, 비록 교고는 이제 없다지만 다카코의 인상에 남을 만한 방법으로 보낸다면 현명한 짓이라고 할 수 없다.

"택배로 보내면 기록이 남아요. 발신인을 거짓으로 쓰나요? 제가 보낼 때는 그나마 괜찮다 하더라도, 리쓰가 새로 뜬 스웨터를 제가 돌려받아야 하죠. 다치하라 어머니 모르게 무슨 수로 받죠? 우체국 보관? 직원이 기억할 법 한데요."

"고구레 요이치 씨한테 부탁해서 학교에서 받았다든가…… 아니, 그것도 아니다."

자초지종을 전혀 모르는 공범자는 여차하면 불리한 증인으로 바뀐다.

"생판 남인 척하고 역 플랫폼 벤치에 나란히 앉아서 종이가방 같은 데 넣은 물건을 가운데 두고 아무렇지 않게 슬쩍 들고 간다든가."

"장소와 시간을 정할 수 있다면 가능하겠죠. 그리고 이건 근본적인 문제인데요, 중학교 때 이미 계획을 세웠다고 하셨는데, 그럼 그때부터 조르주를 키울 걸 미리 알고 있었다는 말인가요."

"고희가 되면 현역에서 물러나고 싶다. 은퇴하면 개를 키울 생각이다. 아침저녁 산책이 좋은 운동이 되어준다. 이모부는 그렇게 말해오셨어. 실제로는 71세에 은퇴하셨지만, 이모부는 빈말을 하시는 분이 아니었잖아?"

"리쓰가 저를 위해 한 일과, 제가 리쓰를 위해 한 일의 균형이 맞지 않는다고 생각하지 않으세요?"

"아까도 말했지만 처음에는 요이치 씨도 죽일 계획이 아니었을까? 그럼 두 사람씩이지. 리쓰가 입은 부상이 컸던 건 불행한 일이었지만, 애초에 너희들 관계는 누가 손해고 누가 이득이고 그런 형이하학적인……."

"형이 뭘 아세요? 우리의 뭘."

시후미의 눈동자에 서슬 퍼런 칼날이 파도쳤다.

"저야 그렇다 쳐도 리쓰 뒤를 캐고 다니는 짓은 그만둬주셨으면 좋겠습니다."

"별일이네."

"뭐가요?"

"네가 화내는 모습은 처음 봐."

아니, 두 번째인가. 좀 전에 나도 모르게 리쓰가 일부러 화상을 입으려고 했는지도 모르겠다는 말을 했을 때도…….

"저한테는 감정도 없다고 생각하세요?"

"그렇게 생각한 적 없어."

하지만 이런 격정적인 모습도 상상할 수 없었다.

"너희들이 학교 다니던 때, 레이가쿠칸 중등과 근처에 코포 아케보노스기라는 건물이 있었고, 여자애가 살고 있었어. 이름은 레이나. 너희들이 쓴 노트 속 이야기에는 레이나라고 하는 이름의 시각장애인 소녀인지 천사가 등장하지?"

"천사소녀예요."

"코포 아케보노스기의 레이나도 시각장애인이었어."

"코포 아케보노스기는 교문이랑 버스정류장 사이에 있었어요. 리쓰와 저는 하굣길에 일부러 길을 돌아 매일 그 앞을 지나갔죠. 2층 건물로 외부계단이 있고, 공용복도가 길 쪽을 보고 있었어요. 처음 만났을 때, 레이나는 2층 끝 집의 포도색 문 앞에서 공을 바닥에 찍으며 놀고 있었는데 공이 난간을 넘어 우리 발치로 굴러왔어요. 종이 들어 있는 공이라 딸랑딸랑 소리가 울렸죠. 계단을 올라가서 공을 건네주려는데 갑자기 문이 벌컥 열리면서 남자가 나와 우리를 노려보더니 레이나를 거칠게 문 안쪽으로 잡아당겼어요. 그러더니 안에서 가느다란 비명이 들린 느낌이 들어서……. 희미하게 그런 기척이 느껴져서. 그게 마음에 걸려서 지나갈 때마다 그 건물 쪽을 보게 됐는데 레이나는 늘 그 자리에 있었어요. 이제 공은 없고 그냥 무릎을 끌어안고 앉아 있었죠."

시후미가 그런 에피소드를 말해주리라는 기대는 전혀 못했기 때문에 유키는 조금 믿을 수 없는 기분으로 시후미를 바라봤다.

"리쓰가 처음 먼저 말을 걸었어요. 레이나는 깨깨 말라서 겨우 다섯 살 정도로 보였는데 곧 여덟 살이라고 하더라고요. 항상 맨발이었고, 전체적으로 청결하지 못한 모습이 학대받고 있구나 싶었죠. 어느새 레이나가 계단을 내려와 우리를 기다리게 됐어요. 어찌나 우릴 잘 따르는지 하도 귀여워서 이야기 속에 천사로 등장시켰죠."

"리쓰가 〈이리스〉를 내지 못하는 방향으로 끌고 갔다고 들어서, 후에 남기고 싶지 않은 내용이 적혀 있지 않을까 했어. 이를 테면 노트 속 이야기에 너희들의 살해 계획이 여기저기 숨겨져 있고, 스기오 렌이 하필이면 그 부분을 표절하지 않았을까, 하고 말이야."

"스기오가 오려간 부분은 설정을 고민하면서 여러 가지 생각을 써놓은 페이지예요. 아무려나 좋은 부분이라서 그냥 뒀죠."

시후미는 봉투에서 노트 한 권을 꺼냈다. 연초록색 표지. 금색의 덩굴 테두리. 그리고 적혀 있는 이름, 〈리쓰・시후미〉.

"자요, 읽어보세요. 형이 망상하는 살해 계획이 적혀 있는지 어떤지."

아무렇지 않게 휙 내밀기에, 마치 표지에 독이 발리진 않았나 의심이라도 하듯 순간 유키는 주춤했다.

"리쓰한테 허락받았어요. 다만 지금 이 자리에서, 제 눈앞에서 읽어주세요. 빌려드릴 생각은 없으니까."

"괜찮겠어? 왜?"

"형이 눈엣가시니까요. 리쓰랑 레이나에 대해 어중간하게 주워듣고 다니면서 어설픈 추리를 끼워 맞추고 있는 꼴이, 참을 수 없으니까요."

시후미는 담담하면서도 가차 없었다.

"게다가 형은 커다란 착각을 하고 있어요. 그 착각을 용서할 수 없어요."

　제목은 〈저편의 샘〉. 주인공은 두 사람, '나'와 '그'. 짧은 장마다 '나'와 '그'가 번갈아가며 화자가 되는 구성이다.
　두 사람은 아름다운 샘물가에 살고 있다. 샘 너머에는 아무것도 없다. 그저 '시간'이 우주가 되어 항성을 아로새기며 비스듬히 흘러내리고만 있다.
　샘물 이편은 끝없는 숲이 펼쳐져 있고 숲에 유니콘과 키메라 같은 환상의 동물과 멸종된 동물들이 서식하고 있다. 도도새, 모아새, 나그네비둘기, 일본늑대, 케이프사자…… 멸종된 지 비교적 얼마 안 된 종들은 샘물 근처에 있으면서 종일 샘에 물을 마시러 찾아와 두 사람에 길들어 있다.
　샘에서 멀어질수록 옛날에 멸종한 종들이 있다. 까마득한 저 끝에는 공룡들이 활보하고 있겠지, 하고 두 사람은 이야기한다. 아직 본 적은 없지만.
　어느 날 모아새가 등에 천사 소녀를 태우고 온 광경을 보고 두 사람은 마침내 천사도 멸종했음을 알게 된다.
　레이나라고 자신을 밝힌 소녀는 양 날개가 뜯겨 나가고, 두 눈이 멀어 있다.
　천진난만한 레이나는 금세 두 사람과 마음을 터놓았고, 인간인 두 사람이 왜 이곳에 있는지 궁금해 한다. 이곳은 멸종된 종들의 안식처인데.
　두 사람이 레이나에게 과거를 말해주는 형식으로 이야기는 진행된다.

두 사람이 시후미와 리쓰라고 치고, 시후미를 투영했다고 보이는 쪽을 S, 리쓰를 투영했다고 보이는 쪽을 R이라고 한다면, S가 '나'일 때의 화자는 시후미이고, R이 '나'일 때의 화자는 리쓰다. 그 부분에서 뭘 비틀진 않았지만, 각각 말하는 내용은 상대 이야기다. '그는 말이야' 하고 레이나에게 말한다.

〈S는 멸망해가는 별의 하프 연주자였다. 칠현의 하프. S는 멸망해가는 나라들을 돌아다니며 만난 사람들한테 소원을 듣는다. 원하는 대로 레퀴엠을 연주하면 사람들은 그 연주를 들으며 죽어간다. 마침내 모든 나라가 멸망하고 모든 사람이 죽어 없어져 별에는 S말고는 아무도 남지 않게 되었다. 그래도 S는 계속 걷는다. 서남서쪽으로…….

첫 번째 현이 끊어졌을 때 대지가 끊기고, 두 번째 현이 끊어졌을 때 바다가 끊기더니 S의 발밑에는 어느새 은하수가 펼쳐졌다.

여섯 번째 현이 끊어졌을 때 푸르고 아름다운 별에 도착했다.

그리고 마지막 현이 끊어졌을 때…….

R은 전란을 겪는 세상의 소년병이었다. 세상에는 병사밖에 없다. 작은 나라들이 뒤죽박죽 엉켜 서로 땅을 빼앗으며 벌써 수 만 년이나 전쟁을 이어오고 있다.

어느 날 R은 아름다운 털을 가진 작은 짐승을 줍는다. 남몰래 돌봐주다 왕에게 들켜 목도리로 만든다며 몰수당한다. R은 그 짐승을 살리고 싶다고 간

청한다. 왕은 R이 '몸도 마음도 짐의 것이 되겠다면 소원을 들어주겠다' 하고 말한다. R은 그렇게 하지만 왕은 약속을 어기고 짐승의 가죽을 벗겨 목도리로 만들어버린다.

비분은 불길이 되어 R의 몸을 감쌌고 왕을, 성을, 수도를 깡그리 불태운다. 자신의 몸을 불사르며 R은 계속해서 걷는다. 전쟁으로 이미 대지의 대부분은 초토화되었고 시체더미가 산이 되어 있다. 이윽고 세포의 마지막 하나까지 재가 된 R은 우주공간으로 날아올라 무언가에 인도되듯 떠돈다. 동북동쪽으로.

재는 청보석 빛깔의 별에 도착한다. 그리고…….

마지막 현이 끊어졌을 때, S는 메타세쿼이아 숲에 서 있었다. 그의 육체는 순식간에 썩어 뼈까지 흙으로 돌아갔다. 그곳에 새하얀 재가 쏟아져 내렸다.

정신을 차리고 보니 두 사람은 함께 모아새 등 위에서 흔들리고 있었고 이 샘가로 운반됐다.

R의 기도는 레이나의 눈에 빛을 선물했다. S가 현 없는 하프를 연주하자 선율은 레이나의 등에서 새하얀 날개가 되었다.〉

"지금 읽어보면 우리를 대단히 특별한 존재인양 쓴 게 창피하네요."
"내 착각이란 게?"
"모르신다면 됐어요."
시후미는 노트를 봉투에 넣고 일어섰다.

"리쓰는 가만 내버려두세요. 여기서 더 파헤쳐봐야 의미 없어요. 자료는 전부 형 수중에 있잖아요. 그래도 궁금한 부분이 있으면 저한테 물어보세요."

"물어보면 대답해줘?"

"질문에 따라서요."

전화번호를 적은 메모지를 남긴 뒤 재킷을 챙겨들고 시후미는 나갔다.

2

"벌써 50년도 더 된 일이네. 잊어버린 적은 없지만 평소에는 잊은 척하고 살아. 너무 비참한 사건이었으니까."

전화기를 통해 듣는 야마모토의 목소리는 생기 있었고, 말도 분명했다.

"미요코⋯⋯ 가엾은 것. 사모님이 독한 분이시라. 둘이 성격이 안 맞았던 모양이야. 게다가 주인어르신한테는⋯⋯ 알지? 네가 추파를 던졌지, 하면서 점점 더 사모님 눈 밖에 나서. 추파는커녕 무서워했는데. 생각다 못해 약국에 근무한다는 친구한테서 황산을 얻어다가 숨겨놓고 있을 정도였어. 다음에 또 덮치려고 하면 주인어르신을 이걸로 협박한다면서."

"황산⋯⋯ 이라고요?"

"물론 진심이 아니라 호신용 부적 같은 거지. 미요코, 석방된 뒤 저택으로 돌아왔잖아? 우선 미요코 탓은 아니라고 결론이 났지만 아이를 죽게 만든 유모가 달리 어디 가서 일하겠어, 울며 겨자 먹기로 돌아올 수밖에 없었지. 그런 시대였어. 그런데 설마 일이 그렇게 될 줄이야……. 미요코가 병이 안 보여요, 병이 안 보여, 하면서."

"병?"

"황산이 든 병. 물론 난 모르는 일이지. 무서워서 건드릴 수나 있나? 그 뒤로 미요코가 얼마나 겁에 질려 있었는지. 내가 뒤에서 어깨에 손만 대도 비명을 지르면서 자지러졌어."

"황산이 사라졌다고요."

"그래. 나도 왠지 무서워져서 봉급 올려준다고 했지만 무조건 쉬고 싶다고……."

미요코는 벌벌 떨면서 세수도, 잠도 제대로 자지 못했으리라. 누가 황산 병을 가지고 갔는가. 주인인가, 부인인가. 언제 덮칠까…….

그 공포와, 어린 아이를 죽였다는 죄의식이 미요코의 정신을 파괴해 분신자살에까지 이르게 했을까.

유키는 고맙다는 인사를 하고 전화를 끊었다. 이어서 노자키에게 메일을 보내 꼭 한 번 더 말씀을 듣고 싶다, 전화해도 괜찮은 시간을 알려달라고 하자 한밤중에 노자키 쪽에서 전화를 줬다.

"왜, 무슨 일이야?"

"바쁘신데 죄송합니다."

"괜찮으니 용건이나 말해."

"고구레 마리코 씨가 황산테러를 당한 사건을 알고 계신지, 아신다면 자세한 이야기를 좀 듣고 싶어서."

"알지, 물론. 글자 수 문제로 기사로 싣지는 못했지만. 가지고 있는 사건관련 자료를 메일로 보내면 될까?"

"예. 그리고 마리코 씨가 근무했던 클럽 이름과, 가능하면 그때 썼던 예명도."

"클럽은 8번가 후타아이라고 하는 가게. 당시에 아카네라는 이름을 썼던 새끼 마담이 가게를 물려받았는데 분위기를 살짝 가볍게 바꿔서 아직도 영업 중이야. 고구레 마리코의 예명은 사쿠라코. 그 미모는 황산사건과 세트로 아직도 긴자에선 유명한 전설이야."

2월 26일. 유키는 오전 중 사이타마 현에 있는 공원묘지를 찾아갔다. 꽃집에서 양미역취는 팔지도 않는 데다 애초에 그 꽃은 늦여름부터 가을에 걸쳐 핀다. 결국 무난한 성묘용 꽃을 골라 유리카의 무덤 앞에 올리고 향을 피웠다.

내년에 또 올게, 생일에.

대답은 들리지 않았다.

있어야 할 곳에는 안 있네, 하며 쓸쓸히 웃는다.

우선 집으로 돌아갔다가 밤에 긴자로 나갔다.

후타아이 입구에서 까만 슈트를 입은 남자 종업원이 유키의 손목시계에 재빨리 시선을 주더니 천천히 문을 열었다. 성인식 때 아버지한테 선물 받은 시계를 차고 온 것이 정답이었던 모양이다.

그리 큰 가게는 아니었는데 밝다고도, 어둡다고도 표현하기 힘든 샹들리에 아래에 일고여덟 명의 호스티스가 있었다. 그리고 손님 몇 명. 붙여준 여성에게 좋아하는 음료와 음식을 시키라고 한 뒤 물수건으로 손을 닦고 있는데 나비가 날아다니는 연보라색의 홀치기염색 기모노를 천박하지 않은 수준에서 기생 풍으로 차려입은 여성이 "처음 오셨지요? 잘 오셨어요." 하고 인사하러 왔다.

"아카네 씨, 되시죠?"

뻔질나게 드나들며 단골이 될 시간은 없다. 물론 돈도 없다. 돌려 말하는 재주도 없다.

"느닷없이 죄송합니다. 저는 와카바야시라고 합니다. 시간 많이 빼앗지 않겠습니다, 잠깐 이야기를 들었으면 해서요. 폐점까지 기다릴 수도 있고, 날짜를 따로 정해주셔도 됩니다. 18년 전 일로……."

아카네는 잠깐 눈을 동그랗게 떴다가는 곧바로 요염한 웃음꽃을 피우며 말했다.

"괜찮아요. 지금 이야기하죠. 추천 와인을 주문해주신 사례로."

눈짓으로 재촉해 여성을 자리에서 떠나게 한다. 산전수전 공중전, 까지는 아니지만 산전수전 정도는 겪었음직한 아카네의, 번쩍거리는 인공조명 아래 빛나는 두꺼운 화장을 바라본 유키는 순간적인 판단으로 거짓말은 하지 않기로 했다.

"저는 어떤 사건 피해자의 조카로, 사건에 대해 조사하던 중 18년 전의 일과 관련이 있을지도 모르는 가능성에 생각이 미쳤습니다. 그래서 당시 이곳에서 일하던 사쿠라코 씨 이야기를……."

 보이가 공손하게 와인을 들고 오기에 유키는 말을 끊었다.

 무릎을 꿇고 코르크 마개를 여는 모습을 보며 처음으로 가격이 얼마일까 하는 생각이 들었다. 대체 얼마나 할까?

 ㅡ누굴 위해 그렇게까지 하는데?

 귓가에서 유리카가 속삭인다.

 ㅡ시후미라는 사람을 위해? 선생님 자신을 위해?

 아마 후자겠지. 속으로 유키는 대답했다.

 이제 유리카는 구할 수 없다. 시후미도 구할 수 없다.

 그럴 힘도 없고, 자격도 없다. 어쩌면 구할 수 있었을 지도 모르는 때에 손을 내밀지 않았다.

 그래도 시후미는 아직 살아 있다.

 그래…… 살아, 있다.

 잔을 들어 입술에 갖다 댔다. 건배하려고 기다렸던 모양인 아카네가 쓴웃음을 지으며 잔을 내렸다.

 "사쿠라코 씨, 본명 후지키 마리코 씨, 기억하십니까?"

 "사쿠라코 정말 예쁜 애였죠. 내가 스카우트했는걸. 처음 가게에 왔을 때는 아직 학생, 미성년자였어요. 비밀이었지만."

 행동거지가 물 흐르는 듯한 아카네는 말도 물 흐르듯이 했다.

 "지방도시 편부가정에서 자란 앤데, 고등학교를 졸업하고 도쿄에 있는 전문대학에 입학했어요. 그러다 1년도 안 돼 아버지가 재혼했고 그때를 경계로 경제적 도움을 딱 끊었다고 해요. 그래서 생활비와 학비를 제 손으로 벌어야만 해서."

젊고, 뛰어난 미모의 마리코는 풋풋함까지 먹혀들면서 순식간에 넘버원을 바싹 뒤쫓는 기세를 보여줬다. 원래 이쪽 물이 본인에게 맞았는지 학교를 그만두고 정식 호스티스로 일하기 시작했다.

"중간에 출산을 했죠?"

"1년 만에 복귀했어요. 이례적일지도 모르지만. 그만큼 가치 있는 애였으니까."

"괜찮은 손님이 잔뜩 붙어 있었겠네요."

"맞아요. 당시에는 지금보다 훨씬 고급 가게이기도 했고."

"고구레 시즈토 씨도 그 손님들 중 한 명이었나요?"

"사쿠라코 남편 말이죠? 처음에 어떤 화가 분이 데리고 오셨었죠. 이름을 대면 와카바야시 씨도 분명히 알 만한 대가예요. 고구레 씨가 미술 잡지에 발표한, 그 화가 분의 초기 작품에 관한 평론이 마음에 드셨다는 모양이에요. 그때 자리에 앉은 게 사쿠라코였고, 고구레 씨는 첫눈에 반한 눈치였어요."

그 뒤 시즈토는 혼자서 문턱이 닳도록 다녔다. 계산도 깔끔하고 호스티스들과 엮이지 않고 2시간 정도 얌전히 술만 마시고 돌아가는 시즈토는 나름대로 귀중한 고객이었다. 손끝 하나 잡지 않는 시즈토를 마리코도 환영했다.

어느 날 이런 일이 있었다. 마리코를 눈엣가시로 여기던 후배 호스티스가 시즈토 앞에서 '사쿠라코 언니는 몸도 허리도 이렇게 가녀린데 애가 있다니 믿을 수가 없어, 어떻게 계속 예쁠 수가 있지, 진짜 대단하다' 하고 말했다. 물론 있어서는 안 될 규칙 위반이라 후배 호스티스는 그날 바로 해고되었는데 마리코는 '맞아요, 이 애예요, 귀엽죠?' 하며 태연한 얼굴로 시즈토에게 아이 사진을 보여주었다.

어떻게 보면 마리코가 손님으로 시즈토를 가볍게 보고 있었다는 이야기이지만 한편으로는 마음 편한 상대로 여기고 있었다는 증거이기도 해서, 조금 고깝게 보자면 이때 이미 결혼이라는 두 글자가 염두에 있었다고 생각할 수 있다고 아카네는 말했다.

"다만 고구레 씨가 그 사실을 아셨는지는……. 사쿠라코의 아름다움이나 사쿠라코를 에워싼, 번쩍번쩍한 직함을 가진 분들 사이에서 압도적인 열등감을 느끼고 계셨던 모양이니까."

"마리코 씨가 끔찍한 사건의 피해자가 되셨는데요."

아카네는 좌우대칭의 호를 그리고 있는 눈썹을 찌푸렸다.

"정말이지 누가 그런 끔찍한 짓을 했는지. 하지만 그 사건이 사쿠라코와 고구레 씨를 이어줬다고도 할 수 있어요. 고구레 씨, 사쿠라코가 얼굴에 흉터를 얻게 돼서 이제야 대등해졌다는 기분이 든다고 마담 언니한테, 당시의 마담 언니 말이에요, 털어놨다고 하더라고요."

"사건 당일 밤에도 고구레 시즈토 씨는 가게에?"

어땠더라, 하고 아카네는 마스카라 듬뿍 바른 속눈썹을 두 번 깜박였다.

"혹시 생각나면 전화 주시겠습니까?"

유키는 수첩을 찢어 전화번호를 적고 아카네에게 건넸다.

"도움이 좀 됐을까요?"

"물론입니다. 영업 중에 죄송합니다."

"괜찮아요. 손님으로 와주셨으니까."

아카네는 까만 슈트 종업원에게 계산하라는 신호를 보냈다.

"또 언제든 기다리고 있을게요."

다행히 예산 안에서, 상당히 높게 설정한 예산이기는 하지만 어쨌든 예산 안에서 해결된 대금을 치르고 유키는 가게를 나왔다.

신바시 역에서 야마노테 선을 타고 스마트폰을 확인하니 노자키한테서 메일이 와 있었다. 본문 없이 정리 안 된 자료들만 몇 개 첨부되어 있다.

유키는 하나하나 열어서 한 자도 빠짐없이 살펴봤다. 명확한 생각 없이 그저 퍼즐 조각의 숫자라도 늘리면 뭔가 보이지 않을까 기대했을 뿐이었는데, 한 기사를 읽다가 '앗' 하고 소리를 지를 뻔했다.

〈베란다에서 산타클로스 할아버지를 기다리던 리쓰(5)가 가해자를 목격. '아저씨'가 했다고 증언. 부근에는 가로등 한 개만 있어 인물을 인식하기에는 너무 어두웠던 점, 피해자 자택이 빌라 3층으로 도로부터 거리가 꽤 된다는 점, 또 리쓰가 증언능력을 갖기에는 너무 어리다는 점에서

가해자를 남성으로 특정하지 못함.〉

제8장 유리창

1

3월 1일. 전날 눈이 온 게 거짓말처럼 오늘 햇살이 따뜻했다. 쌓여 있던 빨래를 끝낸 유키는 자전거를 타고 분쿄 구 안에 있는 식물원으로 갔다.

〈저편의 샘〉에서 S는 서남서쪽으로, R은 동북동쪽으로 흘러 지구로 짐작되는 별의 메타세쿼이아 품에 도착한다.

시후미 앞에서 읽을 때부터 쓸데없이 구체적이라고 생각했다. 굳이 16방위를 쓴 데는 뭔가 의미가 있지 않나 싶었다.

나중에 생각이 나서 분쿄 구 지도를 확인하니 다치하라 집은 고구레 저택의 동북동쪽에, 고구레 저택은 다치하라 집의 서남서쪽에 위치해 있고 중간에 식물원이 있었다.

메타세쿼이아는 화석으로만 발견되어 멸종했다고 여겨지던 나무다. 일본 이름은 아케보노스기, 혹은 이치이히노키라고도 하는데 이 식물원은 궁성과 함께 일본에서 처음으로 메타세쿼이아가 식수된 장소이기도 했다.

정문에서 나오면 곧장 이어지는 좁은 길의 오른쪽이 메타세쿼이아 숲이다. 하늘을 향해 곧게 뻗은 높다란 나뭇가지를 올려다보니 꽃눈이 맺혀 있다.

매일같이 도서실에서 그 나뭇가지 끝을 바라본 두 사람에게 메타세쿼이아는 특별한 나무임이 분명하다.

'바람아 우리의 앞머리를 지나 메타세쿼이아의 나뭇가지 끝을 울게 해다오'

리쓰의 단가를 입속으로 중얼거렸다.

우타카이 이후 유키는 단가에서 멀어져 있었다. 이사준비도 해야 했고, 협회 회지는 거들떠보지도 않은 채 사건에만 매달려 있었다.

그랬는데 〈날개의 묘비〉를 읽고 나니 정경의 단편이며 막연한 생각들이 단어가 되고 싶어 수런대는 감각이 오랜만에 살아났다.

〈날개의 묘비〉 한 수, 한 수를 유키는 소리 내어 읊어봤다.

그러다 처음으로 깨달았다. 마지막 시는 도서실에서 지은 시가 아니라는 사실을.

바람이 나뭇가지 끝을 울게 하고 앞머리로 불어오지 않는다. 앞머리를 지나 나뭇가지 끝을 울게 한다. '우리'는 실외에 있다.

물론 시가 사실일 필요는 없으며 오히려 상상으로 엮어내는 경우가 훨씬 많으리라. 하지만 유키에게 이 10수는 거짓 없는 리쓰의 체험을 노래하고 있다고 느껴졌다.

부드러운 흙을 밟고 들어가 메타세쿼이아의 줄기를 만진다. 가로수로 많이 쓰이는 메타세쿼이아는 아래쪽 가지를 전정하는 경우가 많은데 이곳 나무들은 자연스러운 모습으로 가지를 뻗고 있다.

이 나뭇가지에 시후미와 리쓰가…….

메타세쿼이아 사진을 검색해 여기저기 기웃거리다가 우연히 한 블로그를 발견했다. 블로그 주인은 도내나 가까운 현의 정원과 공원을 살살 돌아다니는 게 취미라고 한다. 사진을 검색하던 중 그 블로그가 유난히 유키의 눈길을 끌었던 이유는, 업로드한 사진 속 메타세쿼이아 아래쪽 가지에서 모스그린 색깔의 무언가가 흔들리고 있었기 때문이다.

  날짜는 3년 전 3월 22일. 메타세쿼이아를 찍은 사진은 총 3장이었는데, 첫 번째 사진에서는 나무 오른쪽 맨 아래 가지에, 모스그린의 가느다란 천 조각이 단정하게 리본으로 묶여 있었다.

  〈개원 직후. 누가 떨어뜨리고 간 리본을 나뭇가지에 묶어준 친절한 분이 계시네요.〉

  두 번째는 같은 나무인데, 이번에는 왼쪽 아래 가지에 같은 모스그린 색깔의 천 조각이 묶여 있는 사진이었다. 역시 좌우 균등하게 묶은, 꼼꼼한 솜씨다.

  〈원내를 한 바퀴 돌고 왔더니 리본이 이동해 있네요. 좀 이상하네요.〉

  블로그 주인은 그 뒤 지하철을 타고 옆 역의 정원으로 갔다가 점심을 먹고 다시 돌아온다. 세 번째 사진도 나뭇가지 생김새를 봤을 때 처음 두 장의 사진과 같은 나무이다. 그런데 오른쪽이고 왼쪽이고 모스그린 천 조각은 묶여 있지 않았다.

  〈궁금해서 다시 와봤어요. 리본이 없어졌네요. 바람에 날아갔을까요. 주인이 가지고 돌아간 거라면 좋겠는데요.〉

  유키는 레이가쿠칸의 교복 사진을 확인했다. 중등과 교복 넥타이와 리본 색깔이 메타세쿼이아 나뭇가지에 묶여 있던 천 조각 색깔과 매우 흡사하다. 아니, 같은 색이다.

넥타이다. 7등분된. 레이가쿠칸 중등과 졸업식 날 리쓰가 도서실 창가에서 조각조각 잘라냈다는 넥타이.

리쓰가 감정을 못 이겨서 자른 것도, 시후미와 절교한 티를 내기 위한 퍼포먼스도 아니었다.

시후미 역시 마찬가지로 넥타이를 길게 7등분하여 잘랐으리라.

그리고 매년 3월 22일, 아니 해마다 날짜가 달랐는지는 모르겠지만 한 줄씩, 두 사람의 집 중간지점인 이 공원 메타세쿼이아 나무에 묶기로 약속하지 않았을까.

〈날개의 묘비〉 9수인 이 시.

'칠분의 일의 맹세를 하나로 묶어주는 메타세쿼이아는 하늘까지 닿는 나무'

신중한 두 사람은 여기서도 접촉하지 않는다. 미리 시간을 정해두고, 이를 테면 리쓰가 먼저 오른쪽 가지에 넥타이를 묶은 다음 그 자리를 떠난다.

그 10분 뒤, 시후미가 와서 묶여 있는 넥타이를 챙기고, 가져온 넥타이를 왼쪽 가지에 묶은 다음 우선 그 장소를 떠난다.

다시 10분 뒤, 리쓰가 돌아와서 시후미의 넥타이를 챙겨 공원을 떠난다.

그리고 다시 10분 뒤, 이번에는 시후미가 돌아와서 넥타이가 사라졌음을, 즉 리쓰가 가지고 갔음을 확인한다.

10분 뒤가 아니라 30분 뒤든 1시간 뒤든 상관없다. 어쨌든 그런 일이 매년 되풀이되어 오지 않았을까 짐작해본다.

의지가 흔들리지 않았음을 알리는 수단으로. 서로의 유대감을 확인하는 의식으로. '맹세'로.

다무라 나오도 말했다. 리쓰는 고등과 3년 내내, 내부생들 가운데에서는 유일하게 혼자만 중등과 시절의 넥타이를 매지 않고 규정대로 진갈색 넥타이를 매고 다녔다고.

유키는 스마트폰을 껐냈다. 생각났을 때 바로 읽을 수 있도록 컴퓨터에 저장된 사건 자료들을 미리 첨부메일로 보내두었다.

〈노트〉라는 제목을 붙인 자료는 〈저편의 샘〉 내용을 아직 생생히 기억할 때 키보드로 입력해둔 파일이다.

내가 뭘 착각했을까. 답은 이 안에 있다고 했다.

천천히 두 번 반복해 읽었을 때, 유키는 '그곳'을 알아챘다.

이게 그런 의미라면…… 혹시 황산 테러 사건과 연관되어 있다면…….

그들이 아직 발견하지 못했다면, 이 가정을 뒷받침해줄 무언가가 어딘가에 딱 하나 남아 있을 테다.

그것을 찾아내자.

2

　3월 9일. 문을 여니 검은색 정장에 검은색 넥타이, 검은색 트렌치코트를 입은 시후미가 어깨에 소금을 뿌리고 있었다.
　"어디 장례식장에라도 다녀왔어?"
　"예, 뭐."
　시후미는 코트를 벗더니 기다란 눈매로 유키를 바라봤다.
　"보여주고 싶다는 게 뭔가요?"
　"그 전에 내가 찾아낸 답이 맞는지 가르쳐줄래?"
　"답……."
　"내가 착각하고 있다고 했잖아?"
　"퀴즈도, 시험도 아닌데요."
　소파에 앉은 시후미 앞에 유키는 얼마 전에 보여준 문서와 같은, 사건에 ①부터 ⑧까지 번호를 붙인 두 장의 종이를 늘어놨다.
　"51년 전 사건에서 알아낸 사실이 있어."
　〈② 도다 미요코(20) 자살 – 51년 전〉을 손으로 가리킨다.
　"고구레 저택의 주인한테서 자신을 지키기 위해 미요코는 황산을 입수해 숨겨두었다고 해. 그런데 석방 후 돌아와 보니 병이 사라진 거야. 누가 자신에게 황산을 뿌릴지도 모른다는 공포심과, 아이를 죽인 죄책감이 그녀를 자살로 내몰았지. 어디까지나 추측인데, 숨겨둔 황산을 다른 장소로 옮긴 사람은 요이치 씨라고 생각해."

"선생님이……?"

"훔친 게 아니야. 미요코가 손대지 못하게 숨겼던 거지. 그리고 그 상태 그대로 잊힌 채 고구레 저택 어딘가에 보관되어 있었어. 그걸, 세월이 한참 흐른 뒤 시즈토가 발견했고."

유키는 손가락 끝을 〈③ 후지키(고구레) 마리코(29) 황산 테러 사건 - 18년 전〉으로 이동시켰다.

"이 사건에는 목격자가 있었어. 당시 다섯 살이던 리쓰가 베란다에서 그 장면을 봤지. 리쓰는 분명하게 증언했어. '아저씨가 그랬어'라고. 그때 경찰이 제대로 귀 기울였더라면……. 물론 주위는 어둡고 불빛도 적었을지 몰라. 하지만 3층 베란다에서 시력 좋은 어린아이가 아는 사람의 얼굴을 구분할 정도는 됐을 거야. '아저씨'는 형과 할아버지 사이 연령의 남성 전체를 가리키는 단어가 아니었어, 특정 인물의 호칭이었지."

기대하지 않았는데 후타아이의 아카네가 고맙게도 전화를 해줬다. 외출이나 지명 같은 일정이 기록된 가게 노트를 확인하고 알려주는 전화였다. 노트에 따르면 황산 테러 사건이 있던 날 밤 시즈토는 가게에 왔고 마리코가 응대했다. 가게를 나간 시각이 분명하지는 않지만 시즈토는 날짜가 바뀔 때까지 가게 안에 있던 적은 한 번도 없었다고 한다.

다시 말해서 시즈토가 마리코의 출근을 확인할 수 있었고, 마리코의 귀가시간에 빌라 앞에서 몸을 숨기고 기다릴 수 있었다는 이야기다.

"당시 리쓰가 '아저씨'라고 한 사람은 시즈토야."

아저씨, 노자키가 준 자료 속에서 그 단어를 봤을 때, 그리고 〈저편의 샘〉 속 한 에피소드가 시사하는 의미를 깨달았을 때, 완성한 줄 알았던 퍼즐은 트릭아트처럼 다른 그림을 띄워 올렸다.

"마리코 씨에게 황산을 뿌린 사람은 고구레 시즈토였어. 하나무라 씨가 이런 말을 했지. 시즈토는 정말로 리쓰를 귀여워했고, 리쓰도 '아저씨, 아저씨' 하면서 잘 따랐다고. 잘 따랐을 리가 없는데 하나무라 씨 눈에는 그렇게 보였어."

"시즈토의 동기는 뭐죠?"

"시즈토에게 마리코 씨는 너무 아름다웠어. 그대로는 절대로 자신의 여자가 되지 않아. 그래서……."

고구레 시즈토는 '그런 일이 있었는데도' 마리코와 결혼한 게 아니다. 어떻게든 결혼하기 위해 '그런 짓을' 했다.

"경찰이 리쓰의 말을 귓등으로도 안 들었다는 사실은 알겠는데, 마리코 씨는 어떤가요? 리쓰가 마리코 씨에게 누가 범인인지 말하지 않았을까요?"

"말했지만 마리코 씨가 믿지 않았겠지. 소심하고 자신을 여신처럼 숭배하는 시즈토가 그런 짓을 할 리 없다, 그런 짓이 가능할 리 없다, 당시 마리코 씨는 그렇게 철석같이 믿었을 테니."

"말할 수 없었어요, 리쓰는."

비탄하듯, 처음으로 마음의 동요를 느끼게 하는 목소리로 시후미가 말했다.

"처참한 상처를 입고 가게에도 못 나가고, 자신을 손에 넣으려 안달복

달하던 남자들은 달랑 위로금만 건네준 채 하나둘 등 돌려버리는 와중에 시즈토만 여느 때와 똑같이…… 아니, 훨씬 더 열심히 손을 내밀어줬어요. 마리코 씨가 그에게 의지한 것을 탓할 수는 없죠. 그런 어머니를 보면서, 리쓰는 말할 수 없었어요. 어머니를 또 다시 상처 입히고, 슬프게 하고 절망시키게 될 말은."

하나무라의 눈이 멀었던 탓만이 아니다. 리쓰도 연기를 했으리라. 마리코 앞에서. 마리코를 위해.

"황산을 뿌려서까지 손에 넣을 만큼 집착한 여자라면, 같은 지붕 아래 살면서 친아버지와 관계를 이어가고 있는데 견딜 수 있을 리가 없어. 그런데도 시즈토는 이혼도 하지 않고 계속 리쓰를 아껴줬어."

"모순이죠."

"착각이야."

"그게 형이 얻은 답인가요?"

"너희들이 한 건 ⑤가 아니라, 이거야."

유키는 〈⑥ 고구레 시즈토(52) 익사 – 작년〉을 가리켰다.

"넌 시즈토 몰래 고구레 저택을 찾아가 리쓰 방에 숨어 있었어. 리쓰는 평소대로 시즈토와 저녁을 먹었고, 시즈토한테는 술을 마시게 한 다음 매년 그랬듯이 마리코 씨 병문안을 갔지. 너는 시즈토가 욕실로 들어가 욕조에 몸을 담그기를 기다렸다가, 신경을 바짝 세우고 들으면 소리로 알 수 있으니까, 그랬다가 욕실로 들어가서 시즈토가 놀랄 겨를도 없이 머리를 물속에 담갔어. 쉰 넘은 나이에 술까지 들어간 풍풍한 사내가 물속에서 제아무리 발버둥 쳐봐야 위에서 누르는 네 힘을 못 이기지. 다음 날 아침, 돌아온 리쓰와 함께 살인의 흔적이 남지 않도록 뒤처리를 한 다음 너는 평범하게 현관을 통해 집으로 돌아갔어. 그 근방은 고급주택지라 보는 눈도 없고, 필요하다면 저택 내부의 방범카메라는 조작이 가능해. 리쓰는 그제야 발견한양 경찰에 신고했지."

피해자와 동거하는 가족이 공범이라면 조작은 간단하다.

"형의 추리에 따르면 우리가 중학생일 때 세운 계획이죠. 요이치 선생님이 집에 없는 부분은 예측할 수 없지 않나요?"

시후미는 담담하게 되물었다.

"선생님이 치매에 걸릴 것까지 예측했다는 말인가요? 마리코 씨는요? 역시 죽일 계획이었나요? 혼수상태가 되는 상황도 미리 계산에 있었다는 말인가요?"

"두 사람을 여행 보낼 생각이든가, 그런 계획 아니었을까? 물론 리쓰에게도 알리바이는 필요해. 대학생이 됐다는 가정 하에 근처의 24시간 영업하는 패밀리레스토랑에서 졸업논문을 쓴다든가. 평소에도 가끔 리포트 쓰러 가두고, 거기서는 글이 술술 잘 써진다, 이런 식으로."

"그럼 이건 어떻게 되는 건가요?"

시후미가 〈⑤ 고구레 저택 화실 화재 - 4년 전〉을 가리킨다.

"진짜로 마리코 씨가 했겠지. 리쓰는 필사적으로 그녀를 구하려고 했을 뿐이고. 그러니까 네가 그렇게까지 화를 냈겠지."

"방화 동기는요?"

"아마도…… 알았겠지. 시즈토와 리쓰의 관계를."

"관계?"

"시즈토가 집착한 사람은 마리코 씨가 아니야."

처음에는 마리코가 눈에 밟혀서 클럽에 다녔는지도 모른다. 하지만 리쓰의 사진을 본 순간…….

밤의 긴자에서 전설이 될 정도의 미모를 가진 마리코와 아랍계로 추측되는 외국인 아버지 사이에서 태어난 리쓰는 다양한 민족이 융합된 듯한, 뭐라 형언할 수 없는 인상적인 용모였을 것이다. 네 살, 다섯 살 때 사진만 봐도 미래에 어떤 소년이 될지 상상도를 그릴 수 있었으리라.

"시즈토가 마리코 씨에게 황산을 뿌린 이유는 리쓰와 살기 위해서. 마리코 씨와 결혼해 리쓰를 자신 소유로 만들기 위해서였어."

시후미가 말한 대로 〈저편의 샘〉 안에 답이 있었다. 왕이 R에게 한 말. '몸도 마음도 짐의 것이 되겠다면…….' 그리고 R은 순종했다.

실제로는 마음을 동여매 순종시킬 방법은 없다. 지배할 수 있는 것은 육체뿐이다.

왕은 R을.

다시 말해서 시즈토는 리쓰를.

"리쓰는 시즈토가 불러서 화실로 갈 때마다 항상 슬픈 얼굴로 마리코를 돌아봤어. 그건 하나무라 씨 말처럼 마리코 씨가 함께 가지 않아 서운해서가 아니었어."

결코 구해주길 바라서가 아니었다.

그저 슬퍼서, 고통스러워서. 어쩌면 내심 알아채주길 바라서…….

아무도 알아채지 못했다. 어른이 세 명이나 있으면서 아무도 리쓰를 구해주지 않았다. 하나무라는 시즈토가 피해자이고 마리코는 가해자라는 색안경을 끼고 모든 상황을 해석했다. 마리코는 자신밖에 몰랐다. 요이치는 밖에서 일하느라 집에 있는 시간이 짧았던 데다 시즈토와는 사이가 좋지 않아 서로 거의 얽히지 않았다.

시즈토는 화실에 아무도 들어오지 못하게 했고, 애초에 시즈토의 그림 따위에 누구도 관심 갖지 않았다. 리쓰는 자신이 당하고 있는 일을 입이 찢어지는 한이 있어도 말할 수 없었다.

"시즈토가 리쓰를 화실로 데리고 가서 뭘 했을까……. 모델로 그림도 그렸겠지. 하지만 그뿐 아니라."

시후미는 끝까지 말하지 못하게 했다.

"성지향성이나 기호 따위 개인 자유죠. 아무에게도 상처 주지 않는다면. 소년을 좋아한대도 상관없어. 고금동서에 드문 일도 아니죠. 함께 살다보니 사랑에 빠져버렸다면 그나마 낫죠. 하지만 시즈토는 사랑도 뭣도 아닌, 그저 썩어문드러진 욕정이었어요. 전 리쓰를 속속들이 다 알아요. 그래서 단언할 수 있습니다. 그 남자는 리쓰를 더러운 자위 도구로 삼았을 뿐이에요. 용서할 수 있겠어요?"

유키가 느릿느릿 일어섰다.

"내가 보여주고 싶은 게 있다고 했었잖아?"

침실 문을 열고 뒤를 돌아보며 시후미를 부른다.

"여기야."

반 정리가 돼서 반이 빈 책장에 겨자색 천으로 싸인 물건이 걸쳐져 있다.

F60호라고 들었다. 긴 쪽이 130센티미터 정도 되는.

시즈토의 그림이 딱 한 장 팔린 적 있다고 하나무라가 말했었다.

유키는 아카네에게, 시즈토를 데려왔던 그 거장이라는 사람이 교토 사투리를 쓰는 미술상과 함께 온 적 없느냐고 물어봤다. 거장의 이름에는 침묵을 지킨 아카네였지만 미술상에 대해서는 어디서 들었는지 절대로 말하면 안 된다는 조건으로 말해줬다. 아버지 대부터 교토의 아라시야마에서 '미네'라는 화랑을 경영하고 있다고 했다.

이게 다 화단의 중진인 어느 노화가의 참견 때문이었다고 한다. 시즈토가 그림을 그린다는 말을 들은 화가는 호의로 평소 친하게 지내던 미네를 소개했고, 미네는 상대가 상대이니만큼 거절을 못해 원하지도 않는 그림을 사들이는 처지가 됐다.

시즈토도 미네 이상으로 성가셨을 테다. 시즈토는 딱히 남에게 인정받겠다든가 상을 받고 싶다는 마음으로 그림을 그리지 않았다. 오히려 단 한 장도 품에서 내주고 싶지 않았으리라.

시후미가 매듭에 손가락을 댔다.

'그 사람 그림은 죄다 음탕하고…….'

백발의 고상한 미네는 느릿한 교토 사투리로 말했다.

'차라리 그쪽으로 철저히 나간다면 또 달리 볼 수도 있지만, 뭔가 동화적 경향으로 치우쳐 있어서 나는 높게 평가 못합니다. 기술도 어정쩡해요. 특정 취향을 가진 사람들에게 군침 도는 그림이라는 사실도 잘 알고, 가게 앞에 걸어두면 금방 팔렸겠지만 나는 내 심미안과 감식안으로 반세기 동안 화랑을 운영해온 긍지가 있기 때문에 가게에 내놓지 않았습니다.'

시후미의 손가락이 매듭을 푼다.

겨자색 천이 바닥으로 흘러내리고, 심플한 은색 액자에 든 유화가 나타났다.

시후미는 속눈썹만 몇 번 깜박거릴 뿐이었다. 어느 정도 예상하고 있었는지 아니면 전혀 뜻밖이었는지, 얼굴만 봐서는 알 수 없었다.

"이걸…… 어떻게?"

"제목은 〈유리창〉……."

"어떻게?"

"교토 화랑 주인한테서 샀어. 주인도 의리 때문에 마지못해 산 거라 포장한 채로 계속 창고에 넣어두고 있었다니까 그 사람 말고는 아무도 본 적 없어."

"교토까지 가셨다고요?"

"차로. 이 정도는 뒤에 실을 수 있으니까."

배경에 창이 그려져 있고, 그 앞 왼쪽 끝에 관엽 식물 화분이 있다. 화분 아래쪽에는 '시즈토'라는 사인이.

초록 잎에 몸의 반을 숨긴 채 옅은 갈색 피부를 한 소년이 등을 보이며 서 있다.

 나체다. 목은 아슬아슬하게 아름다운 선에서 기형적으로 길고, 날개의 흔적 같은 견갑골이 그려진 등도, 버들가지처럼 휘어진 팔도, 힘이라곤 없어 보이는 낭창한 허리에서 뻗어 나온 다리도 애처로울 정도로 가느다랗다.

 오른손에 쥔 담요는 바닥으로 흘러내려 파도처럼 굽실댄다. 그 아래로 보이는 물건은 속옷과 가죽벨트일까.

 창의 왼쪽 반은 레이스커튼으로 가려져 있고, 아마도 밤인지 오른쪽 반은 유리가 칠흑의 스크린이 되어 소년의 반신을 비추고 있다.

 열여섯, 아니 열일곱 정도 될까. 긴 앞머리가 굽이치며 비스듬하게 이마 위를 흐르다 그 끝은 소용돌이를 그리며 귀에 걸쳐 있다. 밤의 유리에 비친 소년의 얼굴은 어슴푸레했지만 푸른빛이 돌아 은색으로 보일 정도로 흰 눈자위와 오닉스 같은 눈동자가 선명하다. 어둠을 비추어 한층 더 까맣게 보이는 그 눈동자는 오직 어둠만 보고 있고, 반쯤 열린 입술은 어딘가 음란하게 젖어 있다.

 화랑 창고에서 이 그림을 마주했을 때 유키는 저도 모르게 중얼거렸다.
 "리쓰……."
 그만큼 쫓아다녔는데도 고구레 리쓰의 사진은 딱 한 장, 중학교 졸업앨범 사진을 보았을 뿐이었다. 그래도 그 이미지는 망막에 강렬하게 새겨져 있었다.

 리쓰의 등줄기를 따라 달리는, 살짝 긁혀 있어서 색채의 우연한 장난인 것처럼도 보이는 보랏빛으로 부어오른 긴 흉터를 깨달은 순간, 차마 똑바로 볼 수가 없어 유키는 눈을 피했다.

'그 사람 그림은 죄다 음탕하고…….' 바로 그때 미네가 그렇게 말했었지.

그래도 시즈토 작품 중에서 그나마 나은 편이었으리라. 미네에게는 선별해서 보여줬을 테니까.

나머지가 어떤 그림이었을지는…… 생각하고 싶지도 않다.

캔버스에 '애인의 그림'이 그려져 있었다는 증언은 옳았다.

시후미는 꿈쩍도 하지 않고 그림 앞에 서 있다가 말했다.

"유키 형, 이 그림, 제가 사겠습니다."

"어쩌려고?"

"커터 칼 좀 빌려주세요. 과도든 가위든 상관없어요."

가위를 건네자 시후미는 캔버스에 내리꽂더니 가로세로로 찢어발겼다. 바로 옆에서 보는 눈동자가 마치 칼처럼 보였다.

마지막으로 '시즈토'라고 적힌 사인을 도려내더니 시후미는 가쁜 숨을 내쉬며 유키에게 가위를 내밀었다.

"뭐 좀 마실래?"

"맥주 주세요."

"안주는?"

"아무거나 괜찮습니다."

거실의 낮은 테이블 위에 과자봉지를 뜯어서 올린 다음 소파에 앉은 시후미에게 차가운 캔 맥주를 건넸다. 시후미는 이미 평소와 같은 포커페이스로 돌아갔지만 살얼음 아래로 아른거리는 불 그림자가 유키의 눈에 보이는 기분이었다.

저번 날처럼 테이블 모서리를 사이에 두고 유키는 바닥 러그 위에 책상다리로 앉아 본인의 맥주를 땄다. 시후미는 과자에 손을 뻗어 하나, 둘, 입에 넣었다.

"…… 처음 먹어봐요. 이런 맛이었군요."

넥타이를 느슨하게 풀고 맥주 캔을 딴다.

"그림 얼마예요?"

"화랑 주인도 처치 곤란해 하던 터라 산 가격 그대로 팔아줬어."

"지불하겠습니다. 왕복 기름 값이랑 고속도로 통행료까지."

"신경 쓰지 마. 내가 하고 싶어서 한 일이야."

"왜죠? 왜 이렇게까지……. 형과는 상관없는 일이잖아요. 사건은 어머니도 이제 잊고 싶어 하시는데."

"맞아. 이모가 많이 껄끄러워하시더라."

"어머니는 사이키 아버지가 범인이면 안심할 수 있으니까 더 파헤쳐서 괜히 일을 크게 만들고 싶어 하지 않으세요. 긁어 부스럼일지도 모른다는 걸 어머니도 사실은 알고 계세요. 하지만 직시하지 않아요. 보지 않으면 눈에 들어오지 않죠. 눈에 들어오지 않으면 없는 일이나 매한가지…… 정말 어머니답다고 생각하지 않으세요? 애초에 절 의심했다면

형한테 의뢰하기 전에 저에게 물었어야 했어요. 아버지를 죽였냐고. 어머니는 제가 어지간히도 무서운가 봐요. 무서워하다니 그나마 어머니는 나은 편이라 하겠지만요. 죄책감이 있다는 소리니까요. 아버지는 마지막 순간까지도 저에게 그런 감정은 품지 않았을 걸요."

"이모가 그렇게 물어봤다면 뭐라고 대답했을 거야?"

"…… 네, 맞아요, 저 말고 누가 있겠어요?"

유키는 숨을 죽였다. 처음으로 시후미가 인정했다.

"이야기해줄래? 녹음은 안 해."

"그 정도는 믿고 있어요. …… 처음부터."

시후미는 맥주를 벌컥벌컥 마신 후 캔을 테이블 위에 얹었다.

"시즈토가 저 그림을 누구에게 팔았는지는 몰랐어요. 시즈토가 그 이야기만 나오면 못마땅한 얼굴로 입을 다물어 버려서 리쓰도 통 캐내지 못했고요. 단서는 하나무라 씨가 '교토 사투리를 쓰는 미술상'이라고 한 말뿐. 리쓰는 포기한다고 했죠. 벌써 팔려버렸으면 손쓸 도리가 없다면서. 그래도 저는 조만간 교토의 화랑이란 화랑은 다 뒤질 작정이었는데……. 리쓰 그림은 저게 마지막 남은 한 장이었어요. 나머지는 다 불태웠으니까. 그걸 찾아내주신 점, 제가 처리할 수 있게 해주신 점, 형이 지금 생각하는 것보다 훨씬 더 고마워하고 있어요. 그러니까……."

중등과 1학년 때였어요. 여름방학이 끝나고 학교에 가니 도서실 창밖으로 보이는 메타세쿼이아 나무에 호도애 한 쌍이 둥지를 짓고 있었어요.

그러다 어느새 병아리가 부화하고 또 어느새 부모 새가 떠나 빈 둥지 인줄 알았던 그곳에 알이 딱 하나 남아 있었어요.

버려진 알. 그 알을 저처럼 리쓰도 걱정하고 있었어요.

리쓰는 내성적이고 저 역시 딱히 용건 없이 말 거는 사람은 아니니까. 예전에는 그렇지도 않았지만요. 그래서 둘이 대화는 없었는데, 어느 날 보니 둥지 안에 알이 없잖아요. 아래쪽을 보니 알이 땅바닥에 떨어져 있더라고요. 얼른 도서실을 나가 계단을 뛰어 내려가는데, 리쓰가 저보다 조금 앞서 내려가고 있었죠.

발소리를 들은 리쓰는 돌아봤고, 저와 눈이 마주치자 '알이.' 하고 말했어요.

저는 끄덕였고 둘이서 나무 있는 곳까지 갔어요. 깨진 알에서 끈적끈적하고 진한 노란색이 흘러나오고 있었죠.

리쓰는 아무 말 없이 그 자리에 쭈그려 앉아 손으로 나무 밑동 근처를 파기 시작했어요. 저도 함께 파서 같이 알을 묻어줬습니다.

그 뒤로 친하게 대화하게 됐고, 메타세쿼이아 잎이 물들 무렵에는 서로가 서로의 이야기를, 누구에게도 알리고 싶지 않은 일까지 다 알게 됐어요.

저는 제가 분노라는 감정에 익숙한 줄 알았거든요. 하지만 진정한 분노는 그런 게 아니었어요. 리쓰가 양아버지에게 무슨 짓을 당하고 있는지 들었을 때, 처음으로 진정한 분노를 알게 됐습니다.

리쓰 탓이라고, 시즈토는 그때마다 말했대요. 왜 나를 이렇게까지 만드니. 나를 유혹하다니, 리쓰 너는 정말 추잡스런 아이구나.

비열한 책임 전가죠. 그런데 리쓰는 그 말에 세뇌되어 있었어요.

너는 아무 잘못이 없다, 네가 나쁜 게 아니다. 그걸 이해시키는 데 얼마나 많은 설득을 해야 했는지 몰라요. 리쓰는 맑고 깨끗하며 누구에게도 더럽혀지지 않았음을.

시즈토만큼은 절대 용서할 수 없었어요.

어떻게 해야 리쓰를 구할 수 있을까 고민했어요.

신고해봐야, 설령 시즈토의 죄가 밝혀지고 체포된다 한들 받는 벌은 극히 가벼운 수준일 건 불을 보듯 뻔했어요. 괜히 리쓰만 동정심이라는 이름의 호기심 어린 눈에 노출돼 상처 입을 뿐이죠.

시즈토가 죽어주는 것이 최선의 방법이며, 죽음이야말로 시즈토에게 어울리는 유일한 벌이었어요.

내가 죽여도 좋다. 난 잡혀서 소년원에 가도 상관없다. 하지만 그렇게 되면 리쓰가 죄책감을 갖게 되죠. 그뿐 아니라 정상참작을 해달라면서 아무에게도 알리고 싶지 않은 사실까지 밝히게 되겠죠. 그럼 의미가 없잖아요.

그렇게 만들지 않으려면 사고로 위장해야 했어요. 스크린도어가 없는 혼잡한 역에서 지하철이 들어오기 직전에 선로로 밀어버리거나. 하지만 시즈토는 외출을 거의 하지 않죠.

집안에서 일어날 수 있는 사고사로는 계단에서 떨어지거나 머리 위로 무거운 물건이 떨어지거나 욕실에서 익사.

집에 아무도 없을 때, 시즈토가 술에 취해 욕조에 빠져 죽어 있으면 그건 확실하게 사고사가 된다. 그렇게 생각한 게 계획의 출발점이었어요.

리쓰가 자신만 받을 수는 없다고 하기에 그러면 다치하라 아버지를 죽여줬으면 좋겠다고 했어요.

다치하라 집안의 양자가 됐을 때부터 저는 새장에 갇힌 새 신세였어요. 새장에 갇혀 있어도 좋으니 하루에 30분만이라도 피아노를 치게 해줬다면……. 피아노만 있으면 제 마음은 어디든 갈 수 있으니까요.

하지만 중학생 때는 피아노도 금지됐고, 피아노에는 자물쇠가 걸렸어요.

세이세이 학원에 합격하지 않는 한 칠 수 없었죠. 그래서 그때는 죽기 살기로 공부했어요. 피아노가 치고 싶어서. 그저 치고 싶어서.

다치하라 아버지는 시험에서 만점을 받거나 1등이 아니면 노력이 부족한 증거라고 했어요. 세이세이 학원 같은 학년에 진짜 천재가 있었는데 그 애의 아성은 평범한 저로서는 도저히 무너뜨릴 수 없었고 결국 아버지를 만족시키는 결과를 얻은 적은 한 번도 없었죠.

감기에 걸리거나 컨디션이 나쁘거나 하면 자기관리를 못한다며 혼났습니다. 모기에 물렸다고 꾸중을 들었으니 웃음밖에 안 나오죠. 웃음은 안 나오지만.

위로나 다정한 말은 단 한 번도 해준 적이 없어요. 물론 사이키 아버지처럼 폭력을 휘두르진 않았지만.

완벽한 행동거지, 예절, 일상생활. 그렇게 365일 24시간……. 쉬운 일은 아니었어요. 신세 지고 있다고 생각했기 때문에 순종했지만, 속죄의 제물 역할은 넘치게 했다고 생각합니다.

그래도 리쓰가 겪는 굴욕과 고통에 비하면 새 발의 피 수준이었죠.

실제로 다치하라 아버지를 죽이고 싶다고까지는 생각하지 않았어요.

살의의 번데기 상태 정도였죠. 그때까지만 해도.

하지만 리쓰가 부담감을 갖지 않으면 했기 때문에 대등한 위치에 서기 위해 저는 시즈토를 죽이고 리쓰는 다치하라 아버지를 죽인다는 계획을 세웠어요.

쉬는 시간, 그리고 방과 후 리쓰와 저는 계획에 대해 철저하게 대화했어요.

어떻게 해야 의심 받지 않을까, 어떻게 해야 성공할까.

어떻게 해야 목적을 달성할 수 있으며 또한 두 사람 모두 양지에서 살 수 있을까. 행복해질 수 있을까. 그렇게 되지 않으면 의미 없으니까요.

노트는, 그건 그냥 기분전환이었어요. 둘이서 설정을 짜고, 서로 상대의 이야기를 썼어요. 천사 레이나에게 들려주는 형식으로.

그렇게 해서 끌어낸 결론은, 서둘러봐야 안 된다, 짧지 않은 세월을 들여야 한다는 것이었습니다. 지금의 리쓰와 내 관계로는 교환살인은 불가능하다. 서로 무관한 타인 사이가 되어야 한다.

아니, 교환살인이 아니죠. 그건 죽이고 싶은 상대를 교환하는 거고 리쓰와 제 경우, 저는 리쓰 이상으로 시즈토를 죽이고 싶어 했고 리쓰 역시 마찬가지였다고 생각해요.

그래도 결별은 필요했어요. 학교가 달라진 다음 멀어져봐야 남들은 그 사실을 모르죠. 그러니까 중학생일 때 결별해야 했어요.

마침 그때 사이키 아버지가 집행유예가 끝나며 저를 따라다니기 시작했어요.

중학생인 저에게 돈을 요구하더군요. 커피 마시고 싶으니 130엔을 내놔라, 이런 식으로. 정말 쓰레기죠. 평생 눈앞에 보이지만 않았다면 잊고 살았을 텐데, 다섯 살 때 품었던 살의가 되살아나더라고요.

그러다 문득, 그렇게 평생 따라다닐 작정이라면 오히려 이용해주지, 하는 생각이 들었어요. 그냥 죽이지 말고 다치하라 아버지의 살인범으로 만들어주자. 사이키 아버지에게는 동기도 있으니까요. 그러던 중에 미나코 씨가 쓰던 방에서 악보를 찾다가……. 책상을 피아노 대신해서 매일 손가락을 놀렸기 때문에 다양한 악보를 원했거든요. 악보를 찾다가 사이키 아버지가 손으로 뜬 스웨터를 발견한 데서 그 계획이 나왔죠.

아버지가 만약 정말로 개를 키우게 된다면 아침 산책 때 죽이는 편이 좋겠다고 막연하게 생각했어요. 꼭 그러겠다는 소리가 아니라 인기척 없는 곳으로 갈 때를 상황에 따라 선택하면 되겠다고.

결행은 7년 뒤인 대학교 4학년이 되는 해. 그때는 거기까지만 결정하고 7년 후가 오면 죽여주기를 원하는 쪽이 상세한 실행 날짜를 엽서로 알려주기로 했어요.

발신인 이름은 제가 이치이 레이, 리쓰는 요이치 선생님 이름에 1을 더

해서 고구레 요지(洋二)로 정했습니다. 날짜를 끼워 넣은 적당한 문장을 써넣고, 읽고 나면 곧바로 태워서 버리기로 하고.

일방적인 통보가 되기 때문에 실행하는 쪽은 절대 무리하지 않아야 했어요.

갑작스럽게 다른 볼일이 생길지도 몰라요. 몸이 안 좋을 수도 있고요. 막상 실행하려는 때 목격자가 있거나 예측하지 못한 사태가 있을 수도 있죠. 그런 때는 절대 실행하지 말고 다음 기회를 기다리자.

사고사인 시즈토보다 살인사건이 될 다치하라 아버지를 나중으로 미루는 편이 좋겠다고 판단했어요. 다치하라 아버지를 죽이려면 스웨터를 입는 계절이어야 하기도 했고. 사이키 아버지가 노숙자라는 사실을 감안하면 한여름만 아니면 괜찮았을지도 모르지만.

저는 뜨개질 연습하기 힘든 환경인 데다 대바늘에 약간 트라우마도 있었고, 리쓰도 알고 있었기 때문에 자신이 뜨겠다고 했어요.

그런 식으로 제가 리쓰의 신세를 지는 경우가 많았어요. 리쓰는 저보다 훨씬 고통스러운 상황이었는데도.

증거를 남겨서는 안 되니까 거듭 반복해서, 수십 번도 더 입 밖으로 말하며 확인했죠.

작년 7월에 '고구레 요지'한테서 여름 문안인사가 왔어요. 글에는 8, 12, 14라는 숫자가 섞여 있었죠.

8월 12일, 오후 2시. 리쓰의 집을 찾아가니 문 앞에서 리쓰가 기다리고 있더군요.

시즈토는 낮잠이 습관이라 그날도 코를 골며 깊이 잠든 모양이더군요. 신발을 들고 들어가 욕실 위치를 확인한 다음 리쓰의 방으로 갔어요. 이때 다음 일을 미리 상의했어요.

다치하라 아버지를 죽이는 날은 아리마 온천 동창회에 참석하는 11월 10일. 아버지는 분명 그날 쓸데없이 일찍 산책을 나갈 거라고 짐작했는데 정말 그랬죠.

코스를 확인하기 위해 저도 몇 번 같이 산책을 나갔어요. 착실한 사람들은 이런 때 편하죠. 코스는 늘 똑같았고, 공원에서 잠깐 쉴 때 앉는 벤치까지 똑같았어요. 공원에 설치된 방범카메라 위치도 미리 조사해뒀습니다.

사이키 아버지 살해 장소도 이날 결정했어요. 리쓰의 제안이었죠. 세금대책으로 리쓰 명의로 빌라를 지을 예정인데 그 무렵이면 뼈대가 완성될 거라면서. 주소는 그 자리에서 바로 외웠어요.

이래저래 하는 사이 시즈토가 잠에서 깨어 간사한 목소리로 리쓰를 부르더군요.

리쓰는 의자에서 일어나더니 저를 보며 웃어줬습니다.

'괜찮아. 밤에 할 일이 있으니까 쉬고 있어.'

제가 어떤 심정으로 리쓰를 보냈는지, 결코 모를 테죠.

'침대 써. 베개커버랑 시트는 갈아뒀으니까.'

그렇게 말하고 아무 일도 아니라는 듯 리쓰는 방을 나갔어요.

저는…… 리쓰의 침대 위에서 살의를 불태웠습니다.

식욕은 없었지만 리쓰가 준비해둔 가벼운 음식을 먹었습니다. 화장실에 가는 횟수를 줄이기 위해서 수분섭취를 끊었지만 갈증은 느끼지 않았어요. 화장실은 리쓰의 방에도 있기 때문에 간다 해도 시즈토에게 들킬 염려는 없었겠지만, 위험은 최대한 피하고 싶었어요.

리쓰가 마리코 씨가 입원한 병원으로 가고 난 뒤, 저는 불끈 캄캄한 방에서 문에 기대어 청각을 곤두세운 채 시즈토가 욕실에 들어가기를 기다렸어요.

오전 1시, 시즈토가 욕실로 가는 소리가 들렸습니다. 저는 탈의실로 내려가 상황을 살핀 다음 시즈토가 욕조로 들어갈 때를 노려 문을 열었습니다.

다 형이 말한 그대로예요. 시즈토의 머리를 눌러 욕조에 담그기란 어이없을 정도로 간단했죠.

어려웠던 건 제 마음을 억누르는 일이었습니다.

때려죽이고 싶은 마음을요.

더, 더 고통스럽게 죽이고 싶다. 산 채로 잘게 채 썰어 거세해버리고 싶다.

하지만 평범한 익사로 만들어야만 했죠. 저는 발버둥치는 시즈토가 움직임을 멈출 때까지 계속 그렇게 있었습니다.

다치하라 아버지 살인에 대해서는 설명할 필요 없겠죠. 흉기도, 발자국도 다 얼마 전에 형이 말한 그대로입니다.

리쓰가 고쳐 뜬 스웨터를 들고 사이키 아버지와 접촉했어요. 사이키 아버지는 보트연못 주변을 걷다 보면 대부분 만날 수 있었죠.

 '유산을 받게 되면 아버지한테 빌라를 하나 사드리겠다. 나는 다치하라 집에서 나올 테니 거기서 함께 살자.'

 신기하지 않아요? 저한테 그런 짓거리를 해놓고 이런 말을 진짜로 받아들이다니.

 그 남자는 대바늘로 저를 찌른 적도 있어요. 지금 생각하면 그게 사이키 아버지를 향한 살의의 원점이었다는 생각이 들어요.

 다치하라 아버지를 살해한 범인? 아무 생각도 없었을 걸요, 그 남자는.

 살 예정인 빌라를 보여주고 싶다, 그때쯤이면 아르바이트 급여가 들어오니까 도와줄 수 있다고 하면서 그 장소로 불러냈어요. 버스요금을 주면서 타고 내릴 버스정류장을 가르쳐주고, 땅바닥에 지도를 그려 버스정류장에서부터 어떻게 가는지 찾아가는 길도 설명해줬어요. 리쓰한테는 엽서로 날짜를 알려뒀고요.

 사이키 아버지한테는 비계 맨 위쪽으로 올라오도록 지시해뒀습니다. 이유 따위 댈 필요도 없어요. 그냥 거기서 기다리고 있겠다고만 하면 돼요.

 아니, 그건 믿음이 아니에요. 그 남자는 그저 저한테서 돈을 뜯어내고 싶었을 뿐이고 더구나 저를 얕잡아 보고 있었어요. 얕잡아 보는 저에게 평생, 기생하겠다고 했으니까요.

 비계 위에서 일어난 일은, 형의 상상이 맞을 거예요.

시후미가 말을 끊었다.

"이 정도면 대충 다 말한 것 같네요."

유키는 이제야 떠올랐다는 듯 맥주를 입에 댔다.

"스웨터랑 운동화는 어떻게 주고받았는지 물어봐도 될까?"

"조르주가 경계하지 않도록 리쓰에게 입힐 옷은 8월 12일에 가지고 갔어요. 날씨에 맞춰서 입도록 몇 벌 정도. 운동화와 스웨터는 그 전에 줬고요. 사생활이라고는 없는 제 방에 둘 수는 없었으니까요."

"그러니까 어떻게?"

"제가 한 달에 한 번, 복지시설을 찾아갔다는 이야기는 들으셨나요? 고등학교 때부터 피아노를 그만둔 대학교 2학년 때까지 계속했죠. 고바토료라고, 모체가 교회인 시설인데 주로 시각에 장애가 있는 아이들이 입소하는 곳이에요."

"혹시 레이나가 있는……."

"통학로에 살던 시각장애인 소녀. 공을 주워준 이후로 우릴 잘 따르던 작은 소녀. 어머니와 내연남한테 학대를 받던 가엾은 소녀. 화재로 유일한 가족인 어머니를 잃은 의지가지없는 아이. 그렇게 말했더니 다치하라 아버지도 한 달에 딱 한 번 면회를 허락해주셨어요. 봉사활동이랄 것까지는 없고, 찾아간 김에 다른 아이들과도 놀아주고 신청곡을 피아노로 쳐주면서 함께 노래해준 게 다예요. 둘째 주 토요일이나 일요일 둘 중 하루……. 리쓰는 그 두 날만 피해서 더 자주 다녔다고 알고 있어요."

시후미는 열손가락을 깍지 끼었다.

"리쓰와 제 유일한 접점이 고바토료이고, 레이나였습니다. 레이나를 동시에 알고 있는 우리가 서로 다른 날 방문하면 결별을 더욱 각인시킬 수도 있겠죠. 레이나를 이용하려고 보살핀 게 아니에요. 코포 아케보노스기라는 이름에서 인연을 느낀 것은 사실이지만. 리쓰에게 건네줄 물건은 역의 물품 보관함에 넣고 리본에 열쇠를 걸어 고바토료에 갔을 때 레이나의 목에 걸어줬습니다. 열쇠에는 역 이름이 적힌 종이를 붙이고요. 레이나는 그걸 자기 서랍에 숨겨두고 있다가 리쓰가 면회를 오면 다시 목에 걸었죠. 텍스트를 팔기 전까지는 점심 도시락 먹을 때 음료수를 안 먹고 그 돈을 보관함 비용으로 모았어요."

"요이치 씨가 그러던데. 리쓰가 네가 치는 〈월광〉을 듣고 있었다고. 그것도?"

"예. 리쓰가 제 피아노를 듣고 싶어 한다는 이야기를 레이나한테 전해 듣고 녹음기를 사서 녹음했어요. 리쓰는 컴퓨터에 저장한 뒤 녹음기를 돌려줬고, 저는 다시 그걸 받아서."

만날 수 없는 리쓰를 향해, 시후미는 어떤 심정으로 피아노를 연주했을까. 리쓰는 어떤 심정으로 그 선율을 들었을까.

"레이나한테 직접 녹음기를 전달하지 않고?"

"떨어뜨리거나 오작동의 위험이 있으니까요."

"녹음기에 말을 녹음해서 뭔가 전달하거나 그러진 않고?"

"피아노 연주 정도는 괜찮지만, 매체에 말을 녹음하기는 아무래도 위험하죠."

"네 피아노 소리를 알아듣는 사람도 있던데."

"예?"

요이치는 새어나오는 선율만 듣고도 시후미와 리쓰를 연관 지었다. 하지만 물론 매우 특수한 경우이리라.

"좀 전에 말한 내용을 봤을 때, 실행한 시점에는 이모부에게 살의가 있었다는 소리야?"

"…… 예."

속눈썹을 살짝 내리며 시후미는 끄덕인다.

"계기가 있을까?"

"고 2때였어요. 음대에 갈 생각은 없느냐고 요이치 선생님이 묻더군요. 그 말을 듣고 나니 좀 생각하게 되더라고요. 그래서 진로조사 제3지망에 미나코 씨가 졸업한 음대 이름을 썼죠. 그랬더니 담임이 집에 연락을 해서 어디까지가 진심이냐고 물어본 거예요. 아버지는 무턱대고 야단치셨어요. 뭐, 늘 무턱대고 그러시지만. 더는 수치스럽게 만들지 말라고. 수치스럽다니 무슨 말이죠? 아니다, '더는'이란 표현은 뭐죠? 넌 그 남자의 자식이라는 사실만으로 수치스러운 존재니까 바르게 생활하고 죽어라 공부해서 수치를 씻어낼 생각이나 해……. 그렇게 말하는데요, 그런데요, 사이키 아키라가 제 아버지인 건 제 탓이 아니잖아요."

시후미의 맑은 흰자위 아래로 선홍빛 핏줄이 훤히 들여다보이는 것만 같다.

시후미의 피부가, 그 심장에서 떨어져 내리는 피로 물든 것만 같다.

"그런 말까지 듣고 나니, 저도 자존심이 있으니까요, 수치를 씻어내려면 사법시험에 합격해야 한다는 모양이니까 그럼 그렇게 해주지, 생각했어요. 저는 죄송하다고 하고 진심이 아니었습니다, 법학부로 가고 싶습니다, 했죠. 그랬더니 아버지는 당연하다는 듯 끄덕이더니 이렇게 말했어요. 한마디, 한마디, 낱낱이 기억하고 있어요. 그래 잘 생각했다, 고타로가 클 때까지 다다히코를 충실히 보좌할 수 있도록 열심히 노력해."

고타로가 클 때까지…… 그리고 그 후엔…….

"생각해 보면 당연한 이야기죠. 미타 씨의 뒤를 이을 사람은 고타로 아니면, 다치하라 아버지의 낡은 머리로는 생각이 미치지 않았는지도 모르지만 미즈키 둘 중 하나……. 하지만 그 이야기를 미타 씨가 한다면 또 모를까, 왜 그 사람한테 들어야 하죠?"

시후미의 목소리가 떨린 듯한 기분이 들었다. 아주 희미하게. 높다란 나뭇가지 끝에서 나뭇잎 한 장이 팔랑 흔들린 듯한, 그 나뭇잎 소리처럼 덧없게.

"피아노를 칠 수 있게 해줬다지만 손가락만 풀다가 끝날 정도로 짧은 시간이었어요. 아버지가 없을 때나 자고 있을 때면 책상에 앉아 그 세 배 정도 되는 시간을 연습했어요. 저는 매일 간청해서 피아노 열쇠를 받았고, 시간이 되면 열쇠를 돌려줬어요. 1분이라도 늦으면 다음 날은 피아노 금지였죠. 그렇게까지 해놓고 저는 동생의 땜빵이라는 건가요."

"그런 일이……."

"그 순간이었어요. 살의가 번데기에서 성충이 된 건."

안쓰러움이 밀려온다.

그 감정이 얼굴에 그대로 드러났겠거니, 생각하며 유키는 말했다.

"마지막 결정타였네."

"그렇죠."

"너희들, 코포 아케보노스기의 화재사건과도 관련이 있니?"

"그건 요행이었죠, 우리는 관여하지 않았어요. 화재가 일어나지 않았다면 뭘 해도 했겠지만. 레이나한테서 그 사람들을 떼어내기 위해."

레이나가 어떤 처사를 당했는지 조금이나마 들어 알고 있는 유키로서는, 사람이 둘이나 죽었는데 요행이라니 경솔한 표현이라는 둥 하는 입바른 소리를 할 마음은 들지 않았다.

"화실 화재는 마리코 씨가 방화한 게 맞아? 동기도?"

"그때까지 남편 그림에 관심이라고는 없어서 화실은 쳐다보지도 않았던 주제에, 정말 내키는 대로 사는 사람이죠. 아마 본 모양이라고 리쓰가 그랬어요. 샤워하고 나오다 갑자기 키스를 당했는데, 그때 계단 위에 마리코 씨가 서 있었던 것 같은 기분이 든다고. 마리코 씨는 그 뒤 스피리터스를 주문했다고 해요. 시즈토와 리쓰가 서로 사랑하는 사이라고 오해했겠죠. 리쓰는 이미 열여덟 살에 몸도 성인이고, 거절할 마음만 있으면 거절할 수 있다고……."

"본인도 내내 요이치 씨와 관계해왔으면서."

"그런 식으로 자신을 돌아볼 줄 아는 사람이 아니에요."

"난 솔직히 리쓰의 마음도 모르겠어. 너도 방금 말했잖아? 왜 거절하지 않았지? 왜 시키는 대로…….”

"순백의 깨끗한 마음과 육체에 심어진 공포감과 세뇌라는 걸 우습게보지 말아주세요. 경험 없는 사람이 상상만으로 언급할 수 있을 정도로 간단한 문제가 아니라고 생각합니다."

"집을 나가겠다는 생각은 못했을까? 리쓰가 본인 손으로 그림을 태운 다음."

"고등학생 신분으로 방 하나 빌리기도 힘들고, 마리코 씨를 부양할 수도 없어요. 배신하면 마리코 씨한테 다 폭로한다는데 따를 수밖에 없잖아요."

"하지만 마리코 씨가 저렇게 돼버렸으니 이제 그 걱정은 없어졌잖아? 리쓰 역시…….”

"리쓰가?"

"얼굴에…… 심한 상처를."

"그래서 무서워져서 시즈토가 이제 손을 안 대게 됐다, 그런 말인가요?"

"상처를 건드리게 되잖아?"

"리쓰가 아파하면 흥분하는 인간이에요. 그래도 남들 눈에 시즈토와 좋은 사이로 보이면 보일수록 리쓰한테는 유리했어요. 열 살 때부터 견뎌왔다고요. 앞으로 3년 정도야 참을 수 있어요, 리쓰는. 나 역시 다치하라 아버지를 죽일 마음만 없었다면 진작 센다기 집에서 뛰쳐나왔어요."

그건 주객이 전도되지 않았나?

희미한 위화감이, 한 가지 의문이 되어 유키 안에 맺힌다.

왜 7년 뒤로 결정했지?

짧지 않은 준비기간이 필요한 줄은 안다. 신체적인 문제도 있다. 신발 사이즈가 사이키와 같거나 비슷해져야만 하고, 성인 남자에 대항할 수 있는 힘도 필요하다.

스웨터도 어느 날 뚝딱 뜰 수 있는 게 아니다. 결별의 실적을 위해서라도 몇 년은 기다려야 한다.

하지만 그게 꼭 7년이어야만 하는 필연성이 있을까.

가령 3년 뒤는 너무 이르다고 판단했다 치더라도 5년 뒤는 왜 안 됐을까?

진작 교고를 죽였으면 시후미는 자유이고, 음대에 재입학할 수도 있었다.

"궁금해. 왜 그렇게까지 7년 뒤에 연연했는지."

"연연하지 않았습니다."

거짓말이다.

"사법시험이 끝난 뒤에 하기로 했어? 재학 중에는 합격할 거라 생각하고?"

"그건 관계없어요."

"그럼……."

"이만 실례하겠습니다. 사건 관련 이야기는 다했어요. 대가는 치렀다고 생각합니다."

"시후미."

유키는 일어서려는 시후미의 손목을 붙잡았다. 시후미는 그 손을 뿌리치지도 않고 그저 유키를 응시하며 작게 숨을 토해내더니 입을 열었다.

"…… 또 하나의 목적 때문이었어요."

"또 하나?"

"리쓰가 왜 스기오의 원고를 태웠다고 생각하세요?"

"〈이리스〉 말이야?"

별안간 이야기가 옆길로 샜다는 생각이 든다.

"겨우 노트 한 장 잘라갔다고 리쓰가 그런 짓까지 하지는 않아요."

"네가 스기오의 소설 일까지 아는구나. 역시 내용이 문제였을까?"

"리쓰를 속속들이 다 안다고 말씀드렸죠. 스기오의 소설과 노트 속 이야기에 공통점이 있었을 겁니다."

"레이나가 등장한다는 거? 스기오의 소설에서는 레나였지만."

"나머지는 스스로 알아서 생각해주세요."

시후미는 부드러운 동작으로 유키의 팔을 풀고 이번에는 정말로 일어섰다.

"한 가지만 말해두겠습니다. 만약 물증을 손에 넣게 되면……."

"있어?"

"글쎄요, 모르겠네요. 아는 범위 안에서는 다 처리했지만 사람이 하는 일이니까요."

"시후미가 하는 일, 이잖아?"

"과대평가예요. 빈틈투성이 계획이었어요. 그저 도서실에서 리쓰와 함께 그린 그림을 끝까지 완성하고 싶었을 뿐이에요. 불완전한 줄 알지만 그 불완전함을 심판대 위에 올리자고 생각했어요. 리쓰와 상의한 뒤 결정했어요. 용서받을지, 용서받지 못할지…… 성공여부를 보고 판단하자고."

"만약 내가 물증을 손에 넣는다면?"

"먼저 저한테 말해주세요. 형을 죽이러 갈 테니까."

"잡힐걸, 이번에는."

"상관없어요. 저 혼자라면. 형을 살해한 혐의 하나라면. 동기는…… 글쎄요, 부모님의 끔찍한 사랑을 받으며 팔자 좋게 사는 모습이 눈꼴시었다, 라든가."

"시후미……."

"정말이에요. 전 옛날부터 형이 부러웠어요. 부럽고 질투 나서 목을 졸라버리고 싶을 정도였어요. 못 느끼셨어요?"

시후미는 현관으로 가 코트를 걸치고 구둣주걱으로 정장용의 검은색 구두를 신었다.

"메타세쿼이아에 7분의 1의 넥타이를 묶는 날은 정해져 있었어?"

나름대로 허를 찌른다고 찔렀는데, 돌아본 시후미의 표정은 털끝만치도 흔들리지 않았다.

"네. 시간은 매년 엽서로 서로 연락했어요. 그날만큼은 저도 아버지의 허락 따위 안 받고……."

"언제든 그랬어야 했어. 제대로 반항했어야."

"아버지의 일방적인 규칙에 일일이 반항하면 끝이 없어요."

"그래도 했어야 했어. 일일이, 모든 것에."

"이제 와서 새삼스럽게 그런 말씀 안 해주셨으면 하네요."

"그렇지, 새삼스럽지. 너에게 과외수업을 하던 때 말했어야 했어. 말만 할 게 아니라, 내가 할 수 있는 일을 생각했어야 했어."

"형이 할 수 있는 일 따위……."

"없을지도 모르지. 그래도 생각했어야 했어. 조금이라도 뭔가 변화시킬 수는 없을까. 시후미를 위해 할 수 있는 일이 없을까."

유키는 시후미를 똑바로 바라봤다.

"힘이 되어주지 못해서…… 미안."

머리를 꾸벅 숙인다.

"미안해, 시후미."

어쩌면 이 말을 하기 위해 나는 아무도 부탁하지 않은 조사를 계속해왔는지도 모르겠다고 유키는 생각했다. 설령 자기만족일 뿐이라 하더라도.

시후미의 속눈썹이 미세하게 흔들렸다.

"…… 리쓰와는 만나지 않기로 약속하고 넥타이를 묶는 시간도 서로 다르게 잡았는데, 4년 전에 딱 한 번 금기를 깬 적이 있어요."

"화실 화재 사건 때?"

"리쓰가 퇴원하고 2주간……. 처음으로 레이나에게 부탁해서 올해는 그냥 넘어가자는 말을 제게 전달했어요. 하지만 저는 갔죠. 분명히 리쓰도 올 것 같아서 개원 시간부터 내내 기다렸어요. 리쓰는 왔습니다. 얼굴 반쪽에 붕대를 감고, 길게 기른 앞머리로 가리고. 차가운, 장대비 내리던 봄날이었어요. 우리 말고는 아무도 없어서 저는 아무 말 없이 리쓰를 꼭 안아줬죠. 바람이 거세서 흙탕물이 다리에 튀어 오르고, 머리는 엉망진창으로 헝클어지고, 우산을 써도 온몸이 흠뻑 다 젖었죠. 아버지와 어머니한테 뭐라고 둘러대야 할지 생각도 나지 않았지만 어떻게 되든 상관없었어요."

유키는 바로 눈앞에서 그 장면을 보는 기분이었다. 세상과 두 사람을 차단하는 거센 빗소리가 들려오는 기분이었다.

"넥타이를 직접 손으로 교환하고…… 그리고 헤어졌어요."

"시후미."

"네."

"앞으로 어떡할 작정이야?"

"다치하라 집에서 나올 겁니다."

"그 다음은?"

잠시 침묵이 흘렀다.

"검사가 될 생각입니다."

"피아노는?"

"제가 벌써 22살이에요."

조금 허전한 듯 말한다.

"나이가 무슨 상관이야."

"그럴지도 모르죠. 그냥 치기만 한다면."

"그냥 치기만 하면 안 돼?"

"…… 예?"

"맞다, 요이치 씨가 전해달라고 했는데 잊고 있었네."

"저한테요?"

"날 너로 착각하고 이렇게 말씀하셨어. 피아노 그만두면 안 된다고. 어떤 일이 있어도, 어떤 형태로든, 계속 쳐야 한다고."

시후미는 손톱을 가지런히 자른 제 두 손을 응시했다.

"그리고, 손가락을 소중히 아끼라고……."

말없이 고개를 까딱한 뒤 시후미는 돌아섰다.

제9장 기념수

1

〈9일 오후 4시경, 신주쿠 구 이누이 종합병원에 입원 중이던 환자의 생명 유지 장치가 제거되어 환자가 사망한 현장을 간호사가 발견했다. 사망한 후지키 마리코 씨(46)는 4년 전부터 혼수상태였으며 자가 호흡이 불가능한 상태였다. 경찰에 따르면, 누군가 고의로 장치를 제거했을 가능성이 있으며 같은 날 병실을 방문한 남성이 자세한 사정을 알고 있을 것으로 보고 행방을 쫓고 있다.〉

〈9일 오후 10시경, 오다와라 시내 공원에서 육칠십 대로 추정되는 남성이 목을 매달아 숨져 있는 것을 순찰 중이던 경찰이 발견했다. 유서가 남아 있는 정황으로 보아 경찰에서는 자살의 가능성이 높다고 보고 신원을 확인중이다.〉

〈이달 9일에 후지키 마리코 씨(46)가 살해된 사건에서 경찰이 중요참고인으로 행방을 쫓고 있던 용의자 고구레 요이치(74)가 오다와라 시내에서 자살한 사실이 밝혀졌다. 용의자는 마리코 씨 전 남편의 아버지로 가나가와 현내의 노인요양시설에 입소해 있었는데 9일 낮부터 행방이 묘연해져 시설에서 연락을 받은 가족들이 수사 의뢰를 해놓은 상태였다. 유서에는 희망도 없이 억지로 살려놓은 마리코 씨를 편안하게 해주고 싶어서 범행을 저질렀다는 사실 및 자신도 더는 짐이 되고 싶지 않다는 내용이 적혀 있었다. 관계자에 따르면 용의자에게는 치매증상이 있었고 점점 악화되는 중이었다고 한다.〉

"거짓말이지……?"

컴퓨터 앞에서 유키는 멍하니 중얼거렸다.

요이치가 마리코를 죽이고 자살했다고?

순간 도저히 믿기지 않았다. 유키가 만나러 간 시점에 이미 치매 증상은 결코 가볍지 않았다. 그런 요이치가 홀로 하야마에 있는 시설에서 신주쿠까지 가다니.

혼자가 아니었나? 가령 시후미가 차로…… 아니, 그건 아니다. 9일이다. 사흘 전이다. 시후미는 이 방에 있었다.

요이치도 정상적인 정신상태가 유지되는 시간이 있긴 했겠지. 그 상태를 완전히 잃기 전에 제 손으로 인생을 마감하려 하면서, 긴 세월 연인이었던 마리코를 데리고 갔다. 마리코뿐 아니라 리쓰를 위해서도. 끝이 보이지 않는 병간호에서 해방시키기 위해.

이 사건은 시후미와 리쓰 계획 밖의 일이다. 그들은 이미 모든 할 일을 끝냈다.

그렇다면 남은 의문은 한 가지. 왜 꼭 7년 뒤여야 했나?

그날 이후 유키는 내내 그 생각만 했다.

기사를 닫고 〈노트〉라고 제목을 붙인 문서 파일을 연다. 몇 번을 다시 읽어봐도, 아이리가 읽어준 〈타로스와 레나〉를 수없이 재생해서 들어봐도, 공통점은 두 가지밖에 찾을 수 없다. 시각장애인 소녀가 등장한다는 점과 주인공들이 지구와 비슷한 별에 도착한다는 점. 〈타로스와 레나〉에서는 주인공들이 그곳으로 출발하는 지점에서 막이 내린다.

두 작품 모두 원작이 아닌 이상 실수가 없다고 장담할 수는 없다. 만약 중요한 에피소드가 누락되었다면 아무리 다시 읽고 다시 들어본들 의미가 없다.

유키는 다시 한 번 스기오에게 연락해 〈타로스와 레나〉를 직접 그의 입을 통해 들었다.

그랬더니 역시 아이리가 빼먹은 에피소드가 있었다. 그 부분이야말로 〈저편의 샘〉과 일치했다.

이거밖에 없다. 유키는 생각했다. 왜 리쓰의 심기를 건드렸는지는 모르겠지만.

간신히 요코하마에서 지낼 집을 결정해서 한동안 이사 준비로 정신이 없었다. 모두 일단락된 3월 18일 오후, 유키는 고바토료를 방문했다.

고바토료는 강가에 있었고 둑을 따라 벚나무 가로수가 이어져 있었다. 이제 일주일만 지나면 강둑도 강물 위도 온통 연분홍빛으로 화사해지겠지.

현관 장식대에는 동으로 만든 십자가와 흰색 노란색 분홍색의 스위트피가 유리꽃병에 넘쳐나도록 장식되어 있었다. 유키와 같은 또래로 보이는 하늘색 앞치마를 두른 청년이 복도 안쪽에서 나왔다.

"무슨 일이신가요?"

일부러 약속을 잡지 않았다. 전화통화 단계에서 거절당해버리면 대처할 길이 없기 때문이다. 보나마나 수상한 사람 취급이나 당하겠지만 그래도 직접 얼굴을 마주하는 편이 믿어줄 가능성이 높다. 지금껏 경험해보니 그랬다. 뭐, 도코의 말을 빌리자면 누구나 다 그렇진 않고 유키라서 그렇다는 모양이지만.

"불쑥 찾아와 죄송합니다. 저는 와카바야시라고 합니다. 실은 어떤 분의 의뢰를 받고, 데라이 레이나 씨를 찾고 있습니다."

"아."

"레이나 씨 어머니인 데라이 레이미 씨는 7년 전 화재로 돌아가셨습니다. 레이나 씨의 아버지, 정확히는 아버지일 가능성이 높은 남성분의 의뢰입니다. 비밀유지의무가 있어서 더는 말씀드릴 수 없습니다."

"비밀유지의무라고 하시니 말인데, 저희 쪽이야말로 가르쳐드릴 수 없겠습니다만……"

청년은 그래도 정중하게 거절하더니 불현듯 고개를 갸웃하며 말했다.

"와카바야시 씨라고 하셨나요?"

"와카바야시 유키라고 합니다."

"유구하다 할 때 유(悠)에 몇 세기 할 때 기(紀)……."

"네, 그렇습니다."

유키는 도코의 사무소에서 조사원으로 일하던 때 쓰던 명함을 건넸다. 청년은 명함을 보더니 말했다.

"잠시만 기다려주세요."

잠깐 안으로 들어가더니 잠시 뒤 봉투 하나를 들고 돌아왔다.

"레이나 씨가 이걸 맡기셨습니다."

"예?"

놀라서 받은 하늘색 봉투에는 커다란, 그리고 아주 정성들인 글씨로 '와카바야시 유키 씨께'라고 적혀 있었다. 반대편으로 뒤집어보니 봉한 오른쪽 아래쪽에 역시 큼직하고 단정한 글씨로 '레이나'라고 적혀 있었다.

"이게……?"

"레이나 씨는 여기 없습니다."

"그럼 어디에?"

"그건 말씀드릴 수 없지만 보름 전쯤 레이나 씨가 오셨어요. 혹시 와카바야시 유키라고 하는 이십 대 후반 정도 되는 키 큰 남성이 자신을 찾아오면 이걸 전해달라면서."

레이나가 어떻게 자신을 알고 있나 싶어 순간 혼란스러웠지만 가만 생각해 보면 그녀는 시후미, 리쓰와 연결되어 있다. 유키 이야기를 들었다 해도 이상하지 않다.

유키는 그 자리에서 손으로 봉투를 뜯었다. 조급한 손가락으로 두 번 접은 편지지를 펼친다. 봉투와 한 세트인 편지지에 적힌 문장을 읽고 유키는 조금 놀랐다.

"레이나 씨 혼자 왔었습니까?"

"예. 저 꽃은 그때 레이나 씨가 가지고 온 거고요."

청년은 스위트피를 가리키며 눈웃음 지었다.

역 플랫폼에서 전철을 기다리며 유키는 레이나의 편지를 다시 한 번 읽었다.

〈토요일 오후 2시, 메타세쿼이아 숲에서 기다리겠습니다. 레이나.〉

2

그 다음 토요일, 유키는 약속 시간 10분 전 식물원에 도착했다. 간밤에 잠을 설쳤지만 졸리기는커녕 머리가 맑다.

레이나가 내게 무슨 볼일일까. 정말 만날 수 있을까. 정말 올까.

편지에는 토요일이라고만 적혀 있고 날짜는 지정되어 있지 않았다. 유키가 언제 고바토료를 방문할지 알 수 없는 노릇이니 그렇게 쓴 모양이다.

만나고자하는 의지만 있다면 레이나는 토요일마다 찾아오겠지. 유키 역시 오늘 못 만나면 다음 주, 다음 주에도 못 만나면 그 다음주, 요코하마에 가더라도 찾아올 생각이었다.

장소 역시 상세히 지정하지 않았다. 하지만 분명 여기가 틀림없다.

바람이 거센 날이었다. 하늘은 물빛으로 맑게 개 있었고 햇살은 화창했다.

벚꽃봉오리가 터지는 토요일이라 많은 사람들이 나와 있었다. 메타세쿼이아 숲을 등지고 선 유키는 사람들 물결이 흘러가는 정문 방향을 바라봤다.

유키는 레이나의 얼굴을 모른다. 아는 것이라고는 열일곱 살 소녀라는 사실뿐이다.

레이나는 어떨까…….

"와카바야시 씨."

유키는 소리가 난 쪽을 돌아봤다.

"처음 뵙겠습니다, 가 아니네, 안녕하세요."

바람에 나부끼는 긴 머리카락을 한 손으로 잡으며 소녀는 서 있었다. 손에 흰 지팡이는 잡고 있지 않다.

"레이나, 씨? 아, 네가……."

바람에 날려갈 듯 가녀리고 햇빛 속에 녹아들어버릴 듯 피부가 뽀얗다. 이목구비 자체는 굳이 말하자면 강한 인상인데 분위기는 부드럽다. 눈동자가 반짝반짝 빛을 내고 있어서 그런 느낌을 받는지도 모르고, 웃는 모양인 얇은 입술이 벚꽃 잎 같은 분홍빛이어서인지도 모르겠다.

청재킷 차림에 목에는 아이보리색 목도리를 두르고 있다. 금색의 다른 실로 무늬가 들어가 있는데, 손뜨개라면 상당히 정성이 들어간 목도리다.

요이치가 있던 하야마의 금풍장에서 만난 그 소녀였다.

"걸을까요?"

대답도 기다리지 않고 레이나는 걷기 시작했다.
"오빠들, 중학교 체험학습 시간에 여기 자주 왔었다고 해요."
짐작대로 레이나는 시력을 회복해 있었다.
스기오의 소설 속 지하 감옥에서 탈출한 레나는 태양 아래에서 시력을 되찾았다. 아이리는 그 부분을 빼먹었다. 그리고 〈저편의 샘〉에서는 R이 천사의 눈에 빛을 선사한다.
"금풍장에 왔을 때, 시후미 오빠랑 친했다고 이야기했잖아요? 오빠보다 한참 나이가 많아 보이는데 무슨 관계일까, 궁금했어요. 리쓰 오빠도 아는 눈치고. 그래서 시후미 오빠한테 물어봤더니 시후미 오빠의 사촌형이고 과외선생님이기도 했다고……."
"언제 수술했어?"
"7개월 전에요."
"이제 완전히 다 보여?"
"덕분에요."
금풍장에서 봤을 때도 느꼈지만 말을 굉장히 어른스럽게 한다.
"축하해."
"고맙습니다."
바람에 머리카락이 흩날리면서 이따금 레이나의 가느다란 목덜미가 보인다. 금빛 솜털이 반짝이는 모습을 보며 유키는 웃음 짓는다.
"지금 어디서 지내?"
레이나는 무사시노 시에 있는 여학교 이름을 대더니 그곳 기숙사에서 지낸다고 말했다. 지방 출신의 '있는 집 따님'들이 많은 학교로 학생 중 반은 기숙사에서 지낸다고 한다.

"12월에 편입시험을 쳤고 1월부터 다니고 있어요. 리쓰 오빠가 후견인을 해주고 있고."

"수술한 지 넉 달 만에……. 대단하다."

"형식적인 시험이에요. 들어간 뒤부터가 힘들어요. 보충학습도 많고, 실은 2학년 나이지만 1학년으로 들어갔어요, 저. 그런데도 굉장히 뒤처져요. 고바토료에서도 리쓰 오빠가 제 공부 엄청 봐줬고, 지금은 주말에 오빠들한테 배워서 간신히 꼴찌로 따라가고 있어요. 더 열심히 해서 얼른 따라잡아야 돼요."

"아니, 그래도 대단해."

"저, 다섯 살 때까지는 볼 수 있었어요. 그래서 수술 후에 비교적 쉽게 '보이는 세계'에 바로 적응했어요. 다섯 살 때, 복잡한 내용은 모르지만 각막에 병이 생겼다고 하던가. 그때는 아빠랑 살 때였는데. 아니, 아빠라고 부르고 스스로 자신을 아빠라고 말하던 사람이랑. 정말 많은 아저씨들이랑 살았는데, 엄마는 옆에 남자가 없으면 안 되는 사람이었거든요, 그중에서도 아빠라고 부른 사람은 그 사람뿐이었어요. 다정한 분이었는데, 제 눈이 자꾸만 더 안 보이게 되다가 실명을 선고받은 뒤부터는 엄마랑 매일 싸움만 했어요. 그러다 어느 날 집을 나갔고, 그게 마지막."

이 소녀는 자신 같은 사람으로서는 짐작조차 못할 고생을 했겠다고 유키는 생각했다. 그리고 육친이나 가족에게서 상처받아 왔다는 점에서 레이나 역시 시후미나 리쓰와 닮았다.

"오늘도 학교 기숙사에 있다가?"

"오늘은 리쓰 오빠 집에 있다가 왔어요. 금요일에 수업 마치면 리쓰 오빠 집으로 돌아갔다가 일요일 저녁에 기숙사로 가요. 요즘엔 시후미 오빠가 차로 데려다 줄 때가 많아요."

'돌아간다'는 말은 그곳이 레이나의 '집'이라는 말이다.

"언제부터 고구레 저택에서 지냈어?"

"작년 8월 말부터. 눈 수술하고 나서 퇴원한 뒤부터."

"리쓰가 오늘 네가 날 만난다는 건 알고 있어?"

"아마 알 거예요. 그렇게 되면 시후미 오빠한테도 전달될 테고."

"셋이서 만날 때도 있어?"

"아직은 따로 만나요. 저랑 리쓰 오빠. 시후미 오빠랑 저. 기숙사에 데려다 줄 때도 시후미 오빠는 조금 떨어진 장소에 차를 세우지, 집 앞까지는 안 와요. 오빠들, 지난달부터는 메일이랑 전화통화도 하고 있지만 직접 만나는 건 아직."

작년 8월 12일, 시즈토를 살해하기 위해 시후미가 고구레 저택으로 찾아갔고, 그곳에서 재회를 하기는 했다. 하지만 그때는 복수의 시작이었을 뿐, 전부 끝낸 뒤의 '진짜 재회'와는 다르다.

어느새 길이 매화나무숲으로 접어들고 있었다. 꽃들 거의 대부분은 오늘 부는 바람에 져버렸다. 레이나는 비를 맞는 듯한 손동작으로 아직 피어있는 한 송이 홍매화를 만지더니 얼굴을 가까이 대고 눈을 감은 채 향기를 들이마셨다.

"왜 편지를 남겼지? 나한테 뭐 할 말이라도 있어?"

"할 말이 있는 쪽은 와카바야시 씨 아니에요? 그러니까 일부러 고바토료까지 찾아갔잖아요?"

"난 네 편지를 읽고 여기 왔는데."

"제가 만나길 원했다면 이런 불확실한 시도가 아니라 시후미 오빠한테 물어봐서 와카바야시 씨 집에 직접 편지를 보냈겠죠. 혹시나 와카바야시 씨가 만나고 싶어 한다면 만날 수 있게끔 하려고 고바토료에 편지를 맡겼어요."

"내가 만나고 싶어 한다면 만나겠다고 생각한 이유는?"

"딸기를 받은 답례로."

새침한 얼굴로 말한다. 마치 진심으로 그렇게 생각한다는 듯이.

"와카바야시 씨, 물어보고 싶은 게 뭐죠?"

"…… 글쎄, 난 모르고 넌 아는 거? 이를테면 요전의 그, 9일에 마리코 씨가 살해된 사건이라든가."

"제가 손녀인 척 금풍장을 다닌 이유는 할아버지의 신임을 얻기 위해서였어요. 마음을 조종할 수 있을 정도로 정신적으로 의존하게 만들기 위해. 아기 때로 돌아간 할아버지는 저를 본인의 엄마라고 생각했고, 어른인 때의 할아버지는 저를 애인이라고 생각했어요. 마리코 씨는 옛날 애인이라고. 얼핏 정상처럼 보일 때도 할아버지는 자신을 이십 대 청년이라고 믿고 있었죠. 젊은 나이에 치매에 걸렸다고 믿고 고통스러워했죠. 마리코 씨의 생명 유지 장치를 떼어달라고 제가 부탁했어요."

레이나가 워낙 담담히 이야기하는 터라 한순간 유키는 말의 의미를 이해하지 못했다.

"리쓰 오빠는 마리코 씨를 지켜보는 일을 속죄 비슷하게 생각하고 있었어요. 죽이고자 했던 마음이 거짓이 아니었고, 후회도 하지 않지만 마음 밑바닥에서는 어머니를 차마 버리지 못하고 있었죠. 자신 안에 있는 어머니를 향한 사모하는 감정의 끈을 차마 못 놓고 있었어요. 어머니를 좋아한다는 뜻이 아니라. 저도 엄마한테 그런 감정이었고, 같은 짓을 했으니까 잘 알아요."

"…… 같은 짓이라니."

"후회 안 해요, 저도."

레이나는 매화나무 사이를 누비듯 걷기 시작한다.

"리쓰 오빠는 이제 마리코 씨를 죽이지 못하는 상태였죠. 리쓰 오빠가 원하지 않는 일은 시후미 오빠도 하지 않아요. 제가 안 하면 그대로 끝까지 가게 돼요. 리쓰 오빠가 가엾은 상태 그대로 끝까지. 그래서 할아버지한테 부탁했어요."

이제 죽이지 못하는 상태. 그 말은, 그 전에는 죽이려고 했다는 소리다. 요컨대 화실에서 일어난 화재는 마리코의 방화가 아니었다는 뜻이다. 그리고 레이나가 했다는 '같은 짓'이란, 코포 아케보노스기의 화재사건이 분명했다.

"오빠들은 모르는 일이에요."

어느새 매화나무 숲을 빠져나와 연못을 에워싼 꼴로 펼쳐져 있는 일본 정원으로 나와 있었다.

"너랑 시후미, 리쓰 세 사람 이야기를 해줄래?"

수면은 주위의 초록빛을 선명하게 비추고 있다. 레이나는 징검돌을 발끝으로 사뿐사뿐 건너며 말했다.

"집 화재사건 후, 저는 한 달 정도 병원에 있었어요. 사회적 입원이라고 하는 모양이던데. 처음에는 경찰 아저씨가 와서 온갖 질문을 퍼부었어요. 경찰 아저씨들, 제가 눈이 안 보인다는 사실을 알고 나니까 제가 있는 앞에서 아무렇지도 않게 비밀 이야기들을 하더라고요. 눈이 안 보인다고 하면 왠지 몰라도 귀까지 안 들리는 줄 아는 사람들 있거든요. 집주인 할아버지도 찾아오셨고, 사회복지사도 앞으로 어떻게 해야 할 지 같이 생각해보자면서 오기도 하고. 말이 같이 생각해보자는 거지 제가 뭘 결정할 수나 있나요. 고바토료에 들어가기로 결정됐다는 말만 전달받았을 뿐이에요. 이제 오빠들이랑은 못 만나나 싶어서, 그냥 그게 슬펐어요."

아무도 없이 홀로 어둠속에 갇힌 열 살 레이나의 가슴 속이 얼마나 큰 불안으로 뒤덮여 있었을까. 그런 레이나에게 리쓰와 시후미는 얼마나 커다란 존재였을까.

"고바토료로 옮겨가기 전에 리쓰 오빠가 병원에 와줬어요. 병동에 있는 사람들 모두 함께 먹을 수 있는 과자랑 크리스마스 선물인 토끼 인형을 갖고. 귀가 길어서 토끼라는 걸 알았죠. 다 낡았지만 지금도 가장 소중한 보물이에요. 돌아가기 전에 리쓰 오빠는 꼭 찾아올게, 시후미도 올 거야, 함께 오진 못하겠지만, 하고 말해줬어요. 그리고 귀에 대고 속삭였어요. 기다려, 7년 뒤에는 반드시 빛을 선물할 테니까."

유키는 숨을 삼켰다.

"7년 뒤……."

레이나는 걸음을 멈추고 뒤돌아봤다. 긴 머리카락이 부서지는 햇살을 받으며 나부꼈다.

"와카바야시 씨, 친족우선제공이란 거 아세요?"

"장기 말이지?"

"조건만 충족되면 친족에게 우선적으로 제공한다는 내용이에요. 친족이란 부모자식이나 배우자. 부모자식은 혈연관계인 친부모자식 혹은 특별양자 결연의 부모자식 관계만."

특별양자 결연이 보통의 양자 결연과 크게 다른 점은 그 결연으로 실제 친부모와는 완전히 연이 끊긴다는 점이다.

"저는 고바토료에 들어갈 때 이미 이식희망을 등록한 상태였고, 시즈토 씨는 장기제공 의사표시 카드를 가지고 있었어요. '친족우선'이라고 적힌 카드. 그게 적혀 있지 않으면 우선권은 없어요."

"네가 언제……. 시즈토라니……."

유키는 법학부 출신은 아니지만 대학에서 민법 강의를 들은 적 있다. 특별양자결연에는 연령제한 및 몇 개월 함께 산 전적 같은 몇 가지 조건이 있다. 레이나는 당시 열 살이라 대상연령을 6세 미만으로 정해놓은 법률 상 연령 초과인 데다 고바토료에서 살던 레이나가 시즈토와 그런 결연을 했을 성 싶지도 않다.

하지만 레이나가 지금 굳이 그 말을 꺼냈다는 건…… 그 의미는…….

레이나는 작년 8월에 수술을 받았다고 했다. 시즈토는 같은 8월에 익사했다.

그리고 8년 전, 리쓰는 열 살인 레이나에게 약속했다.

7년 뒤의 '빛'을.

"네 눈…….”

"제 각막, 기증자는 시즈토 씨예요."

"언제…… 양녀가?"

"양녀가 아니라 아내예요."

"누구의?"

"시즈토 씨의.”

"…… 누가?"

"제가. 금풍장에서는 손녀로 밀어붙였지만 실은 할아버지의 며느리예요."

"네가…… 고구레 시즈토랑 결혼했다고?"

그렇다, 아까부터 레이나는 그렇게 말하고 있다. 말로는 이해하고 있지만 머리가 그 의미를 좀체 받아들이지 못하고 있다.

"재작년 가을, 열여섯 살이 되자마자 바로 혼인신고를 했어요."

"시즈토의 동의하에?"

"아마도 위조일 거예요. 저는 시즈토 씨랑 만난 적도 없어요. 결혼해도 열여덟 살이 될 때까지는 계속 고바토료에서 지내게 되어 있었어요."

"위조라니, 시후미랑 리쓰가?"

"네. 마리코 씨와의 이혼도."

생명 유지 장치가 제거됐다는 기사 속에서 고구레가 아닌 결혼 전 성을 따서 후지키 마리코라는 이름으로 언급되고 있다는 사실은 유키도 눈치채고 있었다. 요이치도 마리코의 시아버지가 아니라 '전 남편의 아버지'라고 표기되어 있었다.

시즈토가 마리코랑 이혼했구나, 하고 유키는 단순하게 생각했었다. 고구레 저택 일을 그만둔 지 한참 된 하나무라 마스미가 그것까지는 몰랐구나, 하고.

부부관계는 이미 옛날에 파탄이 난 상태였고, 마리코의 의식이 돌아올 가망은 없는 상태였으니 신청만 하면 분명 이혼은 성립될 터였다. 그 두 사람의 혼인관계가 해제된다고 해도 리쓰가 시즈토의 '아들'이라는 사실은 바뀌지 않는다.

"이혼신고서는 화실 화재 조금 전에 냈다고 들었어요."

"화재 사건 전에? 시즈토랑 마리코 씨의 합의하에?"

"그러니까 위조요. 시즈토 씨와 마리코 씨는 아무 것도 몰랐어요."

화실 화재와 관련된 기사는 온갖 자질구레한 글까지 다 찾아 읽었지만 어느 기사나 다 마리코는 시즈토의 '아내'라고 되어 있었다.

보도기관이 호적까지 뒤져보진 않았으리라. 서류상의 이혼으로, 당사자들조차 이혼한 사실을 모르고 있었다고 하니.

"시즈토 씨가 죽었을 때 경찰이 고바토료에 찾아왔어요. 알리바이를 확인하러 왔겠죠."

고바토료에 있었다는 사실만 확인되면 시각장애인인 레이나가 그 이상 의심받을 일은 없다. 경찰은 금풍장에도 찾아갔을 테고, 요이치가 치매라는 사실도, 그날 밤 내내 금풍장에 있었다는 사실도 확인했으리라.

방범카메라에도 의심스러운 영상이 없고 리쓰의 알리바이도 확실하니 부검에서 특이점이 발견되지 않는 한 본인의 과실로 인한 익사로 단정해도 아무 문제없는 상황이었다. 부부의 나이 차 따위 경찰이 참견할 사안이 아니다.

"리쓰의 양아버지와 부부가 된다는 사실에 아무 생각도 없었어? 본 적도 없는 훨씬 나이 많은 남자와 형식상이라고는 해도 결혼한다는 데 거부감은 없었어?"

비난조가 되지 않도록 조심하며 유키는 물었다.

"제가 왜요?"

레이나는 작은 새처럼 고개를 갸우뚱했다.

"오빠들이 저를 위해서 해준 일인데."

"…… 고바토료의 사람들은?"

"축복해줬어요. 시즈토 씨를 칭찬받을 만한 독지가로 인식하는 모양이던데요. 리쓰 오빠의 아버지라는 사실 때문에 믿음도 있었고, 오빠가 시즈토 씨 이름으로 해마다 돈을 기부해왔기도 했으니 그렇겠죠, 아마. 하지만 조만간 사후이혼을 할 예정이에요. 리쓰 오빠도 시즈토 씨와 양자

결연 해소를 신청할 예정이고요. 이대로는 제가 리쓰 오빠의 엄마가 되잖아요? 그러니까."

레이나는 해맑게 말했다.

"코포 아케보노스기에 살 때, 눈이 보이지 않게 된 이유를 두 사람한테 말했어?"

"각막에 이상이 생겨서 안 보이게 됐다고 말했어요."

각막이식을 통해 레이나가 시력을 찾을 가능성이 있다는 사실을 역시 그때부터 두 사람은 알고 있었다.

이것으로 모든 퍼즐의 조각이 갖춰졌고, 모두 제 위치를 찾아갔다.

왜 7년 후여야만 했을까?

계속 질문을 던지면서도 상상도 못했다. '7년 후'에 이런 의미가 숨겨져 있을 줄은.

시후미는 유키에게 모든 진실을 다 제시하지 않았다.

고구레 저택의 화실 화재는 계획적인 일이었다. 마리코는 살해될 예정이었다.

리쓰가 화상을 입은 사태는 불운한 사고였다.

무엇보다 가장 큰 오산은 마리코가 살아남은 일이었다.

마리코는 알고 있었다. 시즈토와 리쓰의 관계를. 문이 굳게 닫힌 화실 안에서 무슨 일이 벌어지고 있는지, 남편이 내 아들에게 무슨 짓을 하고 있는지.

좀 더 정확하게 지적하자면 시즈토의 비뚤어진 욕망을 다 알면서 결혼했고, 리쓰를 '헌납'했다고 생각할 수도 있다.

본인의 사치스러운 생활을 위해 제 자식을 희생양으로 바치고, 자신은 뻔뻔한 얼굴로 시아버지에게 촉수를 뻗어 욕정에 빠져 있었다면…….

그 사실을 알았을 때 리쓰의 절망이 살의로 바뀌었다 해도 조금도 이상하지 않다.

당시 레이나는 열 살이었다. 6년이면 결혼 가능한 나이가 되지만 결혼하자마자 남편이 죽고 각막을 기증받게 되면 너무 수상쩍다. 일부러 1년이라는 기간을 잡아 7년 후로 결정했으리라.

리쓰는 육체를 주는 대신 시즈토의 마음을 제 손바닥 안에 가두었다. 그리고 마치 사랑의 증표라도 얻어내듯 기증 카드를 쓰게 만들었다.

각막뿐 아니라 막대한 유산의 절반 역시 레이나의 소유다.

리쓰는 스기오의 소설을 불태워야만 했다.

레이나의 눈에 빛을 되찾아주는 일이, 네 개의 살인 속에 감춰진 또 하나의 목적, 리쓰가 자신에게 내린 지상 명령이었으니까.

스기오의 소설이 그 핵심을 건드렸다. 아무도 신경 쓰지 않는 사소한 에피소드라 할지라도 리쓰는 그냥 넘어갈 수 없었다.

위험한 도박이었다고는 생각한다. 만약 부검을 하게 됐다면 각막 기증은 힘들었을 수도 있다. 부적합 판정이 나올 가능성도 있었다.

자그마한 빛에 두 사람은 승부수를 걸었고, 승리했다.

정원을 한 바퀴 돌고 레이나가 하자는 대로 유유자적 온실을 구경한 다음 메타세쿼이아 숲으로 돌아오니 구석진 나무의 아래쪽 가지에 모스그린의 리본이 흔들리고 있었다. 다가가서 확인해 보니 분명 잘라낸 넥타이가 두 개, 야무지게 묶여 있었다.

오늘이었구나. 재회 의식의 날이.

마지막 한 줄은 두 사람이 묶은 뒤 풀지 않고 가지에 남겨두기로 했나. 모든 복수, 모든 기도가 이루어진 기념수로.

"일부러 천천히 돌아봤구나. 날 여기서 멀리 떨어져 있게 하려고."

"매년 리본 매는 날을 언제로 정해두고 있었는지 아세요? 도쿄에서 왕벚꽃나무가 개화한 다음 날. 휴원일이면 그 다음 날."

"벚꽃이 피면……."

별안간 도로 쪽에서 경찰차 사이렌 소리가 울렸다.

두어 대가 아니다. 사이렌 소리가 수없이 겹쳐지더니 구급차 사이렌 소리까지 포개져 요란스런 합창을 해대며 다가온다.

심장이 벌렁거려 레이나를 보니 레이나도 창백하게 굳은 표정으로 유키를 봤다.

제10장 천칭

1

맞습니다. 제가 찔렀습니다. 식칼은 가게에 있던 물건입니다. 샌드위치 빵이나 채소를 자르는 칼이지요. 손님들한테 너덜너덜하게 썰어서 낼 수는 없으니까 칼은 날마다 갈고 있습니다.

아, 오해하지 마세요. 평소 늘 갈아져 있다, 찌르기 위해 일부러 갈지는 않았다는 말을 하려는 게 아닙니다. 잘 썰리는 칼이라는 사실을 알고 있었다는 이야기입니다. 살의가 있었다는 말.

아니요, 그런 사람은 모릅니다. 그 사람을 찌를 생각이 아니었어요. 제가 죽이고 싶었던 상대는 다치하라입니다. 예, 다치하라 시후미.

다치하라가 제 가장 소중한 것을 깨부숴버렸거든요. 제가 가장 사랑하는 사람을 죽였으니까요.

가장…… 아니, 유일한.

저에게는 다섯 살 아래 여동생이 있었습니다.

맏이들이 다 그렇겠지만 어머니를 빼앗겼다고 생각한 적도 있습니다. 제가 친구랑 놀러 갈 때면 따라오려고 하고, 안 된다고 하면 울고, 그러면 어머니에게 야단을 맞다가 결국 시키는 대로 데려가게 되고, 한두 번이면 몰라도 매번 그러면 친구도 싫어하니까 결국은 제가 포기하고 집에서 여동생이랑 놀아주게 되고, 그러다 보니 여동생 따위 없었으면 좋겠다고 생각한 적도 있긴 했지만 하나밖에 없는 형제이고 하나밖에 없는 여동생입니다. 당연히 사랑했습니다.

고등학교 때 사고로 부모님을 잃고 한때는 서로 다른 친척집에 얹혀살았는데 고등학교 졸업 후 저는 공무원이 되면서 독립했고, 동생도 데리고 왔습니다. 다행히 부모님 유산 조금과 보험금, 그리고 사고 보상금이 있었습니다.

둘밖에 없는 가족이었습니다. 저에게 동생은 딸이기도 했고, 오해하지 않아 주셨으면 좋겠는데 신혼의 아내 같은 존재이기도 했습니다. 사는 보람이라고 해도 과장이 아닌, 정말 다시 없이 소중한 존재였습니다.

동생은 단과대학을 졸업한 뒤 식품 회사에 취직했고, 2년 뒤 동료와 결혼했습니다. 성실한 남자라 저도 안심했죠. 물론 동생이 집에서 나가게 되니 섭섭하긴 했지만 동생만 행복하다면 다 괜찮았습니다.

스물두 살에 결혼했으니 이른 편이긴 했는데, 좀체 아이가 생기지 않았습니다. 5년째 되던 해 동생은 직장을 그만두고 본격적으로 불임치료를 받기 시작했습니다. 유산도 해가며 어렵사리 얻은 아이가 바로 유카였어요.

유카가 태어나면서 제 심경에도 변화가 찾아왔습니다. 이제 여동생과는 완전히 다른 가정이 됐구나 싶었습니다.

물론 여동생이 결혼한 시점에 이미 그랬죠. 알고는 있었지만 아이의 탄생이 결정타가 됐습니다.

동생의 가족은 남편과 딸이지 제가 아닙니다. 상실감 와중에도 어딘가 어깨의 짐을 내려놓았다는 안도의 감정도 들면서 앞으로는 나 하고 싶은 대로 살아보자는 생각을 했습니다.

부모님은 생전 역 앞 오래된 상점가에서 찻집을 운영했습니다. 조부모님이 시작한 가게로 전쟁 전부터 운영했어요. 부모님이 돌아가시면서 현금화를 위해 매각했기 때문에 지금은 아파트의 일부가 돼버렸지만, 저는 부모님 가게를 좋아했습니다. 그 가게를 되찾고 싶다고 늘 생각했어요.

예, 가게는 이미 오래 전에 없어졌고, 없어졌는데 현실에서 되찾을 수는 없죠. 부모님의 가게를 재현해서 운영한다는 뜻입니다. 상징적인 의미에서 되찾고 싶다고 생각했다는 소리죠.

저는 직장을 다니면서 카페 경영 학원을 다녔습니다. 그리고 틈날 때마다 대기업 체인점이 아닌 카페들을 돌아다니며 연구했습니다. 뭐, 과정이야 어찌 되었건 간에 결국 저는 직장을 그만두고 어찌어찌해서 어렵사리 개업을 했습니다.

그런데 2년도 되지 않아 개업을 누구보다 기뻐해준 여동생이 죽었습니다. 암이 발견되고 순식간에 벌어진 일이었습니다.

매제는 유치원생이던 유카를 데리고 요코하마에 있는 본가로 돌아갔습니다.

매제의 부모님이 건재하셔서 매제가 밖에서 일하는 동안에는 그 분들이 유카를 돌봐주기로 하셨죠.

유카를 위해서는 그게 최선이었습니다. 좋은 분들이라 아무 걱정도 하지 않았어요. 그전처럼 가벼운 마음으로 유카를 만날 수는 없었지만……
행사나 입학식, 졸업식 같은 기념일에 축하선물을 보내면서 인연을 이어갔습니다.

유카는 책을 좋아하는 영리한 애로 할아버지, 할머니, 그리고 아버지의 사랑을 받으며 무럭무럭 자라줬어요. 다만 지나치게 어른스러운 점과 책 속 세상에서 상상의 나래를 너무 펼치다 보니 현실에 적응하기 힘든 면이 있었는지 중학생 때 잠시 따돌림을 당한 적이 있는 모양이더군요.

그래도 열심히 공부해서 희망하는 고등학교에 입학했지만, 같은 중학교에서 올라온 학생이 한 명도 없어 완전히 새로운 환경이었는데도 원래 내향적인 성격인 데다 따돌림을 당한 경험 때문에 주눅이 들어 친구를 만들지 못했어요. 고등학교 때는 딱히 왕따를 당한 적이 없었다는 말은 사실 같긴 한데 어쨌든 제풀에 등교를 못하게 되는 지경이 돼서 결국 자퇴했습니다. 나중에 흐지부지되긴 했지만 실은 당시 매제의 재혼이야기가 나오는 바람에 무척 불안정한 상태이지 않았을까 합니다.

노력파라 검정시험에 합격했는데, 집안어른들은 대학에 보내고 싶어 했지만 본인이 제 또래 친구들이 모이는 곳에는 가고 싶어 하지 않는 바람에.

그래서 정신적인 재활을 겸해 제 가게에서 종업원으로 일하게 했습니다.

다치하라는 가게 손님이었습니다. 유카가 먼저 남자애한테 말을 거는 일은 있을 수 없는 일이에요. 제 눈에는 정말 예쁜 아이지만 본인은 외모에 콤플렉스를 가지고 있는 모양이라.

그러다 보니 유카와 다치하라가 가까워진 걸 보고 많이 놀랐지만, 어린 나이에 화려한 외모에 현혹되지 않고 내면을 보는구나, 유카의 마음을 사랑해주는구나 싶어서 기뻤습니다.

우리 가게는 아시다시피 에이료 대학교 근처에 있습니다. 다치하라도 에이료 대학교 학생인데 상당히 잘난 학생인지 장래성이 어쩌고저쩌고 하면서 계산기나 두드리는 여학생들이 호시탐탐 그를 노리더군요.

그런 친구를 에이료 대학생도 아니고 특별히 화려하지도 않은 유카가 손에 넣은 셈이니, 그 여학생들로서는 도저히 받아들일 수 없었겠죠.

일부 여학생들은 날이면 날마다 가게에 찾아와 심통을 부렸습니다. 하나같이 우엉샐러드며 우엉조림 같은 걸 주문하면서…… 물론 우리 메뉴에는 없습니다.

그 여학생들 말로는 다치하라가 우엉처럼 까무잡잡하고 마른 여자를 좋아한다는 모양인데, 네가 바로 우엉을 닮았기 때문에 그냥 맛이나 보려고 집적거린다는 식으로 유카에게 말하더군요.

유카는 귓등으로도 듣지 않았어요. 저는 그 애들 때문에 유카의 대인공포증이 재발할까 걱정했는데, 다치하라랑 사귀면서 자신감이 생겼는지 유카는 그 애들의 폭언을 흘려듣더군요.

유카는 정말로 강하고 밝아졌습니다. 저는 다치하라에게 고마워했습니다.

그런데 역시 다치하라도 가벼운 보통 남자더군요. 2개월 만인가, 그때쯤 유카는 버림받았습니다.

유카가 먼저 찼을 리가 없어요. 처음부터 진지하게 생각하지 않았겠죠. 본인 주위에는 없는, 유카 같은 순박한 스타일이 신기해서 사귀다가 육체관계를 맺고 나니 이제 볼일 다 봤다 이거겠죠.

유카가 아무렇지 않은 척 행동하면 할수록, 유카를 가지고 논 다치하라를 저는 용서할 수 없었습니다. 다음에 가게에 오면 불벼락을 내려주겠다고 마음먹고 있었는데 그 친구 역시 볼 낯이 없는지 그 후로는 가게에 오지 않더군요.

그런데 올해 유카가 다시 다치하라랑 만났습니다. 어떻게 알았냐고요? 유카가 워낙 안절부절 못하고 들떠 있기에 뒤를 밟았어요.

새 코트를 챙겨 입고, 화장도 평소보다 진했어요. 유카한테는 안 어울리는데.

유카는 늦게까지 문을 여는 헌책방에 들렀다가 편의점 화장실에 들어갔다가 나오더니 선로 건너편에 있는 패밀리레스토랑에 들어갔습니다. 따라 들어갈까 말까 망설이고 있는데 다치하라가 오지 않겠습니까?

당황해서 몸을 숨겼는데 다치하라는 저를 눈치채지 못하고 가게로 들어갔습니다. 창밖에서 안을 보니 유카가 웃는 얼굴로 다치하라에게 신호를 보내더군요. 유카 맞은편에 앉은 다치하라의 표정은 보이지 않았습니다.

식사가 끝난 뒤에도 드링크 바에 눌러앉아 한참을 대화했습니다. 유카는 진지한 얼굴로 눈썹을 찌푸리기도 하고 웃기도 했는데, 무슨 이야기를 하고 있는지는 전혀 알 수 없었죠.

11시 반이 넘자 그제야 두 사람은 밖으로 나왔습니다. 살짝 떨어져서 걷는 모습이, 보기에 따라서는 이제 막 시작한 풋풋한 연인 사이처럼 보이기도 했습니다.

두 사람은 근처 주차장으로 갔습니다. 그 패밀리레스토랑에는 주차장이 없거든요. 다치하라가 조수석의 문을 열어주고, 유카는 기쁜 얼굴로 차에 탔습니다.

차가 가나가와 방면으로 가더군요. 그냥 요코하마까지 바래다주는 거라면 다행일 텐데.

다음 날 유카는 가게에 2분 지각했습니다. 가볍게 나무라자 '어제 잠을 못 잤어요, 죄송해요' 하고 사과하더군요. 저는 어제 집에는 들어갔느냐고 묻고 싶은 걸 겨우 참았습니다.

유카가 아무리 숨기려 해도 들뜬 티가 납니다. 다치하라는 보나마나 잠깐 변덕이거나 심심풀이가 분명한데 말이죠. 하지만 유카가 행복해 보이기에 저도 한 번만 더 다치하라의 진심을 믿어보자고 생각했습니다.

그런데 그러고 몇 주 뒤였습니다. 가게 정기휴일이었으니까, 일요일 저녁이네요. 우연히 다치하라를 봤어요. 국도변의 편의점에서 여자애랑 이제 막 나온 참이었습니다. 주차장에 세워둔 차, 생각보다는 수수한 차이긴 했는데 아무튼 그 차에 타는 장면이었지요. 여자애는 고등학생 정도로 보였고요.

우엉 같은 소리하고 있네! 투명할 정도로 새하얗고 귀여운 애였어요.

다치하라는 그 여자애를 위해 조수석 문을 열어주는 신사도까지 발휘했습니다.

저는 곧장 택시를 잡아타고 다치하라의 차를 쫓아가달라고 했습니다. 차가 수도고속도로로 진입하기에 대체 어디까지 가나 싶어 조바심내고 있자니 다카이도 인터체인지로 내려가 학교 같이 보이는 건물 앞에 서더군요. 여자애는 손을 흔들어주고는 문 안으로 들어갔습니다.

저도 택시에서 내렸습니다. 전철로 돌아갈 수 있으니까요.

그곳은 한 여고, 저희 세대에서는 동경의 대상이던 소위 있는 집 따님들이 다닌다는 학교 기숙사더군요!

다음 일요일, 기숙사 근처에 숨어서 망을 보고 있자니 저녁 무렵에 다치하라의 차가 도착했습니다. 조수석 문이 열리고 지난주에 본 그 여자애가 내립니다. 저는 준비해간 디지털카메라로 몰래 그 애 사진을 찍었습니다.

나중에 프린트해서 기숙사 학생들한테 물어보고 다녔죠. '이 학생을 결혼상대로 생각하는 사람이 있어서 본인 모르게 신변조사를 하고 있습니다' 하고 정중하게 부탁했더니 재미있어 하면서 대답해주는 학생들이 있었는데, 잘생긴 연상의 애인이 있다거나, 그냥 애인이 아니라 약혼자라서 주말에는 기숙사 사감의 공인 하에 외박을 한다든가, 사실은 벌써 결혼했다, 뭐 그런 이야기들을 듣게 됐습니다.

결혼이고 약혼 같은 이야기는 둘째 치고라도 다치하라가 그 여학생과 교제중임은 틀림없는 사실 같았습니다.

그 다음 주 일요일에는 차 안에 있는 그들 모습을 정면에서 촬영하는 데 성공했습니다. 요즘 카메라는 성능이 좋아 멀리서 아마추어가 찍어도 깨끗하게 잘 찍힙니다. 컴퓨터로 옮겨서 확대시키면 바로 앞에서 찍은 사진이랑 다를 게 없지요.

다음 날, 가게에 온 유카에게 이제 다치하라는 만나지 말라고 했습니다. 나오라고 해도 절대 나가지 말라고.

유카는 새빨간 얼굴로 반론하더군요. 유카로서는 좀체 없는 일입니다. 삼촌이 그런 참견할 권리는 없다, 친구니까 앞으로도 평범하게 계속 만날 거다. 평범하게라니, 대체 무슨 뜻이냐 말이죠.

하루라도 빠른 편이 상처도 덜하지 않겠습니까. 저는 유카에게 사진을 보여줬습니다. 다치하라는 이 여자애랑 사귀고 있다. 약혼도 했다. 명문여고 학생이고, 졸업할 때까지 기다렸다가 결혼할 예정이라고 알려줬습니다.

한동안 멍하니 사진을 들여다보더니 유카가 말했습니다.

'잠깐 화장실 좀.'

쾅, 하고 문을 닫은 채 한참을 안 나오더군요. 한참 만에 나온 유카의 얼굴이 새파랗게 질려 있기에 저는 유카가 임신했음을 직감했습니다.

'유카, 삼촌한테 숨기는 거 있지? 임신했지? 다치하라인지 뭔지 그 자식 아이 맞지?'

'아니야…… 삼촌 대체 무슨 소릴 하는 거야?'

'내가 따라가 줄 테니까 지금 바로 병원 가자. 이런 일은 빠를수록 좋

아. 오늘은 가게 문 닫을 테니까. 자, 어서.'

팔을 잡은 제 손을, 유카는 겁먹은 듯 뿌리쳤습니다. 무서워할 필요 없는데. 유카는 잘못 없는데, 그 자식이 나쁜 놈인데.

'다치하라와는 내가 확실하게 마무리 지을 테니까. 널 가지고 논 대가는 꼭 치르게 하마. 그런 자식, 너한테는 어울리지 않아. 명문대 학생 같은 소리 하네. 조수석 문 열어주면서 신사인 척해봐야 본바탕은 추잡스런 상놈이야.'

'아무 것도 모르면서 시후미 욕하지 마.'

'그딴 자식까지 감싸주다니 우리 유카는 마음씨도 얼마나 착한지. 그딴 자식보다 백배는 더 좋은 남자를 내가 꼭 찾아줄게. 우리 유카는 삼촌이 지켜. 그래, 몸이 좋아질 때까지 우리 집에서 지내면 되겠다.'

유카는 가게 앞치마를 벗어 카운터 위에 얹었습니다.

'나…… 가게 그만둘게. 역시 너무 멀고, 시후미와 쌓인 추억 때문에 괴롭기도 하고, 집 근처에서 아르바이트 자리 찾아볼래.'

유카는 코트와 가방을 손에 들고 도망치듯 밖으로 나갔습니다.

'유카!'

나는 곧바로 유카를 쫓아갔습니다.

'잠깐만, 유카!'

유카는 팔을 크게 뿌리치더니 경주마처럼 속도를 올렸습니다.

'위험해, 거기 서, 유카!'

급브레이크를 밟는 소리가 귀청을 때렸습니다.

트럭이 제 눈앞에서 유카를…….

 유카를…….

 아아, 더는 말 못하겠습니다. 너무도 고통스럽습니다.

 예? 오해였다고요? 유카가 임신하지 않았다고요?

 하, 그렇습니까. 그렇다 하더라도 다치하라가 저지른 죄는 변하지 않습니다. 유카의 마음과 몸을 가지고 놀았습니다. 그래서 유카는 죽었습니다.

 저 때문이라고요?

 지금까지 한 이야기 제대로 들으셨습니까? 유카는 자살했습니다. 다치하라가 죽인 것이나 마찬가지예요.

 그래도 말입니다…… 죽이고 싶을 만큼 미웠지만, 그래도 죽일 생각까지는 없었습니다. 다치하라가 유카의 장례식장에 나타나기 전까지는. 눈물 한 방울, 후회의 기색 하나 없이 차가운 얼굴로 유카의 영정 앞에서 손을 모으고 있는 모습을 보기 전까지는.

 검은색 정장이 얼마나 잘 어울리던지, 뭐랄까, 중년 남자인 제가 홀딱 반할 정도로 섹시하더군요. 그날 다치하라 시후미는…….

 그 모습을 본 순간 죽여야겠다고 마음먹었습니다.

 다치하라를 죽이기로 결심하고, 이번에는 반대로 기숙사에서 다치하라의 차를 미행해 집을 알아냈습니다. 언덕 위 조용한 주택가에 있는, 역사가 깊어 보이는 예스런 집에 살고 있더군요.

 아무리 사랑하는 조카를 위한 복수라지만, 사람을 죽이면 제 인생도 끝장입니다. 뒤처리를 깔끔하게 해두자고 마음먹었죠. 가게 폐업 절차도 복잡했고, 얼마 안 되는 재산이지만 교통사고로 부모를 잃은 아이들이나 교통사고로 부모가 심각한 장애를 얻은 아이들을 후원하는 단체에 기부하고 하느라 시간이 좀 걸렸습니다.

그리고 마침내 오늘, 다치하라를 죽이러 갔습니다.

집을 감시하고 있자니 자전거를 타고 외출하더군요. 우선 택시를 잡아타고 운전기사한테 막무가내로 부탁해서 천천히 달리게 했습니다.

도착한 곳은 식물원이었습니다. 유카가 죽었는데 한가하게 꽃구경이나 한단 말입니까. 참 팔자도 좋지요.

문에서 조금 떨어진 곳에 잠복했습니다. 안에서 만난 모양이더군요. 들어갈 때는 혼자였는데 나올 때는 둘이었습니다.

다 된 밥이었는데 여기서 재를 뿌리다니.

저는 징역 몇 년이나 살게 될까요?

포기하지 않습니다, 저는. 출소하면 다치하라가 어디에 있든 찾아내서 반드시 죽입니다. 몇 년 후가 되든 반드시 유카의 원수를…….

2

도로는 소란스러웠다. 수많은 경찰차와 암행 순찰차가 붉은 경광등을 번쩍이며 정차해 있고, 경찰 네 명이 남자를 제압하고 있다. 남자 옆에는 피로 물든 식칼이 떨어져 있다. 아스팔트 위에 무시무시할 정도로 피가 고여 있다.

이제 막 구급차에 들것을 옮기는 참이었는데 시후미가 들러붙어 뭐라고 말을 걸며 거기 실린 인물의 손을 꼭 쥐고 있었다.

"리쓰 오빠!"

레이나는 경찰의 제지를 뿌리치고 구경꾼들 틈을 헤치며 달려갔다. 시후미는 고통스런 얼굴로 레이나를 바라봤다. 시후미의 그런 얼굴은 정말 처음 봤다.

"이 사람은 피해자의 가족입니다."

시후미가 말했고, 레이나도 구급차에 올라탔다.

"시후미!"

몇 초 늦게 튀어나간 유키를 시후미는 짧게 한순간 쳐다봤다.

가해자로 보이는 남자는 경찰 두 명 사이에 끼어 경찰차에 올라탔다. 구급차와 경찰차는 거의 동시에 출발했다.

경찰 가운데 낯익은 얼굴이 보였다. 교고의 장례식 때도 찾아온 다케우치라고 하는 형사였다.

아는 척을 하자 다케우치는 땅딸막한 목을 살짝 갸웃했다.

"작년 11월 센다기 공원에서 살해된 다치하라 교고의 조카 와카바야시 유키라고 합니다."

"아, 기억납니다."

"우연히 이 근처에 있다가."

"저도 우연히 근방에 있었네요. 차량에서 식칼을 든 남자가 계속 다치하라 시후미라는 이름을 외치고 있다는 무전을 듣고 신경 쓰여서 와봤습니다."

"무슨 일인가요?"

교고 사건과는 관할지역이 다를 텐데도 일부러 찾아왔다니 직업정신이 투철한 때문인지, 아니면 개인적으로 마음에 걸리는 게 있어서인지 궁금해 하며 유키는 물었다.

"아직 확실히는 모릅니다. 목격한 사람들 증언에 따르면 남자는 시후미 씨를 노렸던 모양이에요. 같이 있던 분이 순간적으로 시후미 씨 앞으로 튀어나간, 뭐 그런 상황입니다."

"상처는요?"

"배를 찔린 모양인데…… 경상은 아니겠죠."

다케우치는 골똘한 표정으로 검붉은 피 웅덩이를 봤다.

유키는 왼쪽 옆구리의 흉터를 만지작거렸다. 불현듯 작열한 통증이 착각 같지만은 않았다.

"왜, 누가 시후미를?"

"전혀 짐작이 안 되나요?"

"안 됩니다."

교고가 살해되고, 범인으로 지목된 사이키가 추락사한 지 얼마 되지도 않았는데 교고의 손자이며 양자이고, 사이키의 친아들이기도 한 시후미가 습격을 당했다. 모든 사건이 다 종료된 상태이지만, 시후미의 이름을 기억하고 있던 이 중년 형사는 내심 어떻게 생각하고 있을까.

구급차가 도착한 병원을 물어본 다음 큰 길로 나가 택시를 잡았다.

병원에 도착하니 시후미는 마침 형사들한테서 벗어난 모양이었다.

"와주셨네요."

뜻밖에도 그렇게 말해줬다.

"괜찮아?"

"응급수술 중이에요."

"넌 괜찮아?"

"저는 스치지도 않았어요."

평소와 다르지 않은 포커페이스지만 그 안에 당장이라도 깨져버릴 유리 같은 모습을 감추고 있음을 유키는 진작 눈치채고 있었다.

내가 손가락 끝만 스쳐도 산산이 부서져버리겠지.

"리쓰가 절 보호했어요. 제 앞에 서서 자신의 배를 방패처럼."

"찌른 사람이 누구야? 아는 사람이야?"

"아오무기의 마스터예요."

"아오무기라니……."

"유카의 삼촌이요. 유카를 친딸처럼 아끼셨어요."

옅은 램프 불빛을 받던, 그 복고풍 가게의 카운터 안에 있던 남자를 떠올려보려 했지만 선명한 상이 맺히지 않는다.

"형인 줄 알았어요. 가끔 누가 뒤를 밟거나 지켜보고 있다는 시선을 느꼈어요. 하지만 형일 거라고, 형 아니면 탐정사무소를 하는 형의 선배일 거라고 생각했어요. 여기서 더 뭘 알고 싶은지 모르겠지만 리쓰가 아니라 내 주변만 기웃거리는 정도면 얼마든지 해도 좋다고…… 그 오만함 때문에…… 정신 똑바로 차리고 제대로 주시했다면 마스터라는 걸 알아차렸을 텐데. 그랬다면 그 사람의 광기를 눈치 챘을 텐데. 위험을 예견할 수 있었을 텐데. 리쓰를 이렇게 만들지는…….”

꽉 깨문 입술에서 피가 번져 나왔다.

“아오무기 마스터가 왜 널?”

“저 때문에 유카가 죽었으니까요.”

“죽었다고? 유카 씨가?”

“트럭에 치여서. 유키 형 집에 갔던 그날이 발인 날이었습니다.”

너무 놀라 바로 말이 나오지 않았다.

“젊은 나이에…… 정말…… 안타깝네. 좋은 사람 같았는데.”

“네, 좋은 사람이었어요.”

“그런데 사고잖아?”

“저 때문에 마스터랑 말다툼을 하다가 뛰쳐나간 모양이에요.”

“그게 네 탓은 아니잖아?”

“제 탓입니다. 제가 유카를 가지고 논 게 원인이니까요.”

“가지고 놀아?”

“유카랑 대화하면 재미있었어요. 유카는 머리 회전이 빠르고 독서 취향도 저랑 비슷했어요. 친구로 지낼 생각이었는데 유카가 다른 의미로 호감을 갖고 있다는 걸 알고는, 그 시점에 거리를 뒀어야 했는데 그러지 못하고 유카를 안아버렸어요. 유카의 호의를 이용해서 유카를 배출구로 삼았어요. 그리고 석 달 만에 헤어졌죠. 그게 가지고 논 거라면 가지고 논 게 맞죠."

"유카 씨는 너랑 사귀어서 행복했다고 했어. 가지고 놀았다는 표현 자체가 유카 씨한테 실례라고 생각하는데. 유카 씨와 너는 대등한 관계였고, 유카 씨가 그러고 싶다고 생각했기 때문에 너랑 그렇게 했어. 내 말이 틀려?"

"사랑하지도 않는데요? 사랑하지 않을 거라는 걸 아는데도요? 유카뿐이 아니에요. 지금껏 사귀어온 여자들, 남자도 있었지만 아무튼 저는 그 누구도 사랑하지 않았어요. 여자든 남자든 상관없었어요. 대타일 뿐이라는 점에서 어느 쪽이든 마찬가지였으니까요. 그러다 보니까 상대방이 저한테 정 떨어지던가, 제가 저 자신한테 질려서 먼저 그만두던가……. 유카랑도 이미 끝낸 상태였는데 형이 유카한테 접촉했고, 그 이유로 유카가 저한테 연락했을 때 순간적으로 알리바이에 이용하면 되겠다 싶어서 사이키 아버지를 죽이는 날 밤에 만나버렸어요."

"…… 내 탓이네."

"무슨 말도 안 되는 소리예요."

"내가 계기를 만들었어. 내가 유카 씨를 만나서 이야기를 듣지 않았다면."

"형은 어머니 의뢰를 받고 행동했을 뿐이에요. 저는 저 자신을 위해 유카를 이용했습니다."

"그날 밤 만났을 때 유카 씨랑은 혹시?"

"알리바이를 만들기 위해 늦게까지 대화하다 요코하마 집까지 바래다 줬지만 손가락 하나 건드리지 않았어요."

"믿음직하네, 시후미."

"믿음직하고 뭐고 전 유카한테서 욕망을 느끼지 않으니까요."

"내가 무슨 말을 하건 넌 네 책임이라고 생각하겠지? 하지만 너한테 연락해보라고 유카 씨한테 바람 넣은 건 나야. 적어도 반은 내 책임이라고. 그러니까 그렇게 혼자 다 짊어지려고 하지 마."

시후미의 입술이 물 위에 일렁이는 꽃그늘처럼 덧없는 웃음을 지었다.

"다정한 사람이네요, 형. 애쓰시고 있다는 거 다 느껴져요."

수술실 앞으로 가자 레이나가 의자에서 일어나 시후미에게 와락 안겼다. 시후미는 훌쩍이는 레이나를 달래어 제 옆에 앉힌 다음 가만히 어깨를 감쌌다.

유키는 조금 떨어진 곳에 앉았다.

문 위에 '수술중'이라고 적힌 램프가 붉게 불을 밝히고 있다.

복도에 다른 사람들은 아무도 없다. 형사들이 대기하고 있겠지만 여기서 보이는 범위 안에는 없다. 절간처럼 조용하다.

저 문 안으로 리쓰가 운반된 지 몇 시간이나 지났을까. 시계를 봤지만 잘 모르겠다. 눈도 마음도 시계 숫자 위를 스칠 뿐 현실감이 없다.

시후미의 어깨에 기댄 채 레이나는 결국 잠이 들었다.

시후미가 조용히 입을 열었다.

"이미 알고 있겠지만 화실 화재는 계획된 일이었어요. 다치하라 아버지가 집을 비우는 밤을 결행일로 잡고 제가 불을 질렀어요. 그림을 불태우고 마리코 씨를 죽이는 게 목적이었습니다."

"마리코 씨는 시즈토의 진짜 목적을 알면서 결혼했어. 아니, 아예 마리코 씨가 리쓰를 시즈토한테 바쳤지. 아니야?"

"맞습니다. 리쓰는 마리코 씨의 태도를 보고 어렴풋이 깨닫고 있었어요. 하지만 시즈토의 입을 통해 그 사실을 확인했을 때 믿고 싶지 않았죠. 고민 끝에 따진 리쓰에게 마리코 씨가 그랬대요. 고작 다섯 살짜리 주제에 남자를 유혹할 정도로 너는 타고난 매춘 기질이 있으니까 순진한 척하지 말고 그냥 열심히 즐겨, 라고요. 그런데도 죽임을 당할 정도의 죄가 아니라고 생각하세요?"

유키는 입을 다문 채 힘없이 고개를 저었다.

"마리코 씨는 황산을 끼얹은 범인이 시즈토라는 사실은 몰랐어요. 리쓰는 그걸 비장의 카드로 생각했죠. 시즈토가 자기 입으로 직접, 침대에서 들었다고, 그렇게 들은 척 마리코 씨에게 사실을 알리고는 도와줄 테니까 함께 복수하자고 꼬드겼어요. 자기가 화실로 시즈토를 불러낼 테니까 시즈토가 제 목숨 다음으로 소중히 여기는 그림을 불태운다고 겁줘서 실토하게 한 다음 진짜로 불을 질러버리자고 했죠. 불이 잘 붙는 술이 있어요, 하면서. 그런데 불길에 휩싸인 마리코 씨를 본 순간 리쓰는 그럴 수밖에 없었어요. 리쓰가 저한테 미안하다고 하더군요. 미안해 할 필요가 어디 있다고. 사과는 제가 해야 되죠. 위험한 장소에 리쓰만 남겨둔 채 자리를 떠버렸으니까요. 리쓰를 지켜주지 못했어요. 고통스럽게 만들었어요. 그림을 불태우는 일과는 별개로 다른 방법을 생각했어야 했습니다. 리쓰가 얼마나 착한지 세상에서 가장 잘 아는 사람이 나인데."

"이혼은 어떤 식으로?"

"사이키 아버지를 이용해서 신고했어요. 혼인신고도."

"그랬구나, 사이키를……!"

"눈앞에 당근을 내밀기만 하면, 사이키 아버지를 조종하기란 일도 아니었으니까요."

사이키는 나이도 시즈토와 비슷하다. 샤워 시킨 다음 옷을 갖춰 입히면 외모도 번지르르하다. 왕년에 해본 가락이 있으니 연기도 가능하다.

사이키를 죽인 데는 입막음이라는 의미도 있었다…… 아니, 거꾸로다. 죽이기로 작정했기 때문에 이용했다.

"이혼 건은 시즈토가 알 건 말 건 상관없었어요. 화재로 마리코 씨가 죽게 되면 어차피 그때 알게 될 일이었으니까요. 시즈토는 마리코 씨가 멋대로 이혼신청서를 냈다고 생각했겠죠."

"결국 시즈토는 끝까지 몰랐어?"

"고구레 집안의 재무관리는 모두 리쓰가 담당했기 때문에 전부 다 맡겨버린 상태에서 시즈토는 자신이 지금 누구와 결혼해 있는 상태인지 알지도 못했던 모양이에요."

"너도 말했지만 정말 신기하다. 시즈토도 그렇고 사이키도 그렇고, 자신들이 학대한 대상을 어떻게 그렇게 철석같이 믿을 수 있지…….”

"그때도 말했지만 믿는 게 아니에요. 한마디로 말해서 사람으로 보고 있지 않아요. 인격과 존엄, 긍지와 마음이 있다는 생각 자체를 해본 적이 없는 거죠. 어디까지나 자신들의 욕망을 채워줄 뿐인, 가지고 놀기 좋은 그냥 살아있는 인형이라고…… 진짜 인형이라도 실수로 상처를 내게 되면 미안해하는 사람들도 있는데.”

시후미는 새근새근 자고 있는 레이나의 부드럽고 긴 머리카락을 손가락으로 훑어주며 말했다.

"각막이식 이야기, 레이나한테 들으셨죠? 워낙 눈치가 빨라서 얘한테 뭘 숨기기가 힘들더라고요. 그럼 차라리 전부 다 털어놓자고 리쓰랑 결론을 내서.”

"이 친구한테는 놀랐어. 너희들 일로는 이제 놀랄 일이 없다고 생각했는데.”

"혹시 시즈토의 각막을 이식하지 못하게 된다면 제가 레이나랑 결혼해서 기증카드를 작성하고, 얼마 뒤 죽을 생각이었어요. 사고로 위장해서. 아세요? 기증자가 자살하게 되면 친족 우선권이 사라져요. 기증을 목적으로 한 자살을 방지하기 위해.”

"그런 짓을 하면 리쓰도 레이나도 슬퍼할 텐데?”

"제가 죽는다 해도 리쓰한테는 레이나가 있어요. 레이나한테는 리쓰가 있고요. 아직 좀 멀었지만 레이나가 고등학교를 졸업하면 결혼할 예정이에요. 리쓰가 원래 성인 후지키로 돌아가면 혼인도 인정될 테고, 혹시 인정되지 못한다 해도 상관없어요. 그 무엇도 바뀌는 건 없다고 두 사람은 생각할 테니까."

"난 분명 너랑……."

"레이나? 아니면 리쓰?"

"리쓰."

"우정입니다."

"그게 다는 아니라고 생각해."

"제가 그 이상을 원했기 때문에 그 이상이 아니라는 걸 알아요."

"첫사랑이 열두 살 때…… 그렇게 말했지, 너?"

"전 아직 끝나지 않았어요. 아마도 평생 끝나지 않겠죠."

계절이 소년에서 그 앞으로 흘러가는 가운데 사랑의 형태를 바꾸어간 이는 리쓰일까, 시후미일까.

리쓰의 마음이 '그 이하'라고는 생각하지 않는다. 시후미는 결코 리쓰에게 바라지 않겠지. 그래도 혹시 시후미가 원한다면 리쓰는 웃으며 답하리라는, 그런 생각까지 든다.

레이나를 사랑한다고 해서 시후미를 향한 사랑이 앗아질 리 없다. 리쓰의 가슴에 넘실넘실 채워진 두 개의 샘 중 어느 쪽이 더 깊은지, 더 아름다운지, 비교할 수 있을 리 없다.

"리쓰는 화상 때문에 정말 자신으로 괜찮을지 많이 망설였지만 레이나는 언제나 사람의 마음만을 봐온 애니까요. 그러니까 지금도 똑같은 리쓰를 보고 있고, 앞으로도 그럴 겁니다. 저는…… 바보 같죠, 얼른 정식으로 프러포즈 안 하고 뭐하냐고 리쓰한테…….”

"그래도 괜찮아, 넌?"

"당연히 괜찮죠. 제 소원은 오직 리쓰의 행복이에요. 부화하지 못한 호도애의 무덤을 함께 만든 그 날부터."

"너도, 너 자신도 행복해져야 하잖아? 그게 바로 계획의 성공이잖아?"

"저도 그렇게 생각했어요. 그래서 요시무라 선생님한테 부탁해서 대학 피아노학과 교수였던 분을 소개받았습니다. 그 분 앞에서 피아노 치고, 레슨 받기로 했어요."

"그렇구나. 역시 대단하다. 이런 말 넌 싫어할지도 모르겠지만…… 힘내."

"싫어하지 않아요. 그런 말 들으면 기뻐요."

시후미는 무척이나 온화했다. 분명 이 모습이 꾸밈없는 진짜 시후미의 모습이리라. 리쓰와 레이나만이 알고 있는, 있는 그대로의.

"연주하고 싶은 선율이 있었어요. 만들고 싶은 곡이 있었고요. 조율사 공부도 하고 싶었어요. 피아노와 관련해서 살고 싶었어요."

"왜 과거형으로 말해?"

"리쓰가 없는 세상에서 피아노를 쳐봐야 의미가 없으니까요. 어떤 곡을 치건, 저는 리쓰를 연주하니까요."

"…… 살 거야, 안 그래?"

유키는 리쓰를 모른다. 졸업 앨범 속 사진과 한 장의 그림, 밤의 창에 비친 덧없는 그 소년상만 보았을 뿐 얼굴도 모습도 모른다. 하지만 많은 에피소드들을 들었고, 긴 시간을 들여 리쓰를 생각하고 상상해왔기 때문에 꼭 친동생인양 친근하고 옛날부터 알아온 사이처럼 느낀다.

대답 대신 시후미는 레이나를 안은 손에 살짝 힘을 줬다.

"리쓰는 꿈같은 소릴 하고 있어요. 〈저편의 샘〉처럼 앞으로 영원히 셋이 살자고. 고구레 저택을 개축해서 테라스하우스 두 세대로 만든 다음 한쪽에는 레이나랑 리쓰가 살고 나머지 한쪽에는 제가 입주하면 어떨까, 그러면서. 아니면 아예 땅까지 다 팔아버리고 아무도 모르는 아파트 최상층에서 이웃으로 살자고 하기도 하고. 그런 꿈같은…… 꿈같아서…… 꿈같이 행복한 이야기를."

유키는 처음으로 시후미의 살아있는 목소리를 들은 기분이었다.

"리쓰가 말하면 왠지 정말 가능하리라는 기분이 들어서……. 저는 피아노 관련 일을 해요. 작곡도 하고 누굴 가르치기도 하면서 매일 피아노를 치며 생활하고 가끔 리쓰랑 레이나가, 어떤 때는 리쓰 혼자 제가 치는 피아노를 들으러 오고요. 셋이서 식탁에 둘러앉아 밥도 먹고 리쓰랑 둘이서 밤새 술도 마시고. 그런 날들이, 그런 동화 같은 이야기가 실제로 이루어질 듯한 기분이 들어서."

어린잎 끝에서 보드라운 아침이슬이 방울방울 떨어져 얼어있던 수면을 녹이듯, 그렇게 헤아릴 수 없는 수 억 겹의 물결을 넓혀가듯, 시후미의 눈동자가 촉촉하게 젖어간다. 투명한 채로.

"꿈 아니야."

"네……?"

"너희들은 '천진난만한 꿈 따위 꾸지않'잖아? 리쓰가 한 말은 분명히 이제 곧 이루어질 소망이야."

순간, 시후미의 눈에서 한 방울의 눈물이 반짝이며 뺨을 타고 흘러내렸다.

용서받을지, 용서받지 못할지.

계획의 성공 여부를 보고 판단한다고 시후미는 말했었다.

네 건의 살인은 완수되었고, 판결은 내려졌다고 유키는 생각했다.

하지만 테미스의 천칭은 여전히 흔들리고 있다.

"리쓰······."

젖은 속눈썹을 반짝 올리더니 눈도 깜박이지 않고 시후미는 수술실 문을 바라보고 있다.

≪ 평론가 서평 ≫
이 이야기가 필요한 사람들이 있을 테니까

이 사람이 아직 보여주지 않은 재능이 얼마나 많을까 생각하니 탄식이 나온다.

야요이 사요코 〈바람아 우리의 앞머리를〉의 제1장을 다 읽었을 때, 그때까지 읽은 문장으로 양성된 이미지가 너무도 선명하다는 사실에 감탄했다.

제30회 아유카와 데쓰야 상 우수상에 빛나는 작품인데 작가는 그 전에 소겐 판타지 신인상 제1회와 제5회에서 최종후보작까지 오른 경력이 있다. 책을 읽은 뒤 내가 얻은 정보는 그게 다였다. 참고로 제30회 아유카와 데쓰야 상은 센다 리오의 〈오색의 살인자〉가 수상했다. 〈바람아 우리의 앞머리를〉은 차석이었다는 소리다.

솔직히 고백하자면 책장을 펼치기 전까지는 크게 기대하지 않았다. 이 작품은 와카바야시 유키라고 하는 청년의 시점으로 펼쳐지는 3인칭 소설인데 책 커버의 줄거리나 앞부분의 등장인물표를 보면 그는 탐정사무소 근무 경험이 있다고 소개되어 있다.

아하, 탐정이라는, 일본에서는 그다지 의미 없는 직함을 가진 주인공이 왠지 몰라도 살인사건 조사를 하는, 딱히 리얼리티를 중요시하지 않는 소설이구나.

그렇게 생각했다. 본문을 펼치기 전까지는.

하지만 그 선입견은 금세 당혹감으로 바뀌었다. 시작하는 문장이 훌륭했기 때문이다. 주인공의 이모인 다카코가 입은 기모노를 묘사한 문장인데, 일부러 무인칭으로 해서 색채와 무늬의 인상만으로 독자의 관심을 끌도록 썼다. 리얼리즘에 무감각한 작가가 쓸 수 있는 문장이 아니었다. 그 이모한테서 개인적인 부탁을 받아 유키가 수사를 하게 된다는 이야기다. 다카코의 남편인 변호사 다치하라 교고가 괴한에 교살됐다. 부부에게는 시후미라고 하는 양자가 있었다. 다카코는 그 시후미가 바로 살인범이라는 의심을 품고 있어 사실을 확인하고 싶어 한다.

시후미가 부부의 양자가 된 경위가 복잡한데, 거기서 나온 다카코의 시후미에 대한 두려움이 원인이었다. 유키는 시후미의 과외선생을 한 적도 있어 잘 아는 사이이기도 하다. 모른 체하지 못하고 이모의 의뢰를 받아들여 조사를 시작하는 부분에서 제1장이 끝난다. 여기까지만 봤을 때는 잘 쓰긴 했지만 그리 새로울 것도 없는 이야기의 시작이다. 자, 앞으로 작가는 설정을 어떻게 잘 굴려서 이야기를 만들어 가려나 하며 1장을 끝내려는 순간 충격을 받는다.

다치하라 집을 방문한 유키는 돌아가려는 때 화제의 중심인물인 시후미를 본다. 잠깐 흘끗 봤을 뿐이지만 그 잔상은 '입술을 초승달 모양으로 만들며 소리도 없이…… 웃고 있었던 듯한 기분이, 들었다.'는 것이다.

이 부분에서 한 대 맞은 기분이었다. 시후미가 어떤 의미로 웃었는지 알고 싶다는 기분이 마구 샘솟았다. 그 얄따란 입술이 눈에 보이는 기분이었다. 차가운 빛을 머금은 눈동자도.

〈바람아 우리의 앞머리를〉은 처음부터 끝까지 완벽한 다치하라 시후미의 소설이다. 시후미가 몸에 두른 껍질을 벗겨내고 실체에 다가설 수 있을까. 그것이 화자인 유키의 임무이며 그의 눈을 통해 세계를 보고 있는 독자에게 던지는 질문이다. 시후미가 독자 앞에 모습을 드러내는 횟수는 얼마 되지 않는다. 작가는 면밀히 계산해 적절한 때마다 시후미를 묘사하고 있으며 유키를 대하는 표정도 매번 다르다. 독자들은 까다로운 신 앞에 끌려나온 죄인처럼 외경심을 품고 아름다운 청년과 대치하게 된다.

이 작품의 미스터리적 구조는 비교적 이른 시점에 간파할 수 있다. 감이 좋은 독자라면 전체의 3분의 1 시점에서 플롯을 연상할 수 있지 않을까. 이 작품이 아유카와 상의 최종후보에까지 남았으면서도 대상을 거머쥐지 못한 이유는 그런 구조 때문에 평가가 엇갈린 면이 있지 않나, 추측한다. 하지만 결정적인 약점은 아니다. 그런 플롯의 가능성이 있음을 염두에 두고 읽는다 하더라도, 아니, 그 가능성이 있기에 오히려 이 작품은 놀라움을 선사해주고 있기 때문이다. 마지막에 밝혀진 진상은 더는 새로울 게 없는 미스터리계에 취향의 새로운 사용방법이 있음을 보여준다. 이 테마에 익숙한 독자일수록 오히려 신선함에 감탄하지 않을까.

특정 취향에 맞춘 미스터리인 척 해서 독자를 이야기 속으로 끌어들인 다음 다치하라 시후미의 심리라고 하는 진짜 수수께끼를 들이밀면서 놀라움을 맛보게 한다. 작가의 노림수를 대변한다면 그런 것일지도 모른다. 활용된 취향에 전례가 있고 그것이 빤히 보인다고 해서 작품의 가치가 훼손되지 않는 이유는 더 깊은 수수께끼는 정작 딴 곳에 있기 때문이다. 그리고 수수께끼가 풀려가는 과정의 이야기를 풀어가는 방식도 좋다.

'조각을 아무리 맞춰도 완성되지 않는 직소퍼즐 같다.' '조각이 늘면 늘수록 완성된 그림이 보이지 않는다.' 그렇게 유키는 생각한다. 유키는 시후미 주변에 있는 인간관계를 뒤쫓는다. 사립탐정소설이 확립한 이야기 형식이 여기서 효과적으로 이용되고 있다. 탐정이 관계자와 인터뷰를 거듭해가다 보면 잘 들어맞지 않는 조각 같은 증언만 잔뜩 늘어간다. 사건에 연관된 사람들은 저마다 각자의 시선으로 일어난 사건을 바라보며 각자 다른 형태로 관련되어 있기 때문이다. 빛이 난반사하듯 다양한 방향으로 쏟아지는 증언을 정리하고 그에 합치하는 가설을 세우는 일이 인터뷰어인 탐정의 할 일이다. 아, 그래서 유키에게 탐정사무소 근무경험을 갖게 했구나, 하고 끄덕끄덕 했다. 유키는 이런 말도 했다. 어떤 인물의 존재를 찾아낸 것은 '꽃잎처럼 아슬아슬하게 포개져 있는 사실들의 단편을 따라'간 결과라고.

이야기를 지탱하고 있는 문장의 완성도에 대해서도 말해야겠다. 글머리에서 기모노를 묘사한 문장의 훌륭함도 언급했지만 인물의 초상을 묘사하는 소설이라면 아무리 지엽적인 표현일지라도 작가는 소홀히 할 수 없다. 조금이라도 어색한 문장이 섞여들면 기껏 배양되고 있던 공기가 한순간에 날아가 버리기 때문이다. 긴장감 있는 문장이 이어진다. 그 문장들은 독자를 기분 좋게 하며, 넘치지도 모자라지도 않은 표현으로 등장인물들의 모습을 묘사하며 감정을 이끌어낸다. 시후미를 비롯한 주요 등장인물은 물론이요 유키가 단 한 번 만날 뿐인 조연들 역시 철저히 그렇다. 제5장에 등장하는 '파도소리도 바람소리도 피아노소리로 들리는' 노인은 정말이지 인상적인 캐릭터였다.

　작품 전편에 애틋한 시적정취가 감돈다. 인상적인 제목은 등장인물 중 한 명이 지은 '바람아 우리의 앞머리를 지나 메타세쿼이아 나뭇가지 끝을 울게 해다오'라는 시에서 발췌한 것이다. 이 작품의 등장인물들을 움직이게 하는 운명의 원리는, 감정이란 누군가와 공유하는 것이 아니라 언제나 일방통행이라는 점이다. 누군가를 사랑한다는 행위는 결코 그 마음이 받아들여진다는 뜻은 아니다. 받아들여지지 않더라도 그저 한결 같이 마음을 주는 수밖에 없다. 상대가 같은 마음을 돌려주는 듯 보여도 결국 환상에 지나지 않는다. 자신 안에서만 머물러 결코 다른 사람과 나눌 수 없는 마음을 품은 채 우리 모두 살아가고 있다. 다만 바람만이 메타세쿼이아 나무를 흔드는 것과 똑같은 평등함으로 모든 이들 사이를 지나간다. 그 고독함이 시가 되고, 소설에 내재된 원리이다.

　작가의 문체에 욕심이라고는 없는 부분도 이 책에 호감을 갖게 된 이유 중 하나다. 욕심쟁이가 아니다. 다시 말해 이야기를 이해시키고야 말겠다는 사인을 수시로 던지는 작가가 아니란 소리다.

　이 이야기가 필요한 사람이 있을 테니, 여기에 두고 갑니다.

그런 조심스런 목소리가 들리는 기분이다. 모든 독자들에게 다 여운을 남기지는 못할지도 모르지만 닿는 사람의 가슴에는 깊숙이 와 닿으리라. 깊숙이 더 깊숙이 파고들어가 그곳에 회청록색의 그늘을 만든다.

(스기에 마쓰코이-기고가, 문예평론가, 서평가)

가도카와 문고 웹매거진 '가도분' 2021. 5. 10.

바람아
우리의
앞머리를

초판 1쇄 인쇄 2022년 7월 14일
초판 1쇄 발행 2022년 7월 21일

글 야요이 사요코
그림 yoco
옮김 김소영

발행인 양희경
디자인 핑크페이지
발행처 도서출판 양파
출판등록 2017년5월8일 제2017-000034호
주소 서울 금천구 벚꽃로40, 108-1402
전화 804-8629 | 팩스 02-6280-8629
이메일 yangpa_bookandmedia@naver.com

ISBN 979-11-90135-12-2 (03830)

이 책은 저작권법에 따라 보호 받는 저작물이므로 무단전재와 무단 복제를 금지하며,
이 책의 전부 또는 일부를 이용하려면 반드시 저작권자와 도서출판 양파의 동의를 받아야 합니다.

· 잘못된 책은 구입하신 곳에서 바꾸어 드립니다.
· 책값은 뒤표지에 있습니다.